grafit

Herausgegeben von Nadine Buranaseda, Sigrun Krauß und Heiner Remmert im Auftrag der Kreisstadt Unna, Kulturbüro und des Westfälischen Literaturbüros in Unna e. V. für die Veranstaltergemeinschaft »Mord am Hellweg«, Europas größtes internationales Krimifestival.

»Mord am Hellweg XI« (14. September bis 8. November 2024) ist ein Projekt der Kulturregion Hellweg mit oder in den Kreisen, Städten und Gemeinden Ahlen, Bad Sassendorf, Bergkamen, Bönen, Dortmund, Erwitte, Fröndenberg/Ruhr, Gelsenkirchen, Hagen, Hamm, Holzwickede, Iserlohn, Kamen, Lünen, Schwerte, Unna, Unna (Kreis), Waltrop, Witten und in Kooperation mit dem Kulturring Erwitte e. V., HanseTourist Unna, dem Bürger- und Kulturzentrum »Rohrmeisterei Schwerte« und dem Tagungs- und Kongresszentrum Bad Sassendorf, unter Federführung des Westfälischen Literaturbüros in Unna e. V. (Heiner Remmert M. A.) und der Kreisstadt Unna, Kulturbüro (Sigrun Krauß M. A.; V. i. S. d. P.).

FSC
www.fsc.org
MIX
Papier | Fördert gute Waldnutzung
FSC® C083411

Cäcilienstraße 48, D-50667 Köln
Internet: http://www.grafit.de
E-Mail: info@grafit.de

Umschlaggestaltung: Nina Schäfer unter Verwendung eines Motivs von arcangel.com/Hayden Verry
Gestaltung Innenteil: DÜDE Satz und Grafik, Odenthal
Lektorat: Nadine Buranaseda, typo18, Bornheim
Druck und Bindearbeiten: CPI – Clausen & Bosse, Leck
ISBN 978-3-98659-023-9
1. Auflage 2024

Nadine Buranaseda, Sigrun Krauß,
Heiner Remmert (Hg.)

Verbrechen nebenan

Mord am Hellweg XI

Kriminalstorys

grafit

Inhalt

Die Stadt konnte nichts für diesen einen,
der Leben auslöschte wie Kerzen.

Isabella Archan, »Fröndenberger Fäden«

Vorwort

28,4 Prozent aller Todesfälle ereignen sich zu Hause. Am besten, Sie sind nicht da, so warb vor einigen Jahren eine bekannte Kinokette mit schaurigen Anzeigen für ihr Angebot. Doch ist es wirklich so viel sicherer außerhalb der eigenen vier Wände? Wohl kaum. Denn oft lauert das Verbrechen bereits vor der eigenen Haustür, genau da, wo man es am wenigsten erwartet.

Dort leben sie – unsere Nachbarn. Sie sind keine Freunde und gehören nicht zur Familie. Die einen erleichtern uns das Leben, die anderen machen es uns zur Hölle. Ob in der Großstadt oder auf dem Land, gute Nachbarschaften vermitteln das Gefühl von Heimat und lehren uns Toleranz. Was sich hinter verschlossenen Türen abspielt, tritt oft erst zutage, wenn es zum Äußersten kommt, einem Mord.

Zwanzig solcher »Verbrechen nebenan« versammelt die vorliegende Anthologie mit ebenso spannenden wie überraschenden Kurzkrimis, die den Federn einiger der bekanntesten deutschsprachigen Kriminalschriftsteller:innen entstammen. Damit steht sie in der besten Tradition ihrer zehn beliebten Vorgängerbände, die alle zwei Jahre begleitend zum größten europäischen internationalen Krimifestival Mord am Hellweg erscheinen. Seit Beginn wirbt es damit, dass der Hellweg – die Region zwischen Unna, Schwerte und Gelsenkirchen, Hagen und Bad Sassendorf – der mörderischste Landstrich Deutschlands, wenn nicht Europas ist.

Mehr als zweihundert Kurzgeschichten mit über fünfhundert (unnatürlichen) Todesfällen sind so bislang entstanden. Und wie immer haben die Verfasser:innen auch für diese elfte Ausgabe zuvor die Schauplätze ihrer Storys einige Tage lang bereist, sie intensiv auf ihr mörderisches Potenzial hin geprüft, um im Anschluss ihre persönlichen Eindrücke zu verarbeiten.

Ihre Geschichten haben einen ganz eigenen Blick auf Heimat und Nachbarschaft, räumen auf mit der Illusion, Heimat wäre ein Ort der Geborgenheit und Sicherheit. Vielmehr haben sie Mord und Totschlag, Betrug, Intrigen und weitere Abgründe an fast jeder Ecke entdeckt, so wie es Friedrich Schiller schon in »Wilhelm Tell« beschrieb: *Es kann der Frömmste nicht in Frieden leben, wenn es dem bösen Nachbarn nicht gefällt.*

Die Storys sind so vielseitig und unterschiedlich wie ihre Verfasser:innen selbst. Humoristisches trifft auf Knallhartes, Historisches oder Ereignisse, die in dunkler Vergangenheit verwurzelt sind, auf politisch aktuelle Geschehnisse und Verbrechen im Affekt.

Geeint wird die Krimisammlung neben ihrem durchweg unterhaltsamen Charakter durch die strikte Vorgabe an alle Mitwirkenden, dass in jeder Geschichte mindestens einmal gemordet werden muss. Die Taten sind nicht selten getrieben von Rache, die sich äußerst brutal oder auf skurrile Art und Weise Bahn bricht.

Eine spannende Lektüre wünschen die netten Herausgeber:innen von nebenan

Nadine Buranaseda, Sigrun Krauß und Heiner Remmert
Nach Diktat in der Nachbarschaft untergetaucht

Herbert Dutzler

Nicht schuldig in Iserlohn

»Senfsuppe?«

»Ja, Senfsuppe! Er verlangte, dass ich ihm original Iserlohner Senfsuppe koche, Frau Kommissarin. Und da ...«

»Sie wollen mir doch nicht erzählen, dass Sie Ihren Ehemann gespickt haben wie einen Hasenbraten, nur weil er von Ihnen verlangt hat, Senfsuppe zu kochen?«

»Na, das war es, was das Fass zum Überlaufen gebracht hat. Ich koche ja gerne, nicht wahr? Meine Mutter ist Türkin, sie kam 1962 mit meinem Papa hier an, ganz am Anfang, sie waren unter den Ersten. Und ich koche Ihnen alles, was Sie wollen. Lieber türkisch, Imam bayildi, zum Beispiel. Auberginen, Reis, Pide, Gözleme, Huhn, aber keine Senfsuppe!«

»Frau Wellin, das ist kein Motiv für einen Mord. Das müssten Sie mir schon näher erklären.«

»Also, ich kann gerne ein wenig ausholen, nicht? Sie sehen ja selbst, wie es bei uns aussieht. Jeder Winkel vollgestopft mit Kram. Ich habe nur zwei Schubladen für meine Sachen, eine für die Unterwäsche, eine für Jeans und T-Shirts. Und meine warme Jacke draußen im Flur am Haken. Alles andere hatte er vollgeräumt über die Jahre ... Entschuldigen Sie!«

»Hier, ich hab ein Taschentuch für Sie. Lassen Sie sich ruhig Zeit.«

»Also, wie ich ihn kennengelernt habe, da war das noch erträglich. Ein Sammler eben, hab ich gedacht. Ist ja irgendwie niedlich, wenn jemand so ein harmloses Hobby hat. Biergläser waren es zuerst und Bierdosen. Leere. Aus aller Herren Länder. England, Amerika, Japan. Er hat nicht mal getrunken, bloß gesammelt. Wir haben uns im Iserlohner Rathaus zum ersten Mal getroffen, in dem, was bald abgerissen wird. Er war Verwaltungsangestellter, ich in der Stadtbibliothek. Er war charmant und gut aussehend, ich habe mich geschmeichelt gefühlt, als er mich fragte, ob ich wohl einmal ins Kino gehen würde mit ihm. Und damals war er zurückhaltend, nicht fordernd, wie Männer es oft sind. Heute denke ich mir, er hat sich da eine Maske übergezogen. Ja, eine Maske.«

»Erzählen Sie weiter.«

»Ja, ich habe mich halt in ihn verliebt, nicht? Und als ich das erste Mal in seiner Wohnung war, hab ich mich schon ein wenig gewundert, dass seine Sammlungen so viel Platz eingenommen haben. Aber nur gewundert, nicht geärgert. Wir haben dann … also, eine Beziehung ist entstanden. Ich bin bei ihm eingezogen, nach einem halben Jahr etwa, wir haben geheiratet, zwei Kinder gekriegt, alles ganz normal so weit. Es war, zu Beginn zumindest, sogar harmonisch.«

»Haben Sie ihn geliebt?«

»Ja, wirklich. Ob er … man kann in Menschen nicht hineinschauen. Allerdings, wenn das Gespräch auf seine Sammlungen kam … Also, als ich gemeint habe, die Kinder brauchen mehr Platz und auch die Sachen für die Kinder, Spielzeug und so, da hat er dichtgemacht. Wenn ich vorgeschlagen habe, dass er vielleicht seine Bierdosen einpackt in Kartons und meinetwegen bei seinen Eltern im Keller einstellt. Oder bei meinen, die hätten Platz gehabt. Da saß er da, krampfte die Fäuste zusammen und sagte kein Wort. Manchmal ist er einfach davongelaufen und erst spät nachts zurückgekehrt.«

»Man konnte also nicht mit ihm reden über diese Sammelleidenschaft?«

»Nein, konnte man nicht. Er hat nicht getobt, nicht geschrien, sich nicht verteidigt, er hat nur gekrampft und geschwiegen. Und dann ist es weitergegangen, da hat er die Tropfsteine entdeckt. Und die Fossilien. Und alles, was mit Höhlen zu tun hat. Ich hab mir da selber die Schuld gegeben, weil wir mit den Kindern einen Ausflug zur Dechenhöhle unternommen haben. Das war schon die Zeit, wo es eBay gab. Und das wurde natürlich kostspielig.«

»So?«

»Ja. Aus jeder Höhle in Deutschland wurden Tropfsteine gekauft, später hat er seine Sammelleidenschaft auf Europa ausgedehnt, schließlich auf die ganze Welt. Am Ende musste zu den Höhlen gereist werden, da fuhr er allein, und er hat Tropfsteine mitgebracht. Behauptet hat er, dass er sie gekauft hat, aber ich glaube, er hat manchmal einfach welche abgebrochen.«

»Abgebrochen?«

»Ja. Einmal wurde er in Slowenien festgenommen wegen so einem Vorfall. Er hat wohl einen Tropfstein aus einer Höhle schmuggeln wollen, und man hat es bemerkt. Da hat er dann ... also, mir hat er es ja nie gestanden, doch er verspätete sich, hatte keine Erklärung dafür, und einen Tag danach war es in der Zeitung. Das konnte nur er gewesen sein!«

»Frau Wellin, jetzt beruhigen Sie sich erst mal. Sie brauchen sich darüber nicht so aufzuregen, dass Sie keine Luft mehr kriegen, es ist ja ...«

»Ja, vorbei! Sie sagen es! Und ich bin froh darüber! Sie können sich ja ausmalen, dass die Tropfsteine noch mehr Platz benötigt haben. Da drüben waren sie drin. Ich hab alle gleich aus dem Fenster geworfen, nachdem ich ihn ... also, nachdem er weg war.«

»Das wissen wir. Das hat ja genug Aufsehen verursacht, und wir sind relativ schnell auf Sie gestoßen. Stellen Sie sich vor, was da hätte passieren können! Wenn man ... Wie haben Sie es überhaupt geschafft, diesen dreißig Kilo schweren Stalaktiten aus dem Fenster ...?«

»Ich weiß es nicht mehr, Frau Kommissarin. Da war diese unglaubliche Wut in mir, dieser Zorn ...«

»Hier liegt ja noch so einiges ...«

»Ja sicher. Ich konnte nicht alles aus dem Fenster werfen,

bevor sie auftauchten. Also, die Streifenpolizisten, nicht, die waren ja als Erste vor Ort. Ich war wie von Sinnen und auch froh, dass sie da waren und auf mich aufgepasst haben. Also, wie gesagt, zuerst waren es die Tropfsteine. Darüber ist er auf die Fossilien gestoßen, und das ist noch ein viel weiteres Feld.«

»Wann war das?«

»Das war so ungefähr, als die Kinder ausgezogen sind. Kurz nacheinander, unser Sohn hat zu arbeiten begonnen, unsere Tochter ging an die Uni. Sie haben sich nur noch selten zu Hause blicken lassen. Und kaum waren sie weg, hat er sein Zeug in ihren Zimmern gelagert. Da kam natürlich auch noch die Literatur dazu.«

»Literatur?«

»Er hat sich jedes nur denkbare Buch über Tropfsteine und Fossilien besorgt. Und nicht nur das, dazu Magazine, Zeitschriften, Zeitungen. Das Schlafzimmer, das müssen Sie sich einmal ansehen. Das ist vollgestapelt mit dem Iserlohner Kreisanzeiger. Ganze Jahrgänge davon, er hat keine einzige Ausgabe weggeworfen. Und als sich unsere Tochter einmal erlaubt hat, die Gräten vom Fisch in ein Zeitungsblatt zu wickeln, ist er durchgedreht. Das war das erste Mal, wo er so herumgeschrien hat, dass ich Angst hatte, die Nachbarn würden die Polizei rufen. Wegen einer einzigen Zeitungsseite! Da werden Sie verstehen, dass unsere Tochter seitdem die Wochenenden in ihrem Studentenzimmer verbracht hat.«

»Hm.«

»Und gleichzeitig hat er seine Arbeit aufgegeben. Er behauptete, er braucht seine Zeit für die Forschung. Die Forschung! Dass ich nicht lache! Er – ein Forscher! Ein Zwangsneurotiker, das ja, aber nie im Leben ein Forscher!«

»Vielleicht … Ich sehe zahlreiche Bücher über regionale und lokale Geschichte.«

»Von den Tropfsteinen und Fossilien ging es weiter zur

Geschichte. Vor allem zur Geschichte von Iserlohn und unserer Gegend. Ich musste alles allein stemmen, das glauben Sie nicht! Ich habe weiter brav in der Bibliothek gearbeitet, ich habe ja Bibliothekswissenschaften studiert. Das war die Zeit, wo meine Kolleginnen mir schon zugeredet haben, ihn zu verlassen. Weil sie gewusst haben, wie es um uns steht. Dass er keine Arbeit hat und so. Und er lief ihnen ja ständig über den Weg, ob in der Bibliothek, im Stadtmuseum oder im Stadtarchiv. Ungepflegt, verwahrlost fast. Er ist nicht mehr zum Friseur und hat sich einen Rauschebart wachsen lassen. Meine Mama, als Türkin, das müssen Sie verstehen, die ist ja ganz für die Familie und total gegen Scheidung, sogar sie meinte mal, das ist kein Leben mehr für ihre Tochter und sie kennt da einen netten Türken, einen Polizisten, der sucht eine Frau. Meine Mutter!«

»Haben Sie selbst an Trennung gedacht?«

»Ehrlich gesagt, erst wie das mit den Nadeln anfing. Und mit dem Draht. Sie können es nicht wissen, Frau Kommissarin, Sie kommen ja … woher kommen Sie eigentlich?«

»Aus Bayern.«

»Ja, man hört es. Also, Sie werden das wohl nicht wissen, mit dieser Draht- und Nadelindustrie bei uns. Dann werden Sie das nicht verstehen. In dieser Stadt, da drehte sich alles um Draht, um Nadeln, Ketten, Angelhaken und so weiter. Vor dem Stadtmuseum, da steht sogar ein Denkmal mit ein paar Gliedern einer Ankerkette von einem Supertanker, die in Iserlohn gefertigt wurde. Und im Londoner Tower, da hing mal ein Kettenhemd aus lauter kleinen Eisenringen, die aus Iserlohn stammten.«

»Können wir wieder zur Sache …?«

»Ach ja, sicher. Das war also das nächste Sammelgebiet. Nadeln, Ketten, Angelhaken. Soll ich Ihnen zeigen …? Ist alles im Flur. Wo andere Leute Handschuhe, Mützen und Hüte aufbewahren, da ist alles voller Nadeln, Kettenglieder und Angelhaken. Tausende verschiedene. Kürschnernadeln, Polsterernadeln, Grammofonnadeln. Können Sie alles auf eBay kaufen. Und das hat er auch getan. Da fehlten nur die historischen Nadeln, die alten, die man hier früher hergestellt hat. Und er ist so weit gegangen, sie sich bei einem Einbruch ins Stadtmuseum zu verschaffen.«

»Sie meinen also, dieser Einbruch vor zwei Jahren, da sind tatsächlich Nadeln gestohlen worden, Briefchen, in die man Nadeln verschiedener Größen gesteckt hatte. Für die Handelsreisenden, die sie in ganz Europa …«

»Genau die. Wissen Sie übrigens, dass diese Nadelbriefchen von Kindern in Heimarbeit angefertigt wurden, im 19. Jahrhundert? Schrecklich! Die hat er entwendet. Und ein Kettenhemd. Das war Gott sei Dank kein historisches, sondern eine Nachbildung.«

»Das hat damals in allen Zeitungen gestanden.«

»Ja. Ein Wunder, dass man ihn nicht erwischt hat. Erfahrung als Einbrecher hatte er ja keine, da war er Amateur. Wollen Sie es sehen, das Kettenhemd? Ist in seinem Kleiderschrank. Übrigens der einzige Gegenstand, den er ordentlich auf einem Bügel aufgehängt hat, für alles andere war ja kein Platz mehr. Er hat seine Sachen einfach neben dem Bett gelagert. Als ich mich einmal erbarmt und den Haufen in die Waschmaschine geräumt habe, lag da eine tote Maus darunter. Eine tote Maus! Stellen Sie sich das mal vor! Ich hab mich so was von geekelt!«

»Nun zur Tat. Sie sagen, die Senfsuppe war der Auslöser.«

»Zunächst das Sammeln der Rezepte. Über die Recherche zu seinen dämlichen Nadeln ist er auf die lokale Küche, auf die Lebensmittel gestoßen. Er hat wiederum alles gesammelt. Die Rezepte aus dem Internet ausgedruckt, in Aktenordnern abgeheftet, die Videos heruntergeladen, von diesem Koch, dem Björn Freitag, der ja ein Spezialist für westfälische Küche zu sein scheint. Dann hat es geheißen, ich soll diese Gerichte nachkochen, weil er eigene Fotos davon brauchte. Ich hatte ja den Verdacht, dass er die Gerichte in Kunstharz eingießen wollte, damit er sie ewig aufbewahren, in irgendeinen Kasten räumen und täglich anglotzen kann. Das hat er schon mit dieser Höhlenspinne getan.«

»Höhlenspinne?«

»Ja, die gibt es in der Dechenhöhle. Ich hab zwar nie eine gesehen, aber ich war ja nur zweimal da. Auf jeden Fall war das wohl wieder so eine illegale Aktion, denn alles da drinnen steht unter Naturschutz. Kommt er eines Tages mit so einer Spinnenleiche in der Jackentasche an, drapiert sie fein säuberlich mit seiner Pinzette auf einem Taschentuch, damit sie wieder alle acht Beinchen von sich streckt, und gießt sie in Kunstharz. Die ist auch aus dem Fenster geflogen.«

»Igitt! Ich … ich mag Spinnen nicht so sehr.«

»Sehen Sie, genau wie ich. Gibt es im Gefängnis gewiss keine …?«

»Das kann ich Ihnen nicht garantieren. Und wenn, dürfen Sie sie mit einem Besen erledigen und ins Klo schmeißen. Für die Nachwelt aufbewahrt werden sie jedenfalls nicht. Aber zurück zu den Rezepten.«

»Ja. Zunächst Potthast, westfälischen Pfefferpotthast. Das war noch nicht so schlimm, ist ähnlich wie ein Gulasch, nur schmeckt es langweiliger, weil Paprika und Chili fehlen. Und es musste sorgfältig nach historischen Rezepten gekocht werden, daran durfte kein Jota geändert werden. Da stand er hinter mir wie ein Wachhund und passte auf, dass ich ja nichts eigenmächtig änderte. Wenn ich nur eine Kleinigkeit … also, wenn ich etwas vorgeschlagen habe, vielleicht ein wenig Rosmarin hier, ein wenig Pul Biber da, damit es besser … da hat er zu keifen angefangen, hat mich beleidigt, ich bin zu blöd, um den Sinn seiner historischen Forschungen zu verstehen, und die Welt wird es ihm einmal danken, dass er sich so sehr um die lokale Geschichte verdient gemacht hat. Er hat mich als dämliche Türkin beschimpft, Frau Kommissarin. Das war der Punkt, wo ich richtig Angst vor ihm kriegte und mich meiner Mutter anvertraute, wenn ich mal wegkonnte. Er hat ja kontrolliert, dass ich nicht länger aus dem Haus ging, als es für meine Arbeit nötig war. Für das Einkaufen hat er großzügig dreißig Minuten täglich dazugerechnet.«

»Wieso haben Sie sich das gefallen lassen?«

»Ich weiß es nicht, Frau Kommissarin. Jede Woche wurde es ein bisschen schlimmer, und ich konnte gar nicht mehr richtig beurteilen, ob das noch normal oder schon Wahnsinn ... Und wenn ich jetzt zurückblicke, da sehe ich, dass es längst Wahnsinn war.«

»Sie hätten früher ... dann wäre es gar nicht erst zu dieser schrecklichen Tat gekommen.«

»Wissen Sie, das geht so schrittweise. Erst glaubst du, das ist alles ein wenig schrullig, aber nicht der totale Wahnsinn. Und wenn die Grenze überschritten wird, zum Wahnsinn hin, das merkst du gar nicht sofort. Erst jetzt, wo ich mit Ihnen rede, wird mir klar, mit wem ich da zusammengewohnt habe, mehr als zwanzig Jahre lang. Und dann sollte ich Potthucke zubereiten. Potthucke!«

»Das kenne ich leider nicht.«

»Ja, da werden so eklige Schweinswürste oder Mettwürste, die werden in einen Kartoffelteig eingebacken, in einer Kastenform, anschließend wird das Ganze wie ein Kuchen aufgeschnitten. Wissen Sie, ich hab's nicht so mit Schweinefleisch. Nicht wegen der Religion, die ist mir ziemlich egal, ich fühle mich eher ... also, an Gott glaube ich nicht. Aber es ist eine Tradition, meine Mutter hat nie Schweinefleisch zubereitet, und das ist irgendwo tief im Menschen verhaftet. So ähnlich wie Pferdefleisch bei den Deutschen. Essen Sie Pferdefleisch?«

»Igitt! Ich bin Reiterin, müssen Sie wissen. Da graut es einem allein bei dem Gedanken ...«

»Sehen Sie. So ähnlich ist es bei mir mit Schweinefleisch.

Und in den Mettwürsten ist es noch dazu roh. Mein Mann hat Mett gegessen, liebend gerne. Rohes Schweinefleisch! Der ganze Kühlschrank hat danach gerochen!«

»Wir müssen endlich über die Tat sprechen. Das war wegen der Senfsuppe?«

»Ja, die war eigentlich nur der Auslöser, das letzte Tröpfchen, das das Fass zum Überlaufen gebracht hat, das hab ich ja schon gesagt. Ich war mit den Nerven völlig herunter, hab nur noch geheult, mich krankschreiben lassen müssen. Eine Kollegin aus der Bibliothek wollte mich einmal besuchen, die hat er an der Tür barsch abgewiesen. Ich hab so gehofft, dass die die Polizei holt. Und dann eben die Senfsuppe. Da braucht es einen bestimmten Senf, einen ›Thomas‹-Senf. Er hat auf Google Maps genau berechnet, wie lange ich dafür brauchen darf, um die Zutaten einzukaufen.«

»Nein!«

»Doch. Das war so ein netter Hinterhofladen, wo man klingeln musste. Das junge Paar da hat mich seltsam angesehen, sie müssen gemerkt haben, wie es mir ging. Und während des Kochens schaute er mir die ganze Zeit über die Schulter und kontrollierte jede Zutat mit einem Rezeptblatt. Sie müssen sich vorstellen, dieser ekelhaft riechende Mann mit seinem Rauschebart, der sich überhaupt nicht mehr gepflegt hat, und dann …«

»Weinen Sie sich ruhig einmal aus, wir haben Zeit. Möchten Sie einen Kaffee?«

»Ja gerne, Frau Kommissarin, was glauben Sie, wie lange es her ist, dass mich jemand gefragt hat, was ich möchte? Ja, und dann stelle ich ihm die Senfsuppe hin, und er kostet, schüttelt daraufhin ärgerlich den Kopf, schreit herum, dass ich zu blöd bin, selbst die einfachsten Gerichte zu kochen, dass ich es gar nicht verdient habe, in Deutschland zu leben und Staatsbürgerin zu sein. Da sind bei mir die Sicherungen durchgebrannt. Ich hab ihm zuerst den Topf mit der heißen Suppe über den

Kopf geleert. Er hat gekreischt, ist aufgesprungen, hat sich die Augen gewischt und immer lauter geschrien. ›Meine Augen, meine Augen!‹, hat er gebrüllt. ›Ich kann nichts mehr sehen!‹ War klar, der Senf ist scharf, und das brennt halt ein wenig in den Augen.«

»Was ist als Nächstes passiert?«

»Er hat blind herumgegrabscht, wollte mich erwischen. ›Ich bring dich um!‹, hat er geschrien. ›Ich mach dich tot, du Türkenschlampe!‹ Das Einzige, was ich hatte, um mich zu verteidigen, war der Kochtopf, den ich in Händen hielt. Und weil er gar nicht aufhören wollte zu schreien und mir immer näher gekommen ist, hab ich ihm den Topf über den Schädel gezogen. Und gut getroffen, er ist sofort zu Boden gegangen.«

»Wir wissen allerdings, dass ihn der Schlag mit dem Topf nicht getötet hat.«

»Er hat sich nicht mehr gerührt, und mit dem Geschrei war Schluss. Ich hab nach seiner Nadelsammlung gegriffen, ich wusste ja, wo die längsten sind. Die Matratzennadeln. Und die hab ich ihm alle reingesteckt, direkt ins Herz. Oder da, wo ich vermutet habe, dass … Und er hat nicht einmal heftig geblutet. Ich war wie im Rausch. Ich habe dann alle geholt, die Sacknadeln, die langen Stopfnadeln und schließlich diesen Drahtspieß, der angeblich aus dem 18. Jahrhundert stammt. Den hatte er auch aus dem Stadtmuseum geklaut. Meine Wut war so groß, dass ich ihn mit allen Nadeln gespickt habe, die ich finden konnte, und ich hab ihm jede einzelne mit großem Genuss hineingestoßen, überallhin. ›Die ist für die Bierdosen!‹, habe ich geschrien. ›Und die ist für die Biergläser und die nächste für die Tropfsteine und dann noch eine in den Bauch für die Höhlenspinne in Kunstharz und noch eine für die Potthucke!‹ Das war eine besonders lange, das können Sie mir glauben. Und, Frau Kommissarin, Sie werden es nicht verstehen, ich habe mich danach unglaublich frei gefühlt, so frei wie nie zuvor.«

»Sie müssen sich dennoch vor Gericht für die Tat verantworten. Dann ist es mit der Freiheit …«

»Ach was! Im Gefängnis kriege ich eine saubere Zelle, und wenn sie nicht sauber ist, putze ich sie, bis alles glänzt. Keine Sammlungen, kein Mann, der mich ständig kontrolliert.«

»Ihnen ist bewusst geworden, dass Sie Ihren Mann nicht in der Wohnung liegen lassen können?«

»Eigentlich hätte ich direkt die Polizei rufen und mich abholen lassen sollen. Aber … ich weiß nicht … ich habe nicht klar gedacht. Ich wollte ihn aus der Wohnung raushaben. Vielleicht habe ich auch geglaubt, man wird jemand anders verdächtigen. Das war natürlich Unsinn. Ich hab meine Mama angerufen …«

»Sie wird gerade im Nebenzimmer von einem Kollegen vernommen.«

»Ja, sie hat mir geholfen. Welche Mutter hilft nicht ihrer Tochter in Not? Wir haben ihn in einen Teppich gewickelt und um drei Uhr früh hinuntergetragen, weil da keine Menschenseele unterwegs ist. Ins Auto geladen, dann hab ich nicht lange überlegt. Zu den alten Glocken an der Bauernkirche haben wir ihn gebracht, da hab ich mir gedacht, da hast du deine Geschichte, das Stadtmuseum ist nicht weit, und die Bauernkirche ist wohl das älteste Gebäude in der Stadt. Und da treffen sich die Jugendbanden. Ich hab einen Moment lang geglaubt, ich kann denen die Tat in die Schuhe schieben. Da war sogar einer da, der hat es mit angesehen, wie wir ihn aus dem Teppich gerollt und hingelegt haben. Der hat das Blut und den Drahtspieß gesehen, der ragte ja aus der Brust heraus. Aber der hat bloß den Kopf geschüttelt und gesagt ›Voll krass, Alter!‹ und ist abgehauen. Ich war mir sicher, der würde nicht zur Polizei gehen.«

»Und weiter?«

»Mama hat vor sich hin gejammert, ich hab sie zu Hause in mein Bett verfrachtet, ihr Tee gemacht und aufgewischt. Ich hab Rum getrunken, das Einzige, was im Haus war, weil ich vor Aufregung so gezittert hab. Und der wirkt bei mir extrem, da ich ja nie trinke. Ich bin am Küchentisch eingeschlafen, und als es hell wurde, wachte ich auf und … also, ich wurde sofort wieder wütend, als ich seine Sammlungen vor mir sah. Und dann … na, da hab ich die Tropfsteine runter auf die Straße geworfen, die Höhlenspinne flog hinterher, zuletzt der Tropfstein, der ganz schwere, ich hab das Gewicht nicht einmal gespürt. Für den Iserlohner Kreisanzeiger aus dem Schlafzimmer, für den hab ich keine Kraft mehr gehabt, den werden hoffentlich Ihre Leute wegräumen. Der Stalaktit oder Stalagmit, was weiß ich, schlug unten mit einem enormen Knall auf, Leute schrien. Dann sind ziemlich schnell Ihre Kollegen eingetroffen, Mama wurde wach, lief aus dem Schlafzimmer. Ihre Kollegen haben mir Handschellen angelegt, weil ich ihnen gefährlich erschien. Mama hat gekreischt, und dann waren Sie da.«

»Wir machen jetzt Schluss, Frau Wellin. Ich kann dem Gericht nicht vorgreifen, aber wenn man Ihnen dort Ihre Version abnimmt, könnten Sie freikommen, weil Ihr Anwalt wahrscheinlich auf Notwehr plädieren wird. Wenn Sie nur das mit den Nadeln hätten bleiben lassen! Jetzt müssen Sie zurück in Ihre Zelle.«

»Solange ich dort keine Potthucke und keine Senfsuppe essen muss, ist alles okay, Frau Kommissarin.«

Christiane Dieckerhoff

Das Erbe von Ahlen

Er beugte sich nieder und hob sie auf, und für einen Augenblick zitterte eine sanftere Regung über des Mannes düsteres, zorniges Gesicht.

Zögernd strich Katharina, zu ihrem Leidwesen von allen Katrinken genannt, über die Zeitungsseite. Bereute der Baron endlich? Würde die Güte seiner Gattin doch noch seine dunkle Seele retten?

Sie seufzte. Über ihr hustete Obersteiger Weller und beförderte ihre Gedanken unsanft in die Gegenwart und damit zurück in die Flettküche, in der sie am Tisch vor dem Kamin hockte. Nichts hier war herrschaftlich. Nicht die aufgemalte Maserung des Schranks, den jeder besaß, der es sich leisten konnte und der deshalb im Volksmund Prahlhansschrank genannt wurde. Nicht das mit Zwiebelmuster verzierte Keramikgeschirr, das nur aussah wie das Porzellan aus der Königlich-Sächsischen Porzellan-Manufaktur. Und am allerwenigsten sie selbst mit ihren klobigen Holzschuhen, die bei jedem Schritt unregelmäßig klackerten. Und dennoch war es Heimat. Selbst der Gestank der Zigarren des Obersteigers, der anstelle der Würste, die dort eigentlich hängen sollten, im Schinkenhimmel zwischen den Dachsparren waberte, änderte nichts daran. Mutter würde sich im Grab umdrehen, wenn sie wüsste, was aus ihrem Haus geworden war, dabei war der Kirchhof einer der wenigen Orte, wo nicht gegraben und gesprengt wurde.

Wieder hustete es über ihr. Seufzend hinkte Katharina zum Kamin. Gleich würde Weller nach seiner Mittagssuppe verlangen, die auf dem Herd köchelte. Obwohl sie die Füße kaum anhob, lärmten ihre Holzschuhe auf dem Steinboden.

Katharina hielt inne und lauschte. Obersteiger Weller war ein ungeduldiger Mann, der es hasste, gestört zu werden. Wie hatte es so weit kommen können? Sie war eine Dienstmagd im eigenen Haus. Gerade diktierte er dem Johannes Zahlen in die Feder. Er nuschelte so sehr, dass der immer wieder nachfragen musste. Johannes hatte es nicht leicht mit ihm, dabei war er ein so feiner Herr. Ganz das Gegenteil von Weller, der versuchte, sie in Ecken zu drängen und nach ihrem Busen zu grapschen. Und so einem hatte Vater die beste Kammer gegeben. Als Büro! Das schöne große Bett, in dem Mutter zur Welt gekommen und ihren letzten Atemzug getan hatte, stand jetzt in der Deele. Sei ja genug Platz dort, hatte der Vater gesagt.

Als Mutter noch lebte, war das anders. Zehn Kühe und zwei Säue hatten dort gelebt. Katharina erinnerte sich gut an die nebeligen Tage im November, wenn sie die Blutschüssel halten durfte und die Mutter die ersten Kochwürste aus dem Kessel schöpfte. Das war ein Fest gewesen. Ein Himmel von Wurst und Schinken hatte von den Dachbalken gehangen und seinen Duft im gesamten Haus verbreitet, selbst die Wäsche duftete nach Mettwurst.

Unwillkürlich wanderte ihr Blick zu den nackten Dachbalken hinauf. Mit dem Handrücken wischte sie sich über die Augen, bevor sie nach dem Kochlöffel griff, um im Topf zu rühren. Sie vermisste ihre Mutter, das Lachen der Mägde, die groben Scherze der Knechte. Es war, als hätte ihre Mutter all das mit ins Grab genommen. Zurückgeblieben waren sie und Vater. Erst hatte er noch versucht, die Landwirtschaft zu retten, es war jedoch immer schwieriger geworden, weil keiner mehr als Knecht arbeiten wollte, sondern alle wie die Karnickel Löcher in die Felder buddelten oder bei der Ahlener Societät anlegten, um in einer der Strontianitgruben zu arbeiten. Schließlich hatte auch Vater die Äcker an den Strunz verpachtet. Seitdem verbrachte er seine Tage in der Wirtschaft, spielte Karten oder geriet sich mit einem der anderen Tagediebe in die Haare. Er verschleuderte das Geld, als besäße es keinen Wert.

Stühlescharren über ihrem Kopf ließ Katharina zusammenfahren. Hoffentlich kam der Vater bald mit dem Brot. Der Obersteiger hatte schon mehr als einmal damit gedroht, sich ein anderes Büro zu suchen. Soll er doch, dachte Katharina, dann fiel ihr Johannes ein. Wenn Weller das Büro kündigte, würde sie ihn nicht mehr sehen. Er schien ihren Klumpfuß nicht einmal zu bemerken, scherzte mit ihr und blickte ihr tief in die Augen. Manchmal berührten sich ihre Hände, und das war ein sehr eigenartiges Gefühl. Katharina rührte heftiger, zischend verdampfte Suppe auf der Flamme. Bevor sie noch mehr verspritzen konnte, wurde die Tür zur Deele aufgestoßen, und der Vater stolperte in die Küche. Er lallte etwas, was sie nicht verstand, und stank, als hätte er in Schnaps gebadet.

»Wird aber auch Zeit«, schimpfte Katharina. »Wo ist das Brot?«

Wieder nuschelte er etwas Unverständliches, dabei kratzte er sich den Nacken, als müsste er nachdenken.

»Hast du das Brotgeld versoffen?« Katharina stemmte die Arme in die Hüften.

Vaters Antwort klang wie »Weibsleute«. Ohne sie weiter zu beachten, hockte er sich an den Tisch, legte den Kopf zwischen die Arme und begann fast sofort, laut zu schnarchen. Katharina umklammerte die Kelle. Wie gerne hätte sie ihm damit den Buckel gegerbt. Doch dazu fehlte ihr die Zeit und wohl auch der Mut. Sie war mit den Zehn Geboten aufgewachsen, und eines davon lautete: Du sollst Vater und Mutter ehren! Wie viel einfacher wäre das, wäre Mutter noch da.

Katharina hängte die Kelle an den Herd, schob ihren Kopf unter Vaters Schulter und hievte ihn in die Höhe. Ohne größeres Murren ließ er sich in die Deele führen, wo sie ihn aufs Bett fallen ließ. Sie zog ihm die Holzpantinen von den Füßen, sein großer Zeh lugte ihr schmutzstarrend aus einem Loch im Strumpf entgegen. Seit Mutter tot war, versumpfte ihr Vater wie die Strunzgruben. Nur gab es niemanden, der seinen Schmerz abpumpte wie die Arbeiter das Grundwasser. Sie griff in Vaters Gürteltasche: Schnupftuch, achtzig Pfennige. Katharina schnaubte. Mehr nicht? Wütend stopfte sie das Tuch zurück in den Gürtel. Das Geld behielt sie in der Hand. Sie musste sich sputen, wollte sie noch ein Brot bekommen.

Johannes saß vor dem Herd und blickte von der Zeitung auf, als Katharina vom Bäcker zurückkehrte. Ihre Wangen wurden heiß. Sie fragte sich, ob er wieder von ihren blauen Augen sprechen würde.

»Guten Tag, Herr Kreimer.« Katharina nannte ihn nur in Gedanken beim Vornamen. Sie hängte ihren Wollumhang an den Haken neben der Tür.

»Wollte dein Vater nicht das Brot mitbringen?«

»Was Sie nicht alles mitkriegen.« Ihre Antwort sollte spöttisch klingen, doch es schmerzte, dass Johannes wusste, wie es um ihren Vater stand. »Ihm ist nicht wohl.« Sie beugte sich über den dampfenden Topf.

»Die Suppe riecht gut.« Johannes streckte die Nase in die Luft und atmete übertrieben tief ein.

Katharina wusste, dass er sie mit dem Lob ablenken wollte.

»Das Essen ist gleich fertig.« Sie nahm das Brotmesser aus der Lade und schnitt Scheiben vom Laib.

»Lass mich das machen, Katrinken.«

Johannes war der Einzige, von dem sie sich das Katrinken gerne gefallen ließ. Trotzdem musste sie ihn necken. »Fürchten Sie sich etwa vor mir, wenn ich ein Messer in der Hand halte?«

»Nicht vor dir.« Unwillkürlich wanderte Johannes' Blick zur Stiege.

»Na dann.« Katharina reichte ihm Brotlaib und Messer und griff nach der Zeitung. Ehe sie sich versah, lag Johannes' Hand auf ihrer.

»Was liest du denn eigentlich, wenn du hier sitzt? Etwa die Gewinnzahlen der Lotterie? Oder nein, warte, ich weiß es. *Ein Wirbelwind*«, las er mit hoher Stimme. *»Und denken zu müssen«*, seine Stimme klang jetzt düster, unheilschwanger, *»dass ich all dies jenem erbärmlichen Weibe zu danken habe.«*

»Still!« Katharina blickte zur Stiege. »Wenn der Obersteiger Sie hört, denkt er noch, Sie reden von mir.«

»Und?«, fragte Johannes. »Mach ich dich halt ehrbar und heirate dich.«

Seine Antwort verschlug ihr die Sprache. So deutlich war er noch nie geworden. Sie hörte die Stimme ihrer Mutter. »Mit dem Hof wirst du immer einen Mann finden.« Nur wollte sie das? Ja, dachte Katharina. Ehen wurden nicht im Himmel geschlossen, nicht hier auf dem Land und nicht einmal in den Geschichten, die sie las. Stets jedoch eroberte die brave Frau das Herz ihres Mannes. Der Gedanke kribbelte wieder ganz komisch in ihrem Bauch, und so sagte Katharina das Erste, was ihr in den Sinn kam.

»Was ist denn nun mit der Lotterie?«

Für einen Augenblick wirkte Johannes enttäuscht, dann antwortete er nach einem Blick in die Zeitung: »Vierzigtausend Mark konnte man gewinnen, und gestern war Ziehung.«

»Glücksspiel ist Teufelswerk«, sagte Katharina, weil es sich so gehörte. In Wirklichkeit hätte sie gerne ein Los gehabt. Mit vierzigtausend Mark könnte sie das Ehebett zurück in die Kammer stellen, dem Obersteiger den Stuhl vor die Tür setzen und ... Wieder verspürte sie dieses Ziehen knapp unterhalb des Bauchnabels. Hastig wandte sie sich ab.

»Du hast ja so recht.« Johannes klang jetzt wie der Pfarrer, wenn er am Sonntag von der Kanzel predigte. »Umso erstaunlicher«, fügte er mit spöttischer Stimme hinzu, »dass mit dem Erlös eine Kirche gebaut werden soll. Aber das katholische Gewissen ist ja dehnbar.«

»Lassen Sie das bloß nicht den Obersteiger hören.«

»Was?« Johannes riss unschuldig die Augen auf.

»Na, Ihr sozialdemokratisches Gerede.« Katharina stellte einen dampfenden Suppenteller auf den Tisch.

»Aber du«, neckend richtete Johannes den Zeigefinger auf Katharina, »hast doch gesagt, Glücksspiel sei Teufelswerk. Ich habe dir bloß zugestimmt. Versteh einer die Frauen.« Scheinbar bekümmert wackelte er mit dem Kopf.

»Sie sollen nicht die Frauen verstehen«, dröhnte Obersteiger Wellers Bass vom Fuß der Stiege, »sondern mir erklären, wo unser Dynamit bleibt.« Für einen Mann seiner Ausmaße bewegte er sich erstaunlich geschmeidig. Er zog sich Vaters Stuhl mit den Armstützen heran und setzte sich. »Wieder Graubrot?«, beschwerte er sich, als Johannes ihm eine Scheibe reichte. »Und Kuttelsuppe?« Er warf den Löffel auf den Tisch. »Wo ist überhaupt dein Vater?«

»Hat auf der Tenne zu tun.«

»Schläft wohl eher seinen Rausch aus.« Weller musterte Katharina. »Das wird noch übel mit ihm enden«, prophezeite er, bevor er den Löffel in die Suppe tauchte. »Was ist mit dem Heizer der Nachtschicht?«, fragte er Johannes.

»Es hat ihn ordentlich erwischt.« Johannes bröckelte Brot in die Suppe.

»Was ist denn passiert?«, fragte Katharina. Immer wieder gab es Unglücksfälle auf Alwine, und Begriffe wie Schlagwetter und Steinschlag waren ihr mittlerweile so geläufig wie Strahlfäule oder Euterentzündung.

Weller ignorierte sie, Johannes beantwortete ihre Frage.

»Es hat einen Unglücksfall gegeben.« Er blies über seinen Löffel.

Katharina wusste, dass er sie auf die Folter spannte, aber sie würde sich eher die Zunge abbeißen, als noch einmal nachzufragen.

»Der Heizer hat Hacken zugespitzt.«

»Das macht doch der Vater.«

»Wenn er nüchtern genug ist«, knurrte Weller, ohne von seinem Teller aufzublicken.

»Wie auch immer«, fuhr Johannes hastig fort. »Auf jeden Fall steckte er dieselben behufs rascher Abkühlung in einen eisernen Topf mit Wasser.«

Katharina konnte sich vorstellen, wie er exakt diese Worte für seinen Bericht ans Bergamt benutzt hatte.

»In dem Augenblick nun, als er das glühende Eisen ins Wasser tauchte, zersprang der Topf mit einem starken Knall und wurden ihm Stücke desselben und das Wasser mit furchtbarer Gewalt ins Gesicht geschleudert und dieses schrecklich entstellt.« Johannes führte einen weiteren Löffel an den Mund.

»Aber warum?« Katharina blickte zum Herd, auf dem die Suppe simmerte. »Ein Topf zerspringt nicht einfach so.«

»In dem Topfe hat sich eine Dynamitpatrone befunden, die durch die Berührung mit dem glühenden Eisen explodiert ist.« Johannes klang immer noch wie ein Berichtsbuch.

»Und wie kommt die da rein?«

»Das wüssten wir allerdings auch gerne«, sagte Weller über seinen Teller gebeugt. »Wir können von Glück sprechen, dass es nur eine war, sonst hätte es den Heizer zerrissen. Genug davon. Wir müssen gleich los, der Bergrath erwartet Pünktlichkeit.«

Später, als Weller und Johannes aufgebrochen waren, um in der Strontianitgrube nach dem Rechten zu sehen, schlurfte der Vater in die Küche. Das Haar stand ihm wirr vom Kopf ab.

Wortlos stellte Katharina ihm einen Teller Suppe hin.

»Kein Brot?« Mit zitternder Hand tauchte er den Löffel in die Flüssigkeit.

»Du hast keins mitgebracht.« Katharina setzte sich ihm gegenüber an den Tisch. »Und Geld ist auch keins mehr da. Wenn das so weitergeht, sucht sich der Obersteiger ein anderes Büro, und was ist dann?«

»Das mach ich alles wieder gut«, murmelte der Vater, »du wirst schon sehen.« Er klopfte sich auf die Gürteltasche.

»Mit deinem Schnupftuch?« Katharina wurde das Herz schwer. Wie stark ihr Vater früher gewesen war, und jetzt? Ein haltloses Wrack mit zitternden Händen. Was hatte der Strunz aus ihm gemacht? Nicht das Strontianit, dachte Katharina, Mutters Tod hat ihm den Lebensmut genommen. Dieses Kristall, das alle Welt haben wollte, weil man damit Zucker aus stinkender Melasse gewinnen konnte, hatte ihm nur den Rest gegeben. Erst hatte es ihm die Knechte genommen, dann das Vieh und zuletzt das Land. Wobei »genommen« nicht das richtige Wort war. Vater hatte es ihnen ja gegeben. Er war einer der Ersten gewesen, der Land verpachtete, damit sie es mit ihren Löchern und Förderanlagen und Dampflokomobilen, die das Grundwasser aus den Gruben pumpten, verschandelten. Und seit Vater nichts mehr zu tun hatte, wusste er nichts mit sich anzufangen. Fünfundzwanzig Pfennige bekam er pro geförderter Tonne. Und jeden einzelnen trug der Vater ins Wirtshaus.

»Du wirst sehen, im November ist der ganze Spuk vorbei. Dann gehört das alles wieder uns.«

»Wieder uns?« Katharina richtete sich auf. »Hast du die Verträge gekündigt?«

»Pah!« Vater spitzte die Lippen, als wollte er ausspucken, überlegte es sich im letzten Moment jedoch. »Das kann nur die Societät.«

»Aber was gehört uns denn dann wieder?«

»Ich hol alles zurück. Du wirst sehen. Schöne Kleider wirst du haben und Knopfstiefel. Maßgeschneidert«, fügte er hinzu. »Und eine Magd und Knechte werden wir wieder haben. Es wird alles wie früher. Ach, was sag ich, besser wird es, viel besser. Der Obersteiger kann mir den Buckel runterrutschen mit seinen Hacken und seinem Getue. Wo ist die Zeitung?«

Katharina reichte sie ihm.

Ungeduldig blätterte er durch die Seiten, bis er gefunden hatte, was er suchte.

»Muss hier irgendwo sein.« Vater kramte in seiner Gürteltasche, das Schnupftuch landete in der Suppe. »Noch gehabt«, brummelte er in seinen Bart. »Hast du es genommen?« Misstrauisch kniff er die Augen zusammen.

»Was denn?«

»Das Los, es muss hier irgendwo sein. Nun hilf mir schon suchen.«

»Was denn für ein Los?«

»Na, von der Lotterie«, antwortete Vater ungeduldig, doch alles Suchen half nicht, das Los blieb verschwunden.

»Bestimmt haben es dir deine Saufkumpanen gestohlen.« Erschöpft strich sich Katharina eine Haarsträhne aus dem Gesicht. Das Strontianit hatte nicht nur hart arbeitende Menschen nach Ahlen gebracht, sondern auch Gesindel und sogar Sozialdemokraten, die von allen die Schlimmsten seien, wie der Pfarrer und der Amtmann nicht müde wurden zu betonen.

»Dann ist alles verloren.« Vater sackte in sich zusammen.

»Alles?« Katharina blickte sich um, ohne wirklich etwas zu sehen. »Was hast du gemacht?«, presste sie an dem dicken Kloß vorbei, der ihr den Hals eng machte.

»Verspielt. Alles.« Vater starrte auf seinen Suppenteller. »Aber wenn das Los gewinnt, ist alles in Ordnung.« Er schob den Teller von sich. »Ich brauch bloß ein neues.« Auch bei diesen Worten schaffte er es nicht, Katharina anzuschauen. »Bitte, Katrinken, mit dem Geld aus der Lotterie kann ich das alles bezahlen.«

»Schämst du dich nicht?« Katharina sprang auf, krachend schlug ihr Stuhl gegen den Herd. »Du hast Haus und Hof verspielt, und der liebe Gott soll's jetzt mit einem Los richten?«

»Ich hab's gefunden. Das war ein Zeichen. Und außerdem: Er ist es mir schuldig.« Vater schlug mit dem Löffel auf den Tisch.

»Lass das nicht den Pfarrer hören.« Katharina schnaubte. »Gott schuldet niemandem etwas.«

»Er hat mir die Frau genommen, den Hoferben.«

Bei dem Gedanken an den Bruder, der zusammen mit ihrer Mutter auf dem Friedhof lag, wuchs der Kloß in Katharinas Kehle.

»Er kann nicht zulassen, dass ich auch noch Haus und Hof verliere.«

»Du hast es verspielt!«, schrie Katharina. »Was hat Gott damit zu tun? Hat er dir die Karten gegeben? Wo sollen wir hin?« Sie umschlang sich mit beiden Armen. »Was hast du getan?«

»Ich mach das wieder gut.« Auch Vater war aufgestanden. »Katrinken.« Er streckte die Hand nach ihr aus.

Sie wich vor ihm zurück, und ihr Blick wanderte durch die Küche. Alles, was ihr noch vor wenigen Stunden wertlos erschienen war, sprach nun zu ihr: Heimat, murmelte der Prahlhansschrank. Heimat, fielen die bemalten Tassen und Teller ein. Heimat, wisperten die Holzpantinen an ihren Füßen.

»Ich hab was zur Seite gelegt.«

»Geld?« Katharina beugte sich vor. Konnte es wirklich sein, dass es Hoffnung gab?

»Nicht direkt«, antwortete der Vater. »Dynamit. Ich hab's auf der Tenne versteckt. Da findet es keiner.«

»Was?« Die Enttäuschung traf sie wie ein Fausthieb in den Leib. »Du hast auch noch die Societät bestohlen? Wenn das herauskommt!« Wie tief war der Vater gesunken?

»Nicht bestohlen«, widersprach er. »Genommen, was mir zusteht. Weißt du, dass dieses Pack uns übers Ohr hauen will?« Seine Stimme zitterte so sehr wie seine Hände. »Die wollen so tun, als würden sie Schwefelkies abbauen.«

»Ja und?« Katharina verstand nicht, was das mit ihrem Hof zu tun hatte. War es nicht egal, was die Societät aus der Erde holte?

»Dann ist das Strontianit nur noch ein Abfallprodukt, und sie müssen uns nichts mehr für die Tonne zahlen.«

»Das sieht dem Obersteiger ähnlich.« Für einen Augenblick teilte Katharina die Wut des Vaters, bis die Wahrheit sie niederdrückte. »Wir haben nichts mehr?«

Sie griff nach dem Schürhaken, hob ihn über den Kopf, fuhr herum und wusste nicht mehr, warum sie ihn überhaupt in der Hand hielt. In ihrem Hals schmerzte ein Schrei. Ihre Hände zitterten wie die des Vaters, als sie den Schürhaken wieder an den Herd hängte.

Vater, der in sich selbst versunken auf dem Stuhl saß, hatte von allem nichts bemerkt.

»Ich mach das schon.« Er strich sich übers Haar. »Wir kriegen das hin.«

»Indem du alles in die Luft jagst?«

»Nein«, sagte Vater. »Ich verkaufe das Dynamit an die kleinen Grubenbetreiber.«

»Um den Hof auszulösen?«

»Von dem Geld kaufe ich Lose.«

»Die Lotterie ist vorbei!« Mit einer Handbewegung fegte Katharina die Zeitung vom Tisch. »Du kannst keine Lose mehr kaufen.«

»Nicht?« Vaters Unterkiefer sackte hinab. »Dann setze ich es eben auf der Rennbahn.«

»Vater.« Katharina umrundete den Tisch und kniete vor ihm nieder, damit er ihr in die Augen schauen musste. Für die Dauer eines Wimpernschlags sah sie wieder den starken Mann, der sie auf den Schultern getragen hatte oder sie auf der Kuh hatte reiten lassen, nicht den zusammengesunkenen Mann mit der grob geäderten Nase und den trüben Augen. »Wie konntest du das tun?«

»Ich kann machen, was ich will.« Ein Satz wie eine Ohrfeige. Vater straffte die Schultern. »Es gibt ja eh keinen Erben.«

»Es gibt mich.«

»Du kannst bleiben«, Vater wischte sich übers Gesicht, »hat er gesagt. Er braucht jemanden fürs Haus, und du bist kräftig wie ein Ochse, hab ich ihm gesagt. Auch mit dem Klumpfuß.«

Wie ein Ochse! Katharina presste die Fingernägel in die Handballen. Der Schmerz half ihr, sich aufzurichten. Er hatte sie verschachert. Ein toter Bruder, der nicht einmal geatmet hatte, bedeutete ihm mehr als sie.

»Hättest du dich um Mutter gekümmert, wäre das alles nicht passiert.«

Katharina schluchzte. »Ich war ein Kind.«

Vater barg das Gesicht in den Händen. Schließlich stemmte er sich in die Höhe, dabei vermied er es, ihr in die Augen zu schauen.

»Dann geh ich mal die Hacken zuspitzen. Weller hat schon danach gefragt.« Er griff nach dem Blecheimer, der neben dem Herd stand, um ihn am Brunnen mit Wasser zu füllen.

Als der Vater die Küche verlassen hatte, hob Katharina »Die Glocke« auf. Ihr Blick blieb an den letzten Zeilen des Fortsetzungsromans hängen.

In Todesangst flog ich die Treppe hinunter, stürzte auf sie zu und umklammerte ihren Arm.

Sie biss sich auf die Unterlippe und folgte dem Vater. Sie musste wissen, an wen er den Hof verpfändet hatte. Die Decke, die Mutter noch gesteppt hatte, lag neben dem Ehebett. Katharina war versucht, sie einfach dort liegen zu lassen, es war ja sowieso alles verloren. Doch dann dachte sie an den über die Arbeit geneigten Nacken der Mutter und bückte sich. Ein gerollter Zettel fiel zu Boden. Katharina nahm ihn auf. Sie blickte in den Hof, wo der Vater die Esse anheizte, öffnete den Mund und schloss ihn wieder.

Statt zu ihrem Vater zu gehen, kehrte sie in die Flettküche zurück und fuhr mit dem Finger die Zahlenkolonnen entlang. Sie hatten weder dreißig noch fünftausend noch zehntausend Mark gewonnen. Katharina kniff die Augen zusammen, verglich noch einmal die Zahlen. Vater hatte recht gehabt. Der liebe Gott hatte seine Schulden bezahlt. Vierzigtausend Mark! Sie konnten den Hof auslösen und dann …

An diesem Dann blieben ihre Gedanken hängen wie an einem Haken. Dann würde alles wieder von vorne anfangen? Nein! Sie steckte das Los in die Rocktasche, hinkte hinüber zur Deele. Ungleichmäßig klackerten ihre Pantinen auf den Steinen. Sie zog sie aus, lief auf Wollstrümpfen weiter. Sie fand die Kiste mit dem Dynamit sofort, nahm erst eine Patrone heraus, hörte Wellers Stimme »von Glück sprechen, dass es nur eine war«, nahm eine zweite und eine dritte. Im Hof stand Vater mit dem Rücken zu ihr, hielt eine Hacke in die Glut. Katharina trat zum Wassereimer. Sie zögerte, schloss die Augen, sah das vorwurfsvolle Gesicht ihrer Mutter, Johannes' Lächeln und ließ die Dynamitstangen hineinfallen. Bevor sich ihr Vater umwandte, eilte sie zurück in die Küche, griff nach ihrem Umhang, als ein heftiger Knall sie zu Boden schleuderte.

Als sie wieder zu sich kam, hielt Johannes sie im Arm, das Gesicht ernst.

»Dein Vater«, sagte er. »Es tut mir so leid.«

Zitate aus: »Die Glocke«, Oelde, Dienstag, 14. Oktober 1890, Fortsetzungsroman »Im Banne der Lüge« von D. Russel

Unfallhergang aus: »Der Strontianitbergbau im Münsterland«, herausgegeben von Martin Gesing, Kreis-Geschichtsverein Beckum-Warendorf e. V.

Christiane Franke und Cornelia Kuhnert

Willkommen im Kreis Unna!

Es hat aufgehört zu regnen. Der Himmel meint es gut mit der Gruppe, die sich gleich von Edwin Retzlaff durch den Kreis Unna kutschieren lässt. Eine kulinarisch-kulturelle Begrüßung für die Neuzugezogenen. Zweimal monatlich ist Edwins Oldtimerbus für diese Fahrt gebucht. Ein fester Termin für sein Ein-Mann-Unternehmen, das er nach seinem Renteneintritt gegründet hat. Mit einem Kässbohrer, Baujahr 1958. Sechzehn Plätze, verstellbare Sitze, Armlehnen. Kühlschrank. Deutsche Wertarbeit und sein ganzer Stolz.

Vorher war er Koch. Keiner der Typen, die minimalistische Portiönchen zu exorbitanten Preisen an Leute mit dickem Geldbeutel verhökern, nicht mal einer mit eigenem Restaurant. Im Landhaus Hellweg, in dem er zuletzt angestellt war, gab es gutbürgerliche Küche. Der Gasthof existiert nicht mehr. Fachkräftemangel, obwohl ja genügend Leute herziehen. Nur die sehen in der Regel nicht so aus, als wenn sie die Arbeit erfunden hätten. Sonst hätten sie tagsüber wohl kaum Zeit für eine ausgiebige Busfahrt. Überhaupt hält Edwin diesen ganzen Begrüßungskram für überflüssig. Die sollten sich lieber selber auf Erkundungstour begeben und sich nicht alles vorkauen lassen. Andererseits verdient er gutes Geld mit diesen Touren.

Er wirft einen Blick auf die Uhr. Punkt zehn soll die Abfahrt am Bahnhof Unna sein. Jetzt ist es Viertel vor, und Steffi radelt herbei. Ihre dunkelblonden Locken sind mit einer Haarspange am Hinterkopf festgesteckt. Steffi Müller stammt wie er aus dem Nicolaiviertel der Kreisstadt, ist Ortsheimatpflegerin und zertifizierte hauptamtliche Gästeführerin. Während sie die Gegend und ihre Besonderheiten erklärt, steuert er den Bus. Außerdem hat er für einige Stationen typisch westfälische Kleinigkeiten zum Essen vorbereitet. Das kommt immer prima an. Ja, Steffi und er sind wirklich ein eingespieltes Team, obwohl er es nicht in Ordnung findet, dass sie sich so mit den Neuen verbrüdert. Im Juli haben sie bei »Un(n)a Festa Italiana« auf dem schillernd beleuchteten Unnaer Marktplatz sogar ein Tänzchen gewagt. Steffi ist eine echte Tingelfutt und lässt von der »Festa« bis zum »SimJü« keine Feier in der Gegend aus. Sein Ding ist das nicht so. Er sitzt lieber mit den Kumpels in seiner Stammkneipe und guckt Fußball.

Kaum hat er Steffi mit einem freundschaftlichen Klaps auf die Schulter begrüßt, halten nebenan am Bahnhof ein Regionalzug und Augenblicke später zwei öffentliche Busse. Menschen unterschiedlichster Herkunft gehen auf den Oldtimerbus zu und stellen sich beim Einstieg an. Bunt ist die Kleidung, und bunt ist die Mischung der Sprachen. Ein Kauderwelsch, das Edwin nicht versteht. Selbst Plattdeutsch, Bayerisch und Sächsisch sind dabei.

»Welcome to Unna«, begrüßt Steffi jeden, der einsteigt.

Edwin sitzt auf dem Fahrersitz und beobachtet die Menschen misstrauisch. Einige nicken ihm mit einem Lächeln zu. Damit wollen sie sich wohl bei ihm einschmeicheln. Darauf fällt er nicht rein. Er nicht. Ihm gefällt der Zuzug der Fremden nicht. Sind zu viele. Früher war schon hinter den Flüssen Lippe und Ruhr Ausland. Heute kommen die Leute von überallher. Diese Überfremdung tut seiner Heimat nicht gut. Da müssten die Politiker was gegen unternehmen. Aber was machen die? Nichts. Er sieht das ja auf seinen Busfahrten für die Neubürger. Willkommenstouren für Fremde! Als wenn man die hier haben wollte. Er jedenfalls nicht.

Pünktlich um zehn Uhr will Edwin den Bus starten, doch Steffi hält ihn zurück. Sie schiebt beim Durchzählen ihre Brille ein wenig höher an die Nasenwurzel, um besser sehen zu können. »Eine fehlt.«

»Na und?«, erwidert er. »Hat sie Pech gehabt. Pünktlichkeit ist das A und O bei uns. Da soll sie sich mal besser gleich dran gewöhnen.«

Mit diesem Argument überzeugt er Steffi nicht. Während sie warten, versucht sie, die anderen auf die Bustour einzustimmen.

»Meine Herrschaften, willkommen! Wir starten in der Kreisstadt Unna, der kreativen Stadt mit Flair und Ambiente.«

Steffi übersetzt ins Englische. Doch das versteht Edwin nicht.

»Wissen Sie, wie die Stadt zu ihrem Namen gekommen ist?«, fragt sie wie üblich.

Natürlich weiß niemand, dass die Kreisstadt ihren Namen vermutlich den Sachsen verdankt. Die wunderten sich angeblich über die damaligen Siedler, die sich an einem Ort ohne Fluss niederließen. Un-nah-aa, wie der Sachse sagte. Nicht nah am Wasser. Nur wer kann so was schon aussprechen? Also wurde Unna daraus. Edwin gefällt die Erklärung, egal ob sie stimmt oder nicht.

»Können wir jetzt losfahren?«, fragt er.

Bevor Steffi antworten kann, rennt eine blonde Frau mit offener Jacke aus dem Hotel Katharinen Hof herbei und steigt ein.

»Entschuldigung!«, ruft sie kurzatmig. »Bin ich hier richtig bei der Willkommenstour mit rollendem Dinner?«

Steffi lächelt sie an. »Ja, aber nun mal schnell rein.«

Lachend steigt die Frau ein und schiebt sich durch den Gang. »Danke, dass Sie gewartet haben.«

Nanu, denkt Edwin, die spricht ja Hochdeutsch.

***

Rosa Moll lässt sich auf den letzten freien Platz fallen. Puh, gerade noch geschafft. Dass sie auch nie pünktlich sein kann. Dabei ist es wichtig, dass sie diese Tour mitmacht. Für Giuliana, ihre beste Freundin aus Kindertagen, die im Krankenhaus um ihr Leben kämpft. Vor drei Wochen schwärmte Giuliana ihr am Telefon in höchsten Tönen von ihrer neuen Arbeitsstelle in Unna vor. Beim nächsten Anruf klagte sie über Durchfall und Bauchschmerzen und darüber, dass ihr büschelweise die Haare ausfallen. Rosa und Giuliana hatten sich treffen wollen, weil Rosa ohnehin zum achtzigsten Geburtstag ihrer Oma diese Woche in der Kreisstadt ist. Dann erreichte sie der Anruf von Giulianas Mutter. Seit vier Tagen liegt ihre Freundin im Christlichen Klinikum Mitte und ist nicht mehr ansprechbar. Rosa erscheint das seltsam, zumal die Ärzte keine Ahnung haben, weshalb es Giuliana so schlecht geht. Sie musste auch gestern bei Omas Geburtstagsfeier die ganze Zeit an ihre Freundin denken.

Vor allem, als das typisch westfälische Büfett eröffnet wurde. Das erinnerte Rosa daran, dass Giuliana vor zwei Wochen an einer Willkommensbustour durch den Kreis Unna teilgenommen hat, auf der es landestypische Häppchen gab.

Rosa hat überlegt und auf dem Handy gegoogelt, wann die nächste Tour stattfindet. Als sie sah, dass es für heute noch einen freien Platz gab, hat sie den spontan gebucht. Vermutlich ist es eine Schnapsidee, und es kommt nichts dabei heraus, doch ihr Zug zurück nach Neuharlingersiel geht sowieso erst morgen Vormittag.

***

Edwin gibt Gas und steuert den Bus über Hillering und Kleistraße Richtung Holzwickede, während Steffi einige Erklärungen über den Ablauf der Fahrt gibt. »Wenn ihr Fragen habt, nur zu. Ich bin die Steffi, und am Steuer sitzt der liebe Edwin.«

Eine Frau mit bayerischem Dialekt wundert sich, dass es hier so viel Wald gibt. Lautstark erzählt sie, dass sie gedacht hat, in dieser Gegend wäre eine Steinkohlezeche neben der anderen. Edwin verdreht die Augen und beschleunigt. Wieso ziehen die Leute hierher, wenn sie keine Ahnung von diesem Landstrich haben? Die übrig gebliebenen Zechentürme sind eher Gedenkstätten und Museen.

»Unsere erste Station ist Haus Opherdicke, ein ehemaliges Rittergut und wunderschön renoviertes Wasserschloss«, erklärt Steffi, als Edwin den Blinker an der Kreuzung zur Einfahrt setzt. »Wir besichtigen zunächst den Skulpturenpark und schauen uns dann die Ausstellung im Obergeschoss des Hauptgebäudes an. In der Zwischenzeit bereitet Edwin uns einen kleinen Imbiss im Kaminzimmer vor.«

Auf dem neu gepflasterten Hof der Anlage stehen einige Autos, ansonsten ist nicht viel los. Edwin parkt den Bus vor den Wirtschaftsgebäuden aus gemauertem Kalksandstein. Aus den Augenwinkeln taxiert er jeden einzelnen der aussteigenden Gäste. Eine junge Frau trägt einen indischen Sari. Oder ist es ein Kaftan? Egal. So läuft man hier nicht rum.

Der junge Mann mit schwarzer Cordarbeitshose und Kapuzenpulli unter einer Lederjacke, der auf der Rückbank gesessen hat, gefällt ihm auch nicht. Der drängelt sich gerade vor und behindert andere beim Aussteigen. Edwin kennt solche Typen. Dunkle, pomadige Haare, stechender Blick. Denen traut er nicht über den Weg. Aber das darf man ja nicht laut sagen. Edwin schaut ihm hinterher, als die blonde Frau den Bus verlässt. Sie lächelt ihn an, als wenn sie ihn um Verzeihung für die verspätete Abfahrt bitten will. Er kann nicht anders und nickt ihr zu.

***

Der Himmel leuchtet in klarstem Blau, erste Blätter haben sich gelb verfärbt und segeln von den Baumwipfeln auf das satte Grün des Grases. Weiß leuchtet der Pavillon hinter den Wirtschaftsgebäuden im Park. Rosa lässt den Blick schweifen und bleibt an den Skulpturen hängen. Der Pelikan ist neu, hat Steffi gesagt.

Vom Schloss aus guckt man auf die tiefer gelegene Parklandschaft. Sie gleicht denen englischer Herrschaftshäuser. Die Schönheit der Architektur berührt Rosa zutiefst, selbst wenn ihr das nicht dabei hilft zu verstehen, warum Giuliana plötzlich ohne Besinnung im Krankenhaus liegt. Wahrscheinlich darf Rosa nicht überall Mord und Totschlag vermuten, obwohl sie damit oft richtigliegt. Davon können ihre Freunde in Neuharlingersiel ein Lied singen. Schließlich haben sie schon einige verzwickte Mordfälle zusammen gelöst.

***

Edwin nimmt den geflochtenen Weidenkorb und marschiert die Treppenstufen zum Haupteingang hoch. Er wird vom Hausmeister mit ausgestreckter Faust begrüßt und drückt seinen Handrücken dagegen. Ist so geblieben, seit sie einmal damit angefangen haben.

»Tach, Willi. Wir sind heute wieder ausgebucht.«

»Weiß ich, Steffi hat mich gestern angerufen. Hab das Kaminzimmer aufgeschlossen und Teller und Wasserflaschen hingestellt. Soll ich dir helfen?«

Edwin schüttelt den Kopf. »Nicht nötig, danke. Ist heute nur ein westfälischer Appetithappen.«

Er betritt den Saal und holt das Möpkenbrot aus der Tasche. Er hat die brotförmige Wurst gestern frisch nach seinem Spezialrezept gekocht und in dicke Scheiben geschnitten. Die Mischung aus Blut, Fleischbrühe und Mehl ist Edwins Leib- und Magenspeise. Am liebsten mit einem Klacks Sirup. Auf jeden der Teller kommen eine Scheibe Brot und ein Spritzer Sirup.

Nach einer Stunde trudeln alle im Kaminzimmer ein und bewundern die holzvertäfelten Wände, die kunstvoll geschnitzten Möbel und die Zimmerdecke, genau wie den alten gekachelten Kamin.

Edwin reicht das Möpkenbrot herum und hat dabei den Typen im Kapuzenpullover die ganze Zeit im Blick. Sein abschätziger Gesichtsausdruck ist ihm nicht entgangen.

»Probieren Se mal. Ist *die* Delikatesse aus dieser Gegend.« Edwin gibt ihm einen Teller.

Mittlerweile haben sie eine halbe Stunde Verspätung. Steffi hat wieder viel zu viel über Haus Opherdicke erzählt. Wozu macht sie das? Die Leute sind sowieso nicht an seiner Heimat interessiert. Die wollen nur Kohle. Das liest man ja überall, vor allem die sozialen Netzwerke sind voll davon. Edwin ist sowohl bei Facebook als auch bei Instagram und X. Den öffentlich-rechtlichen Sendern kann man ja nicht mehr trauen. Die stecken mit den Politikern unter einer Decke.

Die Straße ist holprig, Edwin gibt trotzdem Gas. Im Haus Böinghoff in Flierich werden sie zum warmen Essen mit westfälischen Tapas erwartet. Plötzlich blitzt es vor ihm auf. Mist. Die haben Hildegard versetzt, und er ist bestimmt zwanzig Stundenkilometer zu schnell gefahren.

»Diese scheißmobilen Blitzer!«, flucht er.

***

Es regnet, als sie Haus Böinghoff erreichen. Ein gemütlicher, ziemlich großer Gasthof mit schönem Außenbereich. Schade, dass wir bei diesem Wetter nicht den angekündigten kurzen Spaziergang zum Dorfplatz bei der Kirche machen können, denkt Rosa, als sie mit den anderen über die Straße eilt.

Eine lange Tafel ist für die Reisegruppe gedeckt. Fröhlich, in wildem Kauderwelsch miteinander plaudernd, nehmen alle Platz. Steffi und Edwin lassen sich am Tischende nieder, Rosa sitzt den beiden schräg gegenüber.

»Nach dem Möpkenbrot lernen Sie nun weitere typisch

westfälische Speisen kennen«, sagt Steffi. »Deftig, kräftig, so lieben die Leute das Essen hier. Guten Appetit! Lassen Sie es sich schmecken!«

Gleich darauf trägt die Wirtin Schüsseln mit den verschiedensten Speisen herein.

»Himmel un Ääd, Pfefferpotthast, Bohnensalat, dicke grüne Bohnen mit Speck«, erklärt sie und stellt sogar vegetarische Varianten der Gerichte mit auf den Tisch.

Rosa beäugt die Speisen misstrauisch. Könnten Giulianas Bauchschmerzen mit diesem Essen zusammenhängen? Von irgendetwas müssen die Beschwerden schließlich herrühren. Rosa schaut abwartend zu Edwin und Steffi, doch die greifen wie alle anderen beherzt zu. Steffi ist ganz in ihrem Element, unterhält sich kreuz und quer über den Tisch auf Deutsch und Englisch, einige Brocken Italienisch beherrscht sie ebenfalls. Edwin hingegen isst schweigend. Manchmal wirft er dem Typen mit der Lederjacke giftige Blicke zu, wenn der mit seinem Sitznachbarn spricht. Seltsamer Kerl, der Busfahrer.

***

Edwin nimmt sich einen Nachschlag vom Pfefferpotthast. Er liebt dieses traditionelle Rindfleischgericht. Das hat seine Mutter früher immer zu Weihnachten gekocht. Die hat aber nicht nur Lorbeerblätter und Nelken in die Soße gegeben, sondern auch Kapern.

Die blonde Frau plaudert intensiv mit der im Sari. Hört interessiert zu, als die von Indien erzählt, während er seine Kartoffeln in der Soße zermatscht. Wenn sie es dort so toll findet, hätte sie ja dableiben können. Edwin presst die Kiefer aufeinander.

»Die dicken Bohnen sind ein Gedicht«, sagt die Blondine und blickt Edwin an. »Die schmecken genau wie früher bei meiner Oma. Meine Freundin Giuliana konnte nie genug davon kriegen. Sie ist bei der Tour vor zwei Wochen dabei gewesen. Jetzt ringt sie im Krankenhaus um ihr Leben.«

Edwin verschluckt sich fast, als er das hört. Er darf jetzt keinen Fehler machen.

***

Der Regen hat aufgehört, als die Gruppe nach dem Essen und einem wohltuenden Espresso zum Schloss Cappenberg fährt. Der Busfahrer gibt wieder ordentlich Gas.

»Können Sie nicht langsamer fahren?«, fragt Saira. Die junge Inderin sitzt neben Rosa. »Mir wird übel.«

Sofort schaut Rosa zu ihr rüber. Tatsächlich ist Saira ganz blass im Gesicht.

»Soll ich dir eine Tüte reichen?«, fragt sie besorgt.

Saira schüttelt mit einem matten Lächeln den Kopf.

Der Fahrer hat vermutlich ihre Bitte gehört, denn tatsächlich drosselt er das Tempo.

Saira bleibt allerdings blass, und Rosa beschleicht das dumpfe Gefühl, dass die Übelkeit der jungen Frau nicht allein von Edwins Fahrstil herrührt. Gibt es hier einen ersten Hinweis auf die Ursache für Giulianas Erkrankung?

Als sie aussteigen, mustert Rosa die anderen Mitfahrenden verstohlen, doch außer Saira, deren Name übersetzt »die Reisende« heißt, wie Rosa vorhin erfahren hat, scheint es allen gut zu gehen.

»Als Erstes besuchen wir die Stiftskirche«, sagt Steffi und deutet im Vorbeigehen auf eine alte Platane, deren gewaltiger Ast von einem Holzgestell gestützt wird. »Den Samen für diesen Baum soll der damalige Schlossherr Freiherr vom Stein von niemand Geringerem als Alexander von Humboldt geschenkt bekommen haben.«

Saira lehnt sich erschöpft an den Stamm. »Ich bleibe draußen. Vielleicht verscheucht die frische Luft meine Übelkeit.«

»Ist es okay, wenn ich mit in die Kirche gehe?«, fragt Rosa, hin- und hergerissen zwischen dem Bedürfnis, Saira nicht im Stich zu lassen, und der Neugier auf das Innere der Kirche.

Saira nickt. »Natürlich.«

Rosa schließt sich den anderen an und betritt das Gotteshaus durch den Seiteneingang.

»Das Schloss war früher mal ein Kloster der Prämonstratenser«, erklärt Steffi.

Rosa ist schwer beeindruckt von der prächtigen Kirche, vor allem vom altehrwürdigen Chorgestühl, das sie an die Westminster Abbey erinnert. Nicht dass sie dort schon einmal gewesen ist, aber bei den Hochzeiten im englischen Königshaus und bei der Trauerfeier zu Queen Elizabeths Tod hat sie stundenlang vorm Fernseher gesessen und zugeschaut.

Nachdem sie die Kirche verlassen haben, hat Saira wieder mehr Farbe im Gesicht.

»Es geht mir schon besser«, sagt sie zu Rosas Erleichterung.

Gemeinsam schlendern sie zum Schloss hinüber. In den frisch renovierten Räumen gibt es eine Ausstellung über eine einst hochgelobte, dann in Vergessenheit geratene Malerin.

Die Treppe des Schlosses, die sich erstaunlicherweise nicht hinter dem Eingangsportal, sondern etwas weiter rechts befindet, lässt Rosa an die Treppe der Evenburg bei Leer denken. Besonders angetan ist sie von einem Raum, dessen Parkettfußboden dreidimensional wirkt. Vom großzügigen Balkon aus hat man auch hier einen wunderbaren Blick über den englischen Landschaftsgarten.

Gerne würde Rosa die Bilder der Künstlerin intensiver betrachten, doch Steffi bittet alle, ihr in den Vier-Jahreszeiten-Saal zu folgen, in dem Edwin inzwischen die Nachspeise aufgebaut hat. Lauter kleine Glasbecher stehen in der Mitte des Tisches.

***

Edwin schiebt die Kühltasche an die Seite. Den Nachtisch hat er heute Morgen erst in die Gläser abgefüllt. Besser, das zieht nicht so lange durch, sonst werden die Pumpernickelbrösel matschig. Die Kirschen geben ja Saft ab.

Sein Blick schweift zu den Gästen der Tour. Erst ruht er länger auf dem Typen mit der Lederjacke, dann wandert er zu der Inderin, am Schluss zu der Blondine. Sie scheint ihn zu beobachten. Das gefällt ihm nicht, erst recht nicht, dass sie die Italienerin kennt.

Steffi klatscht in die Hände. »Greifen Sie zu. Edwin hat für uns ein für die Gegend typisches Dessert zubereitet, die Westfälische Creme.«

Schon drängt sich die Meute an den Tisch, und Edwin verteilt die Gläser mit der Quarkcrememischung. Plötzlich steht die Blondine vor ihm.

***

»Was ist da außer Quark und Kirschen drin?«, fragt Rosa.

»Pumpernickel. Frisch angeröstet.« Der Busfahrer drückt ihr ein Glas in die Hand.

Pumpernickel. Automatisch zieht sie die Mundwinkel nach unten. Deswegen hat sie diese Nachspeise schon als kleines Kind bei ihrer Oma nicht gemocht.

Als sich Edwin zu Steffi umdreht, weil die etwas von ihm wissen will, stellt Rosa ihr Glas unauffällig zurück auf den Tisch, von dem sich Saira gerade das letzte Glas nimmt.

»Verrat mich nicht, Pumpernickel mag ich nicht.« Rosa zwinkert ihr zu und schnappt sich lieber ein Fläschchen Hertingpörter. Den Kräuterlikör serviert ihre Oma immer nach einem gehaltvollen Mittagessen.

***

Edwin greift nach dem letzten Glas. Da weiß jemand diese Köstlichkeit nicht zu schätzen. Mit wenigen Löffeln hat er den Nachtisch verspeist.

»Ich verstehe gar nicht, warum du das nicht essen wolltest«, hört er die Inderin zu der Blondine sagen. »Mir schmeckt es.«

Er grinst in sich hinein. Dann erwischt es eben die Inderin und nicht die Blondine. Egal, um die ist es auch nicht schade.

***

Zwei Wochen später muss Rosa erneut nach Unna. Giuliana hat es nicht geschafft, heute findet ihre Beerdigung statt.

Rosas Oma begleitet sie auf den Friedhof. Der Wind raschelt in den letzten Blättern der alten Buchen. Rosa friert, doch es ist eher die innere Kälte, die sie frösteln lässt. Giuliana ist an einer Thalliumvergiftung gestorben. Und niemand hat eine Erklärung dafür.

Während sie dem Sarg hinterherlaufen, sagt ihre Oma leise: »Heute war ein großer Artikel in der Zeitung. Es scheint, als ob in letzter Zeit mehrere Menschen an diesem Gift gestorben sind.«

Rosa sieht sie überrascht an. »Mehrere?«

»Ja. Sie waren alle Neubürger im Kreis Unna. Erst hat man vermutet, dass es was mit ihren ausländischen Wurzeln zu tun hat. Aber jetzt hat es auch den Busfahrer dieser Willkommenstouren erwischt, und der ist in Unna geboren. Der arme Kerl lag ein paar Tage bewusstlos im Krankenhaus und ist gestern gestorben. Stell dir vor, alle Opfer haben an diesen Touren teilgenommen. Die Polizei steht vor einem Rätsel.«

Marc Raabe

Waltrop-Zwillinge

Ganz ehrlich? Ich habe den besten Grund, den es gibt.

Ich bin neununddreißig. Ich habe es neunzehn Jahre lang mitgemacht, habe ausgehalten, stillgehalten. Aber jetzt ist Schluss. Ich bin wieder hier, in Waltrop, und heute werde ich Sabine gehen lassen.

Warum ich mich so drumherum ausdrücke? Gehen lassen? Nun ja, es fühlt sich besser an. Leichter. Irgendwie netter. Manche Dinge spricht man besser nicht zu deutlich aus, auch nicht vor sich selbst, sonst verliert man den Mut.

Ich werfe Sabine einen Blick zu und weiß, sie ahnt nichts. Sie ist vollkommen arglos. Meine ehemals liebste Freundin, meine Nachbarin, als wir noch Kinder waren, meine Schwester im Geiste. Sabine und Clara. Clara und Sabine. Die zwei aus der Klöckner-Siedlung in Waltrop. Pottschwestern. Als wir Teenies waren, haben sie uns die Waltrop-Zwillinge genannt, immer im Doppelpack, auf jedem Park- und Schützenfest. Treffen am »Kiepenkerl« und von da aus los, zwei zum Miteinander-Pferde-Stehlen. Oder, na ja, vielleicht eher Kaugummi im Edeka, in einem Städtchen mit damals vielleicht zwanzigtausend Einwohnern. Bei »Curry Heini« hängt ein vergilbtes Bild von uns, Arm in Arm zwischen Fußballwimpeln und Paul Panzer. Wir waren sogar mal in denselben Kerl verschossen – und selbst dafür haben wir eine Lösung gefunden. Oder vielmehr, *ich* habe eine Lösung gefunden.

Ich sehe dir zu, wie du den Schlüssel ins Schloss steckst und das Gittertor zum Gelände des Schiffshebewerks öffnest. Eine Straßenlaterne gießt kaltes Licht über uns aus. Es ist Nacht. Der Geruch des Kanals liegt in der Luft, stehendes Wasser und rostige Schiffsbäuche.

»Jetzt komm schon«, raunt Sabine. »Wie früher.« Sie tritt über die Schwelle und winkt mir mit der Champagnerflasche in der Hand zu. Eine Moët. Früher war es Rotkäppchen-Sekt.

»Woher hast du den Schlüssel?«, flüstere ich und zögere, das Gelände zu betreten, dabei weiß ich, es ist *die* Gelegenheit.

»Hanno leitet doch den Förderverein«, sagt sie albern kichernd. Hat sie etwa schon vorher etwas getrunken? Egal, mir soll es recht sein. Vielleicht sollte ich auch schnell etwas trinken. Das könnte es leichter machen. Denn gerade will mein Herz bersten. Ich kann hören, wie es in meiner Brust jagt.

Budumm, budumm, budumm.

»Ist Jo eigentlich noch bei der Polizei?«, fragt Sabine.

»Mhm«, brummele ich. »LKA.«

Eine getigerte Katze schleicht uns vom Hebewerk aus entgegen und streicht mir um die Beine. Ich nehme sie behutsam hoch, streichele sie und setze sie dann außerhalb des Geländes ab, husche über die Schwelle und schließe das Gitter. Ich möchte nicht, dass irgendjemand das hier mitansieht, und sei es eine Katze.

»Hu, keine Zeugen, was?«, witzelt Sabine und schließt hinter mir ab. Kann sie Gedanken lesen?

»Ja, nur wir zwei«, sage ich im Halbdunkel und komme mir schäbig vor. Dabei ist sie diejenige, die sich schämen sollte. Seit neunzehn Jahren müsste sie eigentlich in Grund und Boden versinken. Aber so ist es immer, oder? Diejenigen, die sich schämen sollten, tun es nicht. Schämen ist ja ein schlimmes Gefühl. Man steht nackt und hässlich vor sich selbst da. Und mit dem Nacktsein, da hatte Sabine schon immer Probleme, auch in der Nacht, als wir mit Jo und Hanno schwimmen waren. Sie war die Einzige, die ihre Unterwäsche anbehielt. Dabei konnte man trotzdem fast alles sehen, als sie aus dem Wasser kam.

Wir gehen die feuchten Stufen zum unteren Kanal hinab. Die Uhr tickt. Die imposante Stahlkonstruktion des Schiffshebewerks Henrichenburg ragt im Scheinwerferlicht vor uns auf. Vier Türme, die ein Rechteck bilden, noch unter Kaiser Wilhelm beauftragt. Zwischen den Türmen schweben Stahlbrücken, Stege und Gestänge in schwindelerregender Höhe. Und dann ist da am Boden noch das riesige Becken, dreitausend Tonnen schwer, in dem die Schiffe früher vom oberen Teil des Kanals zum vierzehn Meter tiefer liegenden Teil gesenkt oder von dort aus hochgehoben wurden. Es riecht nach Jugend, alten Sünden und abgekarteten Geheimnissen – und nach dieser *einen* Lüge zu viel. Es sollte faulig riechen, aber hier wurde alles vor anderthalb Jahren frisch saniert. Von der Industriebrache zur Touristenattraktion.

Ein Klacken ertönt, und mit einem Schlag gehen die Lichter auf dem Gelände aus. Ich zucke zusammen. Nicht dass ich nicht wüsste, was gerade passiert ist, doch ich bin nervös. Mein Puls ist jenseits von hundert.

»Ist nur die Zeitschaltuhr«, beruhigt Sabine mich. »Um Mitternacht wird die Außenbeleuchtung abgeschaltet. Guckt ja eh keiner mehr um diese Zeit.«

»Wie nützlich«, murmele ich und erschrecke mich vor meinen eigenen Worten. Zwischen den schweren Wolken lugt ein Dreiviertelmond hervor. »Und, traust du dich?«, frage ich und zeige hinauf, wo eine Traverse mit einem schmalen Gang die zwei Türme über dem oberen Schleusentor verbindet.

Zwillingstürme, schießt es mir in den Sinn. Ich weiß, dass es eine Mutprobe für Sabine ist, dort hinaufzugehen. Das war früher schon so. Ich war immer die Mutigere von uns beiden, und meine Aufgabe war es gewesen, Sabine mitzunehmen, sie ins Abenteuer zu entführen, sie zu halten, sie zum Nacktbaden zu überreden, sie dazu zu bringen, über sich selbst hinauszuwachsen. Nur nach Berlin habe ich sie nicht mitgenommen, irgendwann war mal Schluss mit dem Mitnehmen, insbesondere nach dem, was damals passiert ist.

»Mist«, flüstert sie. »Hab geahnt, dass du da hoch willst.«

»So wie früher«, flüstere ich zurück, als ob uns jemand hören könnte. Wir sind mutterseelenallein. Und wenn Sabine die Tür zum Turm aufschließt, wird sie vorher die letzte Verbindung nach draußen kappen – die Alarmanlage, die bei einem Wach- und Schließdienst aufgeschaltet ist. Spätestens dann ist das Hebewerk wie eine Festung auf einer einsamen Insel, obwohl die nächsten zwei Häuser gerade einmal dreißig Meter Luftlinie entfernt sind. Gut, einen Schrei wird man vielleicht hören, aber bis jemand hier ist, tja, das wird dauern.

Meine Gedanken wandern zu Jo. Mein lieber, netter Mann. Nein, wir sind nicht verheiratet, falls Sie das denken. Er hat mich zwar gefragt, doch letztlich waren wir uns einig, dass wir genauso gut ohne Trauschein zusammenleben können, was wir seit neunzehn Jahren in Berlin auch tun, seit wir aus Waltrop weggegangen sind.

Wenn du mich jetzt sehen könntest, Jo, wenn du meine Gedanken lesen könntest, würdest du herbeieilen und mich aufhalten? Mich retten?

Retten. Ich bleibe an dem Wort kleben. Muss ich gerettet werden? Will ich überhaupt gerettet werden? Nein, ich will mich befreien, von neunzehn Jahren Schweigen. Neunzehn Jahre Nicht-ich-Sein. Und trotzdem wünsche ich mir plötzlich, dass Jo mir von Berlin aus nachgereist ist, dass er in einem Wagen sitzt, um mich zu stoppen, und die Scheinwerfer über die Recklinghäuser Straße preschen, aufs Hebewerk zu. Vielleicht denkt er dabei gerade an das Foto von mir und Sabine bei »Curry Heini«.

Der Himmel reißt nun ganz auf. Die letzten Wolkenfetzen verschwinden. Das nasse Kopfsteinpflaster schimmert im Mondlicht, als würde es mich locken wollen, mich auf rutschigen, unsicheren Boden rufen. Rechts liegt das Pumpenhaus, links ragt das Hebewerk auf. Ich steuere direkt auf den Turm am Schleusentor zu. Sabine ist auf einmal zögerlich.

Mach bloß nicht schlapp, denke ich.

Nicht den Mut verlieren.

Mit wem rede ich da eigentlich? Mit ihr oder mit mir?

»Was denn?«, sage ich. »Der erste gemeinsame Schampus seit neunzehn Jahren und den willst du unten trinken? Na los!«

»Ja, schon gut«, murmelt Sabine. »Bin ja kein Teenie mehr.«

»Eben.« Ich grinse, woher auch immer ich das gerade nehme. Danach zumute ist mir nicht.

Am Turm angelangt, öffnet Sabine das Kästchen mit der Alarmanlage und stellt sie ab, dann drückt sie die Tür auf und schaltet das Licht ein. Kellerlampen mit Drahtschutzgitter. Die Wendeltreppe liegt vor uns, eng und steil. Wir können nur nacheinander gehen, ich lasse Sabine den Vortritt.

Beim Aufstieg wiegt sich ihr Becken vor meinem Gesicht. Fast schon sinnlich. Gebärfreudig. Bei dem Wort wird mir übel, und ich balle die Hände zu Fäusten. Stufe für Stufe steigen wir hoch, dabei ist mir, als würde ich hinabsteigen in die Vergangenheit, in unsere Seelenverwandtschaft und in die Niederungen der Lüge, die alles zerstört hat. Die Lüge, wegen der ich dich hinter mir lassen musste, gleich nach dem Abitur.

Ich Berlin, du weiter Waltrop. Ich war nicht nur traurig und geschockt, ich war auch hungrig. Ich war zwanzig, und mir wurde es zu eng hier. Das Parkfest, der Schützenverein, jedes Jahr dieselbe Leier. Das einzig Überregionale waren die Fußballwimpel an der Wand von »Curry Heini«, das einzig Unbekannte eine vor sechzig Jahren gefundene Männerleiche, verbrannt im Wald am Schweinegürtel, da wo sich ein Bauer an den nächsten reiht. All die netten Leute auf der Straße, in der Nachbarschaft. Jeder kennt irgendwie jeden, es schien mir, als wären alle Uhren zur selben Zeit stehen geblieben, alles in Waltrop kam mir so beschaulich vor, dass ich dachte, ich ersticke.

Und heute? Kommt mir das alles so schön vor. So erstrebenswert. Ich will verdammt noch mal endlich nach Hause, raus aus diesem Moloch Berlin.

Sabine dagegen hat es hier geliebt, sie wollte nie weg.

Und nun biegt ihr Hintern auf meine Zielgerade ein. Ihr Lügenbecken. Die beiden Kinder, die sie zur Welt gebracht hat, sieht man ihr kaum an. Ein paar letzte Stufen, dann sind wir in der Turmspitze.

Sabine schiebt den Riegel der schmalen Tür auf und schaltet das Licht wieder aus. »Damit wir die Sterne besser sehen.«

Sie lächelt mir zu, und wir treten hinaus in die Nacht. Ein leichter Windstoß erfasst mein Haar, ich fröstele. Der Turm gegenüber ist etwa zehn Meter entfernt, der Gang von hier bis drüben ist am Boden mit geriffeltem Stahlblech ausgekleidet, gerade mal einen Meter breit, und links vom hüfthohen Geländer geht es sechsundzwanzig Meter in die Tiefe.

Sabine zwirbelt den Draht am Flaschenhals auf, lässt den Korken sanft in ihre Hand knallen und steckt ihn ein. Typisch. Ich hätte ihn fliegen lassen. Irgendwo in der Nähe schlägt eine Autotür. Schon wieder muss ich an Jo denken. Stelle mir vor, wie er vom Wagen zum Tor rennt, darüberklettert, um mich von dem hier abzuhalten. Mein treuer, harmloser, netter Polizist. Mein weißer Ritter. Bereits in der Schule hatte er diesen ausgeprägten Gerechtigkeitssinn. Wenn weiße Ritter nur nicht so langweilig wären. Hätte er doch ein paar schwarze Flecke, wie ein Dalmatiner vielleicht. Und trotzdem wünsche ich mir nichts mehr, als dass er da wäre. Warum ist das Leben manchmal so absurd? So widersprüchlich?

Sabine reicht mir die Flasche, und ich versuche, die Widersprüchlichkeit mit zwei langen Schlucken herunterzuspülen. Ich weiß, ich muss später meine Fingerabdrücke und Speichelreste vom Flaschenhals wischen.

In meinem Mund prickelt der Champagner. Mein Herz prickelt auch. Kalt und heiß zugleich. Schleichen sich da etwa Schuldgefühle an? Ich denke an Hanno, wie er war, bevor er

Sabine geheiratet hat. Haben wir noch eine Chance, er und ich? Nein, der Gedanke ist falsch. Wir haben *nur dann* eine Chance, wenn ich nicht kneife.

Sabine setzt die Flasche an den Mund und trinkt gierig, als wollte sie etwas vergessen, als müsste sie sich Mut antrinken für irgendetwas.

»Clara?«, fragt sie. Der Mond wirft bleiches Licht auf ihre Haut. Ihre Lippen glänzen, fast scheint es, als zitterten sie. »Ich muss mich bei dir entschuldigen.«

Ich erstarre. Das kann nicht ihr Ernst sein. Jetzt? Ausgerechnet jetzt?

»Warum?«, frage ich arglos. Dabei weiß ich nur zu gut, was sie sagen wird. Genau das, worauf ich neunzehn Jahre lang gewartet habe.

»Ich hab dich belogen«, haucht Sabine, als würde sie der Mut verlassen.

»Wegen Hanno!«, stelle ich fest.

»Ja, auch«, sagt sie. Sabine wendet den Blick ab, schaut in die Ferne, über den Kanal, der sich tief unter uns vom Ruhrpott ins Münsterland erstreckt. Ich sollte sie jetzt stoßen. Nicht dass sie sich noch wirklich entschuldigt! Dann müsste ich am Ende ein schlechtes Gewissen haben. Ich spüre förmlich, wie sich Jo nähert, die Treppe heraufstürmt, um mich zu retten. Gut, dass das nur ein Gedanke ist. Sonst müsste ich Jo erklären, dass ich all die Nächte neben ihm lag und an Hanno denken musste.

»Was meinst du mit ›ja, auch‹?«, frage ich.

Sabine schweigt einen langen Moment. Wir stehen beide nebeneinander am Geländer, das uns gerade einmal bis zu den Hüften reicht. Glaselemente, eingerahmt von Metallstangen. Alles ganz sicher, damit niemand ausrutscht und unter dem Geländer hindurchfällt. Tourismus und tödliche Unfälle schließen sich gegenseitig aus.

Auf den Scheiben glitzern Regentropfen. Der geriffelte Metallboden unter unseren Füßen ist feucht und glatt. Ich frage mich, wie ich sie am besten stoße, in welchem Winkel. Vielleicht sollte ich mich bücken, ihre Beine packen und hochheben, so würde sie wie von allein über das Geländer kippen. Nur muss ich ihr dabei genügend Schwung verpassen, damit sie nicht auf der Metallstrebe landet, die sich auf halber Höhe unter der Brücke spannt, sondern daran vorbeifliegt, bis ganz nach unten. Aber da ist dieses *eine* Wort, das sie eben gesagt hat und das mich nicht mehr loslässt.

»Du meintest, du willst dich entschuldigen«, wiederhole ich. »Und dann habe ich gefragt, ob es wegen der Sache mit Hanno ist, und daraufhin hast du gesagt ›ja, *auch*‹. Was meinst du damit?«

»Na ja«, erwidert sie ausweichend. »Das mit Hanno ist lange her, oder? Wofür ich mich wirklich entschuldigen will, das ist …«

Ich sehe die Champagnerflasche nicht kommen, aber mit einem Mal ist sie da und knallt gegen meinen Kopf. Ich schwanke, muss mich anlehnen. Sabine bückt sich, stellt die Flasche auf den Boden, packt meine Beine, reißt sie nach oben, ich verliere das Gleichgewicht, und mein Oberkörper schwebt über dem Abgrund.

»… das hier«, höre ich Sabine sagen, dabei klingt sie merkwürdig angestrengt.

Alles geht so schnell, doch mir ist, als wäre ich in einer Zeitlupe gefangen. Ich bemerke aus dem Augenwinkel noch einen Lichtschein an der Tür, ein Mann läuft auf die Brücke, mit einer Lampe, nein, einem Handy. Ist das etwa …

… Jo?

Ich kippe über das Geländer, ich kann nichts dagegen tun, Sabine gibt mir einen letzten Stoß, und ich falle in die Tiefe.

In diesen Fall passt mein ganzes Leben, obwohl er nur ein oder zwei Sekunden dauert. Ich sehe Sabine und mich vor neunzehn Jahren, hier auf der Brücke. Wie sie hemmungslos schluchzte, sich in meine Arme geflüchtet hat.

»Seit wann weißt du es?«, fragte ich sie ruhig, obwohl mein Herz zerspringen wollte vor Eifersucht.

»Seit zwei Wochen«, weinte sie.

»Und du bist dir ganz sicher?«

»Ich hab zwei Tests gemacht, ich meine, wenn ich zwei mache, dann muss es doch klar sein, oder?«

»Ja«, sagte ich tonlos. »Dann ist es wohl klar. Und bist du dir sicher, dass Hanno der Vater ist?«

Wieder schluchzte sie. »Es gibt niemand anders. Was dachtest du denn? Hanno ist der Einzige. Hanno war schon immer der Einzige.«

Ich schluckte. Gott, wie pathetisch sie war! Ich wusste ja, für Hanno war sie nicht die Einzige. Bisher hatte ich gehofft, ich wäre es. Und nun lag meine Zwillingsschwester in meinen Armen und war schwanger, ausgerechnet von ihm. Eine Woge des Mitleids überkam mich. Ich war schon immer die Mutigere gewesen, diejenige, die vorangegangen ist. Hätte ich nur damals gewusst, dass sie lügt.

In diesem Augenblick endet die Zeitlupe, und ich schlage auf. Viel zu früh, denke ich. Aber Aufschlag ist Aufschlag, oder? Da kann man nichts machen.

»Um Himmels willen …« Jo stöhnt und bleibt stehen.

»Jo?« Sabine sieht ihn überrascht an. »Was machst du hier?«

»Ich wusste es«, keucht Jo. »Ich wusste, dass du es tun würdest.«

»Ach ja?« Sabine lächelt kühl im Mondlicht. »Und, wolltest du mich etwa aufhalten?« Wasserperlen schimmern an den Glasscheiben. Er schaltet die Handylampe aus und geht auf sie zu.

»Wir hätten das auch anders klären können«, sagt er.

Sabine empfängt ihn mit einer Umarmung. Ihr Kuss ist vom Adrenalin getrieben, stürmisch, fast etwas grob und glühend.

»Woher wusstest du es?«, fragt Sabine.

»Ich bin Polizist, und ich kenne dich halt zu gut.«

Sie nickt. Für einen Augenblick hat er das Gefühl, dass die erste Woge des Adrenalins abflacht und ihr plötzlich klar wird, was sie getan hat. Sie nimmt die Champagnerflasche in die Hand, trinkt beherzt den letzten Rest aus und wischt mit dem Ärmel gewissenhaft über das Geländer.

»Hast du sonst noch was angefasst?«, fragt Jo.

Ich blinzele. Warum höre ich Jo? Warum höre ich *überhaupt* etwas? Wenn man tot ist, sollte man nichts mehr hören, oder?

Aber ich höre die beiden.

Jo und Sabine?

Mein Körper bebt vor Schmerz. Ich kann kaum atmen, und mir ist, als ob ich in einem Gefrierfach liege. In meinem Mund schmecke ich Kupfer. Viel Kupfer. Über mir ist der Himmel, die zwei Türme und dazwischen die Brücke, auf der Jo und Sabine stehen.

Ich taste um mich herum, erwarte, den Boden zu finden, nur da ist kein Boden, da ist – Luft. Und Metallstreben. Schlagartig weiß ich, wo ich gelandet bin. Auf halber Höhe auf den Metallstreben, zwischen Leben und Tod. Die Schmerzen sind so entsetzlich, dass ich wünschte, Sabine hätte es anständig getan, mehr Schwung geholt, so wie ich es mit ihr vorhatte.

»Sag schon«, hakt Jo nach. »Hast du noch was angefasst?«

»Ich hab mir die Stellen gemerkt, die ich angefasst habe«, höre ich Sabine sagen. Sie klingt seltsam ruhig. »Auf dem Weg nach unten wische ich sie ab.«

So wie du deine Lüge fortgewischt hast, denke ich.

»Gut, dass Clara und ich keine Kinder haben«, höre ich Jo sagen. »Die wären jetzt Halbwaisen.«

Ja, du Scheißkerl. Und weißt du, warum wir keine Kinder haben?

Nein, das weiß er nicht. Wie sollte er auch? Ich habe es

ihm nie gesagt. Ich habe ihm nie erzählt, dass Sabine damals gar nicht schwanger war. Dass sie gelogen hatte. Doch das erfuhr ich erst, nachdem ich ihr Hanno überlassen hatte, das Feld geräumt hatte – für meine Nachbarin, geliebte Freundin, Schwester. Genauso wenig, wie ich ihm erzählt habe, dass kurz darauf meine eigene Blutung ausblieb und ich bei der Apotheke am Kiepenkerl einen Test gekauft habe. Ich war schwanger von Hanno. Ich bin allein zum Arzt, habe mit niemandem gesprochen, selbst mit dir nicht, Sabine. Ich wollte es dir nicht zumuten. Du warst ja selbst schwanger, dachte ich. Warum sollte ich dich da belasten mit einer Abtreibung?

Dann bin ich nach Berlin geflohen – mit dir, Jo. Aber du hast nie geahnt, dass ich nicht mit dir wegwollte, sondern vor allem von Hanno und ihr wegwollte.

Ein paar Monate später stellte sich heraus, dass Sabine gelogen hatte. Und vier Jahre später wusste ich, dass ich nie Kinder kriegen würde.

Ob ich eine Abtreibung gehabt hätte?, wurde ich damals von meiner neuen Frauenärztin gefragt. Als ich bejahte, nickte sie bedauernd. »Man kann es sehen. Leider ist wohl etwas schiefgegangen. Kinder werden Sie jedenfalls keine mehr zur Welt bringen.«

Sabine hatte den Mann, den ich wollte, und sie bekam die Kinder, die ich wollte. Und das alles, weil sie mich verraten und verkauft hat. Weil sie zu feige war, mir die Wahrheit zu sagen. Ich liebe Hanno, hätte sie sagen müssen. Einfach nur das. Und ich hätte geantwortet: Ich auch. Und dann? Wären wir dann woanders gelandet als hier und heute? Sie da oben mit meinem Mann. Mit Jo. Der mir übrig geblieben ist und den sie mir nun auch noch stiehlt.

»Bist du dir sicher, dass sie tot ist?«, fragt Jo.

Ich klopfe meine Manteltaschen ab, auf der verzweifelten Suche nach einer letzten Option. Ich spüre, wie meine Kräfte schwinden. Wie lange habe ich noch? Eine Minute? Vielleicht zwei, bevor ich abtrete?

»Bei sechsundzwanzig Metern?«, fragt Sabine. »Ist das dein Ernst?«

Ihr Mondgesicht erscheint über dem Geländer. Ihr Blick sucht mich, findet mich. Sabine runzelt die Stirn, weil ich mich bewege, weil ich hier schwebe, auf halbem Weg zwischen Leben und Tod, und nun zitternd beide Arme mit zusammengelegten Händen hebe, denn mit nur einem Arm würde ich das Zielen nicht mehr schaffen. Kimme, Korn, Mondgesicht. Ob sie im Dunkeln erkennt, was ich in der Hand halte? Ich ziehe den Abzug durch.

Wie gerne würde ich jetzt den Rückstoß spüren, den Knall hören, Sabines Gesicht zucken sehen. Ich stelle mir vor, wie sie schlaff über dem Geländer zusammensinkt, wie Jo entsetzt ruft und sich fragt, ob er seine Dienstwaffe gut genug weggeschlossen hat. Ich stelle mir vor, wie Sabines Blut auf mich herabtropft, wie ich es schmecke. Ich sehe die zwei Türme schwarz in den Himmel ragen. Zwillingstürme. Ich stelle mir vor, wie ich lache, zum letzten Mal in meinem Leben, bevor mich mein Atem verlässt.

Die Waltrop-Zwillinge.

Auf ewig vereint.

Doch das Blut, das ich schmecke, ist nur meins.

Und das Letzte, was ich in meinem Leben höre, ist Sabines Lachen, quicklebendig.

Eva Almstädt

Untergetaucht in Erwitte

Wir warteten auf dem Marktplatz von Erwitte auf den Beginn der Stadtführung. Ich musterte meine Mitstreiter. In den letzten Wochen war ich zu viel allein gewesen. Ich freute mich auf die Gesellschaft und den Stadtrundgang. Als sich im letzten Moment ein weiterer Mann zu unserer Gruppe gesellte, schlug meine Vorfreude in Schrecken und eine unheilvolle Vorahnung um. War er es? Konnte das sein?

Und von einer Sekunde auf die nächste änderte sich alles. Wie nach einem schweren Autounfall oder einer tödlichen Diagnose: Der Geist wehrt sich, will nicht wahrhaben, was passiert, und sucht nach einem Ausweg. Es dauert, bis die grässliche Wahrheit einsinkt.

Alles begann damit, dass Ulf und Marina Petersen, die in meinem Berliner Mietshaus zwei Etagen über mir lebten, für ein halbes Jahr nach Japan gezogen waren. Ihre Wohnung hatten sie an einen unscheinbaren Mann um die vierzig mit Vollbart und getönter Brille untervermietet. Jedenfalls schloss ich das aus dem Klebestreifen auf dem Namensschild neben der Klingel, auf dem auf einmal *Schmidt* statt *Petersen* zu lesen war. Herr Schmidt und ich trafen uns in den vier Wochen, die er dort oben wohnte, nur zwei- oder dreimal im Treppenhaus. Zu diesen Gelegenheiten mied er meinen Blick.

An einem Mittwochabend Ende November, ich schleppte mich mit meinen Einkäufen die Treppe hinauf, hörte ich weit über mir eine Wohnungstür gehen und das Geräusch leiser, schneller Schritte, die sich mir näherten. Ich blieb auf dem Absatz des ersten Stocks stehen, denn mit vollgepackten Einkaufstaschen in beiden Händen wäre es nicht ratsam gewesen, jemandem auf der Treppe zu begegnen. Das Erste, was ich sah, war eine Hand in einem grauen Lederhandschuh, die über mir am Treppengeländer herabglitt. Den Mann, der mir kurz darauf entgegenkam, hatte ich nie zuvor gesehen. Er war groß und kräftig, dunkel gekleidet in Jeans und Anorak und trug eine schwarze Strickmütze.

Ich grüßte ihn freundlich, ganz die umgängliche Nachbarin. Er umrundete meine Einkaufstaschen und fasste dabei wie Halt suchend an meine Schulter. Wir schauten uns kurz in die Augen. Er hatte ein weiches, glatt rasiertes Gesicht mit einem in die Stirn gekämmten Pony, der in einem seltsamen Kontrast zu seinen schiefergrauen, starr blickenden Augen stand. Scharfer Schweißgeruch hüllte ihn ein. Er machte eine Bewegung, als wollte er etwas aus der Innentasche seiner Jacke holen. Im Erdgeschoss öffnete sich eine Wohnungstür, und laute Stimmen erklangen. Der Mann zog seine Hand weg und verließ eilig das Haus.

Zwei Tage später fand die Polizei »Herrn Schmidt« tot in der Wohnung im vierten Stock. Er war in der Küche mit einer Drahtschlinge erdrosselt worden, sagten die Nachbarn von nebenan. Anhand seiner Handyaktivitäten und der Leichenschau konnte die Polizei den Todeszeitpunkt recht genau ermitteln. Er stimmte mit meiner Begegnung im Treppenhaus überein.

Die Polizei ließ mich unzählige Fotos von Verbrechern betrachten. Und da entdeckte ich ihn wieder: rundes Gesicht, Ponyfrisur und Augen, als hätte jemand Löcher ins Fotopapier gestanzt. Marcel Bentheim, achtunddreißig Jahre alt, mehrfach verurteilter Straftäter. Er hatte zuletzt in Geldern in der JVA eingesessen und war im Sommer mit einer erfolgreich absolvierten Ausbildung zum Maler und Lackierer entlassen worden. Danach hatte er anscheinend erneut die Verbrecherlaufbahn vorgezogen und sich von Körperverletzung und Raub hin zum Auftragsmord beruflich weiterentwickelt. Herr Schmidt, der in Wirklichkeit anders hieß, sollte eigentlich in zwei Monaten in einem Prozess gegen den Boss eines Drogenkartells aussagen. Da war Marcel Bentheim ins Spiel gekommen.

Irgendwann saßen der zuständige Kriminalhauptkommissar Andreas Burg, die Staatsanwältin Rebecca Jungblut und ich bei Filterkaffee und angetrockneten Dominosteinen im Kommissariat beisammen. Es gab noch keinerlei Hinweise auf Bentheims Verbleib. Und nein, teilte mir Burg bedauernd mit, das mit dem Personenschutz sei nicht so einfach. Aber ich sei eine wichtige Zeugin, und er werde schauen, was er da für mich tun könne. Die Spurenlage am Tatort sei leider dürftig. Da sei halt ein Profi am Werk gewesen. Ich solle besser ein zusätzliches Schloss an meiner Wohnungstür anbringen oder mir einen Hund anschaffen, schlug er vor. Ab und zu könnte auf seine Veranlassung hin auch eine Streife an meinem Haus vorbeifahren. Ich solle einfach etwas aufmerksamer sein als sonst, ergänzte die Staatsanwältin. Oder irgendwohin verreisen, wo mich niemand kenne.

»Seien Sie versichert, Frau Moll, die Sache wird sich klären.«

Der Vorschlag, in Bad Westernkotten in eine Pension zu ziehen, kam zwei Tage später von Rebecca Jungblut. Die Polizei sehe angeblich Anzeichen für eine erhöhte Gefährdungslage, vertraute sie mir an. Das würde mir nicht offiziell mitgeteilt werden, da man ja sowieso nicht viel unternehmen könne. Aber *sie* wolle mir helfen. Ihre beste Freundin habe eine Pension in dem kleinen Kurort Bad Westernkotten.

Dort versteckte ich mich nun seit drei Wochen. Ich konnte von hier aus arbeiten, und gegen den Stress gönnte ich mir regelmäßiges Schwimmen, Wassergymnastik, Massagen und Moorpackungen. So ein Kurort hatte seine Vorzüge, nur das Alleinsein war ein Problem.

Als mir in der Pension der Flyer für die Stadtführung »Erwitte und Bad Westernkotten« in die Hände gefallen war, hatte ich mich spontan angemeldet. Erwitte und der Ortsteil Bad

Westernkotten, nah beieinander an dem berühmten Hellweg gelegen, reich an Geschichte und Geschichten. Und ich käme mal wieder unter Leute. Ein entspannter Zeitvertreib – hatte ich gedacht.

Ich schaute Hilfe suchend in unsere Runde. Da war der Mann, der uns durch den Stadtkern von Erwitte führen würde, und die Frau, die in Bad Westernkotten übernehmen sollte. Dann ein Ehepaar um die sechzig in Wanderkleidung, zwei Frauen Mitte vierzig mit einem Hund und eine Mutter mit einem etwa zweijährigen Mädchen, das in einem Buggy saß und mit einem rosafarbenen Plastikpony spielte. Marcel Bentheim stand direkt hinter dem Buggy. Als sich unsere Blicke trafen, legte er einen Zeigfinger vor die Lippen, deutete auf das Kind und zog die flache Hand vor der Kehle entlang.

Niemand außer mir schien die eindeutigen Gesten bemerkt zu haben. Bentheims Teilnahme an der Führung konnte kein Zufall sein. Wie hatte er mich aufgespürt? Die Polizei und ich hatten doch alles für meine Anonymität getan. Ich hatte geglaubt, dass ich nachmittags in einer Gruppe von Menschen sicher war. Das Polizeirevier von Erwitte lag sogar in Sichtweite. Wegzulaufen war keine Option, wenn Bentheim drohte, einem unschuldigen Kind etwas anzutun.

Wir überquerten den Markt und den Kirchplatz und bewunderten die umliegenden Fachwerkhäuser. Es ging an einer einladend aussehenden Wirtschaft vorbei, wo wir unterhalb des hohen Kirchturms verharrten.

»Die St. Laurentius Kirche von Erwitte ist das höchste und kunsthistorisch wohl bedeutendste Bauwerk der Stadt«, erläuterte unser Stadtführer. »Der Turm ist mit seinen achtundsiebzig Metern Höhe das Wahrzeichen des tausendzweihundert Jahre alten Orts. Man sieht ihn schon von weither, egal aus welcher Richtung man kommt.«

Bentheim wagt es nicht, mitten unter Menschen dem Kind oder mir etwas anzutun, flüsterte die schwache Stimme der

Vernunft in meinem Kopf. Das wäre Irrsinn, denn er will ja unentdeckt bleiben. Ich bilde mir die Gefahr nur ein.

Wie ein Hündchen lief ich mit den anderen mit, meine Gedanken drehten sich dagegen wie in einem außer Kontrolle geratenen Karussell. Lauf weg! Sag den anderen, dass dieser Mann ein Mörder ist! Aber meine Kehle war wie zubetoniert, während sich meine Beinknochen zu verflüssigen schienen. Ich konnte Bentheim nicht anschauen, war mir jedoch in jeder Sekunde seiner Gegenwart bewusst.

Der Stadtführer erklärte uns, dass der Kirchturm auch ein Wehrturm gewesen sei und dass ein Friedhof und zwei Häuserzeilen einst die Kirche umgaben. Der Kirchhof lag nun auf einer Anhöhe, die wohl den vielen begrabenen Toten vergangener Jahrhunderte geschuldet war. Diese Vorstellung trug nicht gerade zu meiner Beruhigung bei.

Wir gingen an einem Bachlauf weiter und hielten vor einem Wandrelief. Hier, in der Lakenkuhle, habe die Waschmarie, auch Schwatzmarie genannt, immer ihre Laken gewaschen, erzählte unser Stadtführer, angeblich selbst am heiligen Sonntag, und dabei viel getratscht. Eines Tages habe sich ihr Laken an einem Stein verfangen und die Schwatzmarie ins Wasser gezogen, wo sie ertrunken sei. Wer zu viel redet, der stirbt!, war die unmissverständliche Botschaft.

Wir setzten unseren Rundgang fort. Bentheim war die meiste Zeit über direkt hinter mir. Ich konnte beinahe seinen Atem in meinem Nacken spüren. Was hatte er vor? Befand sich die Schlinge, mit der er Herrn Schmidt erdrosselt hatte, in seiner Jackentasche? Oder ein Messer, wie er mit der Geste vorhin angedeutet hatte? Würde er mich noch während der Führung durch Erwitte töten? Oder später, wenn wir in Bad Westernkotten durch das Moor liefen? Wie wollte er mit so einer Tat davonkommen? Oder spielte er nur Katz und Maus mit mir und folgte mir später in die Pension? Würde er mich nachts in meinem Zimmer überraschen?

Ich hörte ihn mit der Mutter des Mädchens im Buggy reden. Die Kleine hieß Mathilda, erfuhr er gerade, und er pries ihren schönen Namen mit weicher, emotionsloser Stimme.

Wir wanderten weiter an dem Gewässer entlang und gelangten über eine Brücke zu einem Park, von dem aus wir die beiden Schlösser von Erwitte sehen konnten. Das Gebäude linker Hand wurde als Klinik genutzt, das rechte war ein Hotel.

Mein erster Impuls war loszurennen, quer über den Rasen, um in dem Krankenhaus Schutz zu suchen. Doch was, wenn Bentheim mich einholte? Oder wenn er stattdessen dem Kind etwas antat? Könnte ich damit leben? Es musste eine andere Möglichkeit geben.

Wie ferngesteuert lief ich mit den anderen auf das zweite Schloss, das Schlosshotel zu, dessen graue Mauern bereits von den umgebenden Scheinwerfern erleuchtet waren.

»Kannten Sie Herrn Schmidt gut?«, raunte Bentheim mir zu, nachdem er mich ein Stück von den anderen abgedrängt hatte.

»Wer soll das sein?«, fragte ich atemlos.

»Er wohnte in Berlin-Friedrichshain zwei Etagen über Ihnen.«

»Sie müssen mich verwechseln!«

»Ich denke nicht.«

Ich eilte zu unserem Stadtführer, der gerade von der wechselvollen Geschichte des Schlosses berichtete. Die Nationalsozialisten hatten es 1934 für ihre Zwecke umgebaut und wollten es wie eine düstere, alte Burg aussehen lassen. Dafür hatten sie unter anderem einen Wehrgang hinzugefügt. Wir begaben uns zum Schlossgraben, der aus dem Fluss gespeist wurde. Er floss nah an dem Gebäude vorbei. Ich hielt als Einzige Abstand zu dem Gewässer. Bentheim würde mich wohl kaum hineinstoßen. So einfach ertrank man nicht …

Während wir das Schloss umrundeten, machte uns der

Stadtführer auf zugemauerte Fenster oberhalb des Schlossgrabens aufmerksam. Im Turmzimmer sollte sich ein Soldat erhängt haben, oder eine Frau hatte dort ihr Kind umgebracht. Daraufhin hatte man die Fenster zugemauert, um die bösen Geister zu bannen.

»Würden Sie auch spuken, wenn Sie gewaltsam zu Tode kämen?«, hörte ich Bentheim schräg hinter mir fragen.

Die Wanderfrau neben mir kicherte. »Also, wenn mir schlimmes Unrecht geschähe, würde ich spuken!«

»Vielleicht kann ich Ihnen da irgendwann behilflich sein«, erwiderte Bentheim.

Wir kehrten zurück zu dem Parkplatz Am Markt, wo uns ein Kleinbus nach Bad Westernkotten bringen sollte. Wieder tauchte vor mir die Polizeistation auf. War das nicht meine Chance, Bentheim loszuwerden? Wenn wir den Kurort erreicht haben würden, hätte die Dämmerung bereits eingesetzt. In dem Moor, dem Muckenbruch, durch das wir wandern wollten, würde es irgendwann finster sein.

Weder dort noch während der Fahrt oder bei unserer Ankunft ergab sich eine Gelegenheit, Marcel Bentheim zu entkommen. Die kleine Mathilda saß während der Fahrt im Kleinbus völlig arglos zwischen ihm und ihrer Mutter.

Vor der alten Schäferkämper Wassermühle in Bad Westernkotten übernahm die Stadtführerin die kleine Gruppe. Sie erzählte uns von zwei Schwestern, den Töchtern des letzten Müllers, die sie noch persönlich gekannt hatte. Die Wassermühle war inzwischen ein Museum und im Stil der 1930er Jahre erhalten worden. Als sie uns einlud, die Wohnräume anzuschauen, blieb Bentheim demonstrativ im Eingangsbereich stehen.

»Platzangst«, sagte er.

Ich folgte den anderen nach links in die Küche der Mühle, durch die wir in die Wohnräume der Müllersleute gelangten. Meine Hoffnung war, vielleicht durch einen Hinterausgang entfliehen zu können, dann hörte ich, dass auch Mathilda und ihre Mutter draußen warten wollten.

»Wir bleiben mit dem netten Herrn hier«, sagte ihre Mutter.

Für einige Minuten war ich außerhalb von Bentheims Sichtweite. Ich wühlte in der Tasche nach meinem Smartphone, doch es war verschwunden. Nun erinnerte ich mich an den Rempler, als wir in den Kleinbus gestiegen waren. Hatte *er* mein Telefon? Die anderen waren schon wieder auf dem Weg nach draußen. Hastig fragte ich eine der Frauen, ob sie mir ihr Handy leihen würde, da tauchte Bentheim im Durchgang auf und starrte mich an.

Von der Mühle aus machten wir uns auf in Richtung Muckenbruch. Von hier stammten die Moorpackungen, die im Kurbetrieb von Bad Westernkotten verwendet wurden. An einem alten Gedenkstein erfuhren wir von einem Fräulein von Kleinsorge, die im Jahr 1635, als die Pest wütete, durch das Moor nach Bökenförde flüchten wollte und dabei zu Tode kam.

Noch eine Analogie? Ich bezweifelte allerdings, dass man in dem Moor ertrinken konnte. Trotzdem hielt ich mich in dem düsteren Sumpf lieber dicht bei den anderen.

Im Kurpark von Bad Westernkotten war es stockdunkel. Während wir die imposanten Gradierwerke im Park besichtigten, spürte ich, wie Bentheim mir lauernde Blicke zuwarf. Ich fürchtete mich vor dem nahenden Ende unserer Tour. Bevor wir zum Abschluss die Hellweg-Sole-Thermen besuchten, machten wir einen Abstecher in eine urige Kneipe. Ich ließ mich dazu überreden, den hauseigenen Schnaps »Stichpimpulibockforcelorum« zu probieren, dessen Name sich aus den Anfangsbuchstaben der hinzugefügten Kräuter zusammensetzte. Wohl in der Hoffnung, damit meine Nerven zu beruhigen. Bentheim bestellte sich ein alkoholfreies Bier.

Ich tastete nach meinen Allergietabletten. Konnte ich ihm unbemerkt welche in sein Getränk geben? Würde ihn das müde machen? So müde, dass es seine Killerinstinkte lahmlegte und ich ihm womöglich entwischen konnte? Ich zerbröselte die letzten sechs Tabletten in meiner schwitzigen Hand unter dem Tisch. Doch immer wenn ich in Bentheims Richtung schaute, blickte er mich mit seltsamen Augen an. Sie erinnerten mich an die Fotografien von Toten, denen man nachträglich schwarze Pupillen gemalt hatte, damit sie lebendig aussahen.

Und nun musste ich auch noch dringend auf die Toilette. Nur wenn ich in der Kneipe dorthin ginge und Bentheim mir folgte, wäre ich allein mit ihm. Einen Hinterausgang oder ein Fenster, durch das ich von den Toiletten aus türmen konnte, gab es nur im Film.

Bevor ich eine endgültige Entscheidung treffen konnte, steuerten wir unser letztes Ziel an. Ich kannte die Therme gut und besaß eine Dauerkarte zum Schwimmen und Saunieren, mit der ich schnell die Eingangsschranke passieren würde. Bentheim hatte sicherlich keine solche Karte. Die Frage war, würde ihn das von seiner Mission abhalten? Meine Mitstreiter wären zwar erstaunt, würden mir aber bestimmt nicht ins Bad hinein folgen. So wären sie in Sicherheit …

Ich hastete zur Schranke, steckte die Karte ein und war im Nu auf dem Weg zu den Umkleiden. In den drei Wochen meines Aufenthalts hatte ich die Räume des Thermalbads zur Genüge kennengelernt. Als ich zu den Damenumkleidekabinen rannte, hörte ich protestierende Rufe im Eingangsbereich, dann eilige Schritte auf glatten Fliesen. Bentheim folgte mir! Ich war nun ohne den Schutz der Gruppe und das Schwimmbad ganz schön leer. Er konnte mich jeden Moment einholen.

Ich lief voll bekleidet durch die Duschen, erntete Aufschreie und erstaunte Blicke. Schon war ich am Beckenrand. Ich hoffte, dass Bentheim ein paar Sekunden länger brauchte, um den Weg hierher zu finden. Zumindest würde der Bademeister die Polizei informieren, wenn mir ein Mann durch den Damenumkleidebereich folgte.

Im Laufen zog ich meine Jacke aus und warf sie fort. Darunter trug ich ein Shirt, Leggings und Turnschuhe, die mich im Wasser nicht zu sehr behindern würden. Mit einem Kopfsprung tauchte ich in das beleuchtete Becken ein. Ich kraulte einige Züge, hörte das Kreischen anderer Badegäste, dann ein Platschen, als Bentheim wohl ebenfalls ins Wasser gesprungen war. Ich schwimme gut und schnell, nun schwamm ich um mein Leben.

Weiter vor mir lag die Öffnung zum Außenbecken. Ich hielt mit aller Kraft darauf zu, spürte die herabhängenden Kunststoffbahnen kaum, die mich beim Hinausschwimmen streiften. Das Wasser vor mir im Außenbecken dampfte und schimmerte einladend türkis unter dem dunklen Nachthimmel.

In meiner Panik spürte ich in Gedanken bereits eine Drahtschlinge, die sich um meinen Hals zuzog, eine kalte Messerklinge, die in meine Kehle schnitt. Da schlug meine linke Hand am Beckenrand an. Ich stemmte mich aus dem Wasser, robbte mich aus dem Becken und sah mich mit brennenden Augen um. Mein Verfolger hatte mich fast erreicht. Gleich würde Bentheim auch aus dem Becken klettern.

Ich lief zu dem großen Stein, der mir neulich schon aufgefallen war, und hob ihn ächzend an. Als Bentheim aus dem Wasser auftauchte und sich hochstützte, ließ ich den Gesteinsbrocken auf seinen Schädel niedersausen. Das Geräusch, das das Auftreffen auf seinem Kopf verursachte, erinnerte mich an knackendes Feuerholz im Kamin. Bentheims Finger lösten sich vom Rand, bis er bäuchlings vor mir im Becken trieb. Das Wasser um ihn herum färbte sich rötlich. Was, wenn ich mich geirrt hatte, wenn er weder Drahtschlinge noch Messer bei sich führte? Das Blut, das nun an meinen Händen klebte …

Ich musste an Rebecca Jungblut denken, die hilfsbereite Staatsanwältin, deretwegen ich nach Bad Westernkotten gekommen war. Und ich erinnerte mich, wie sie mir vor dem Berliner Polizeipräsidium aus ihrem brandneuen Ferrari Roma lässig zugewinkt hatte. Die Sache würde sich klären.

Erwin Kohl

Die toten Damen von Kamen

Wenn Johannes Hülskötter auch nur die leiseste Ahnung davon gehabt hätte, was dieser Tag mit ihm vorhatte, wäre er im Bett geblieben. Dann wäre er am nächsten Morgen vermutlich genau dort wieder aufgewacht, anstatt …

Aber Johannes Hülskötter hatte eben keine Ahnung. Noch nicht. Und so öffnete er die Haustür, um sich wie an jedem normalen Tag erst mal einen Überblick zu verschaffen. Das Kamener Kreuz lag einsam und verlassen vor ihm. Lediglich ein Rentner schlurfte mit einer Brötchentüte in der Hand über die Straße.

Johannes Hülskötter musste unweigerlich an seinen letzten Urlaub auf Rügen denken. Als er der Pensionswirtin erzählt hatte, dass er am Kamener Kreuz wohnte, legte sie ihm bedauernd einen Arm auf die Schulter. Wie die meisten Menschen dachte sie unweigerlich an das nahe gelegene Autobahnkreuz. Dabei hatten sich vor seiner Haustür tatsächlich mal zwei der bedeutendsten Handelsrouten gekreuzt. Von hier aus ging es in allen Himmelsrichtungen zu einem der Stadttore Kamens. Jahrhunderte später folgten Autobahnen diesen Routen, und es entstand ein neues Kamener Kreuz. Das hatte er zumindest mal aufgeschnappt, als er sich neben einer Gruppe Touristen um Stadtführer Werner Schulze eine Zigarette angesteckt hatte.

Hülskötter zog den Reißverschluss seiner blassgelben Regenjacke bis zum Kragen hoch. Waren zwar nur gut hundert Meter, doch der feine Nieselregen konnte einen in kürzester Zeit durchnässen, ohne dass man es merkte. Willis Kiosk lag im hintersten Winkel des Marktplatzes. Im Schatten des Inders »Curryosity« wirkte das Büdchen mit seinem Flachdach geradezu, als würde es sich verschämt wegducken.

»Morgen, Bello, wie ist et?«

»Muss«, gab er einsilbig zurück. Rund fünfzehn Jahre war es her, dass er auf »Monopol« mit dem Zwanzig-Kilo-Vorschlaghammer, den die Kumpel nur Bello nannten, auf die Kohle eingedroschen hatte. Seinen Spitznamen aus dieser Zeit würde er wohl mit ins Grab nehmen. Fremde hielten regelmäßig nach einem Hund Ausschau, wenn jemand seinen Namen rief.

»Wie immer?«

»Jau.«

Fast im selben Augenblick schob Willi die Bild-Zeitung und eine Schachtel Camel über die kleine Theke zwischen ihnen. Kaum hatte Hülskötter den zerknitterten Zehner danebengelegt, spürte er einen Schlag zwischen den Schulterblättern, der ihn nach vorne warf und seinen Kopf gegen den Rahmen des Kioskfensters titschen ließ.

»Mensch, Bello, lang nicht mehr gesehen. Los, Willi, mach mal zwei Pilskes auf. Und tu mal gleich zwei Jägermeister dabei. Ist zehn Uhr durch, dat passt.«

Horst »Schüppe« Entrup trug ein grob kariertes Hemd, darüber eine zerschlissene Lederweste. Sein ehemaliger Kumpel von Schacht Grimberg hatte zwei Jahre vor der Zechenschließung einen Job bei einer Baufirma angenommen. Schüppe hielt ihm eine seiner namensgebenden Pranken hin. Mit zusammengepressten Lippen schlug Hülskötter ein und rieb sich anschließend die schmerzende Hand.

»Prost!« Schüppe streckte ihm die Bierflasche entgegen. Sie stießen an.

»Frühstückspause?« Hülskötter hatte mitbekommen, dass Schüppe auf der Baustelle Sesekebad im Einsatz war.

Schüppe nahm einen kräftigen Schluck, wischte sich über den Mund und gab mit breitem Grinsen den Blick auf sein lückenhaftes Gebiss frei.

»Hast wieder mal nix mitgekriegt, was?« Ohne eine Antwort abzuwarten, fuhr er fort. »Die Bullen haben die Baustelle vor ’ner Stunde dichtgemacht. Keine Ahnung, wat die da suchen.«

Hülskötter trank von seinem Bier. Sein Magen rebellierte in Erwartung des morgendlichen Kaffees.

»Wird um Schwarzarbeit gehen«, sagte er. »Schätz mal, der Brinkmann hat denen ’ne polnische Maurerkolonne untergejubelt, um ein paar Euro zu sparen. Ist doch immer dasselbe.« Hülskötter winkte verächtlich ab.

Schüppe, der damit beschäftigt war, die kleinen Jägermeister aufzuschrauben, schüttelte den Kopf.

»Dann wären die Jungs vom Zoll da aufgelaufen. Außerdem waren ein paar von denen in Zivil unterwegs. Mein Chef meinte, die wären von der Kripo. Prost!« Er drückte Hülskötter den Magenbitter in die Hand, stieß mit ihm an und kippte den Inhalt in einem Zug runter.

»Was will die Kripo denn da?«, fragte Hülskötter.

Schüppe hob die breiten Schultern. Als er zur nächsten Bestellung ansetzte, verabschiedete sich Hülskötter mit dem Verweis auf das ausstehende Frühstück. Eigentlich hätte er noch einkaufen müssen. Aber dazu hatte er jetzt keinen Kopf mehr. Die Kripo. Im Sesekebad. Gab bestimmt einen einfachen Grund dafür. Ein Unfall vielleicht oder jemand ist da nachts eingebrochen, versuchte er sich zu beruhigen.

Sein Weg führte ihn über den Marktplatz, auf dem gerade die Herbstkirmes aufgebaut wurde. An einem Karussell blieb er stehen. Früher hatte man es »die Raupe« genannt. Hülskötters Erinnerungen an eine Fahrt in den Siebzigern wurden lebendig. Als das dunkelgrüne Verdeck die Fahrgäste in einen diffusen Schatten hüllte, küsste er Guste zum ersten Mal. Vier Jahre später heirateten sie, kauften weitere fünf Jahre danach den Altbau an der Weststraße und sanierten ihn. Sie waren glücklich und zufrieden, meistens. Bis sein Kegelklub »Stramme Jungs« unbedingt mal in den »Sauerlandstern« wollte.

Sie hieß Anita, eine Zahnarztwitwe aus Unna mit Villa und Jaguar. Sie war scharf auf ihn und er auf sie. So scharf, dass er ihr Hotelzimmer erst zum Abendessen verließ. »Das kannst du jeden Tag haben«, hatte sie ihm zum Abschied ins Ohr gehaucht.

Hülskötter spürte kalten Schweiß auf der Stirn. Er wischte die Gedanken beiseite und bestellte sich fünf Minuten später in der Bäckerei Grobe ein kleines Frühstück. Es hatte inzwischen aufgehört zu regnen, die ersten Sonnenstrahlen kamen heraus. Hülskötter setzte sich auf die Außenterrasse im ersten Stock. Auf dem Willy-Brandt-Platz wurden Kirmesbuden abgestellt. Sein Nachbar hob den Kopf und erkannte ihn. Hülskötter winkte geistesabwesend zurück.

Vermutlich war alles ganz harmlos. Die Polizisten würden einige Befragungen durchführen, die Personalien feststellen und … Wahrscheinlich waren sie längst wieder weg. Obwohl. Sollte ja auch Zufallsfunde geben, hörte man immer wieder.

Hülskötter schob das angebissene Brötchen zur Seite und zündete sich eine Zigarette an. Unvermittelt tauchte das Bild der lachenden Anita vor seinem geistigen Auge auf. Sie lagen auf der Wiese des Freibads, liebten das Leben und träumten ihre gemeinsame Zukunft. »Sobald du dich von Guste getrennt hast, unternehmen wir eine Kreuzfahrt durch die Karibik. Als Start in unser neues Glück«, hatte sie gesagt. Ein Verfallsdatum war für dieses Glück ebenso wenig vorgesehen wie für das Freibad, das immer schon da gewesen war und immer da sein würde. Hülskötter machte Nägel mit Köpfen. Er reichte die Scheidung ein, verkaufte das Haus und zahlte Guste aus.

Doch es sollte anders kommen. Anita wollte ihn nicht dauernd in ihrer Nähe haben, und das alte Freibad sollte einem modernen Neubau weichen. Als Hülskötter zum ersten Mal von der geplanten Großbaustelle hörte, gefror ihm das Blut in den Adern. Sie mussten nur an der falschen Stelle graben und dann … Nächtelang konnte er nicht schlafen, die Appetitlosigkeit ließ ihn abmagern – bis die Baupläne veröffentlicht wurden. Er konnte sein Glück kaum fassen. Das Schicksal hatte ihm ganz offensichtlich nur eine Abmahnung ausgesprochen. Zum Richtfest im vergangenen Jahr hatte er sich eine Flasche Champagner gegönnt. Was sollte jetzt noch schiefgehen?

Hülskötter drückte die Zigarette aus, schob das Tablett in den Geschirrwagen und ging halbwegs beruhigt die Treppe hinunter. Im Verkaufsraum erkannte er Dagmar und Sieglinde. Die beiden ehemaligen Nachbarinnen waren so etwas wie die inoffizielle Nachrichtenbörse Kamens. Konnte nicht schaden, sich mal kurz die neuesten Meldungen aus dem Ort anzuhören. Im Rücken der beiden schlich er sich an das große Fenster gegenüber der Theke und blätterte dort scheinbar gelangweilt in einem Prospekt.

»… dann wird wohl diese Woche nicht mehr am schönen neuen Sesekebad gearbeitet.«

Dagmars Halbsatz versetzte Hülskötters Synapsen sofort in erhöhte Alarmbereitschaft.

»Wie kommst du denn da drauf, Daggi?«

»Na ja, der Dieter ist vorhin zufällig an der Baustelle vorbei und hat gesehen, dass die Polizisten da mit Hunden rumliefen.«

»Na und? Mein Kurt sein Kollege nimmt den Hund jeden Tag mit ins Büro, und meine Schwägerin darf die Lillifee sogar mit in die Schule bringen. Das sieht man heute nicht mehr so eng.«

»Boah, Siggi, guckst du eigentlich kein Fernsehen? Das sind Leichenspürhunde!«

Augenblicklich verstummten die anderen Gespräche. Hinter den Frauen segelte ein Prospekt zu Boden. Mit weit geöffnetem Mund und am ganzen Körper zitternd, stürzte Hülskötter aus dem Laden.

Leichenspürhunde!

Das Wort fraß sich wie eine ausgehungerte Made durch sein Gehirn, machte es sich im Angstzentrum gemütlich und sendete ihm von dort die Bilder, die er in all den Jahren mit Unmengen Alkohol auszulöschen versucht hatte.

Er hatte ihre Augen geschlossen, und doch war es ihm vorgekommen, als würde sie ihm dabei zusehen, wie er die feuchte Erde auf ihr Gesicht schaufelte. Das Gesicht einer Frau, die ihm eine Stunde zuvor mit einem hämischen Grinsen den Boden unter den Füßen weggerissen hatte.

Es war an einem lauen Augustabend im Garten seiner Eltern gewesen. Der Grill qualmte, die Kohlen glühten, als Hülskötter ins Haus ging, um das Fleisch zu holen. Die Terrassentür stand einen Spalt offen, davor Anita, die mit ihrer Freundin telefonierte. Auf dem Rückweg schnappte er die Worte auf, die sein Leben in einen Scherbenhaufen verwandeln sollten.

»… wo denkst du hin, Wilma, dieser Prolet kommt mir nicht ins Haus. Er ist gut im Bett, das ist alles. Ich gönn mir noch ’ne Weile den Spaß, dann soll er sich eine neue Guste suchen. Sehen wir uns morgen beim Tennis?«

Die Welt um ihn herum geriet zu einem verschwommenen Tunnel, durch den er leer und lautlos in den Garten lief.

»Eine … neue Guste suchen?« Die Worte drangen bruchstückhaft aus seinem Mund.

Sie legte ihm lächelnd eine Hand auf die Schulter. »Ach, Bellolein. Wir haben doch beide unseren Spaß, oder etwa nicht? Was macht das Fleisch? Ich habe einen Riesenhunger.«

Wortlos ging er an ihr vorbei in die Schusterwerkstatt seines Vaters.

»Was willst du denn mit dem Hammer, Bellolein? Musst du das Fleisch etwa noch weichklopfen?«

Es sollten ihre letzten Worte gewesen sein.

Der Regen hatte wieder zugenommen, er kriegte es kaum mit. Plötzlich wurde er heftig durchgerüttelt, seine Schulter schmerzte.

»Mann, Bello, ich suche dich überall. Wo hast du gesteckt?«

Es dauerte einige Sekunden, bis die Realität ihn einholte. Der mitfühlende Blick kam von Andi, seinem einzigen und deshalb besten Freund. Nur Andi konnte ahnen, was gerade in ihm vorging.

»Hast du schon gehört, Bello? Die Kripo ermittelt auf der Baustelle ...«

»Leichenspürhunde ... da sind Leichenspürhunde.« Hülskötter sah seinen Freund mit weit aufgerissenen Augen an.

»Du brauchst erst mal ’nen Schnaps.«

Zwei Minuten später stellte Willi zwei kleine Flachmänner auf die Theke. Hülskötter kippte seinen in einem Zug. Mit dem Unterarm wischte er sich den Schweiß von der Stirn.

»Mann, hättest du damals bloß auf mich gehört.«

Wie ein Orkan wehte die Erinnerung Andis Worte durch seinen Verstand.

»Lass die Finger von der Frau, die spielt nicht in deiner Liga. Wenn du nicht bald zu dir kommst, ist das dein Untergang.«

»Jetzt ist das meine Liga. Los, lass uns den Aufstieg feiern«, hatte er damals lachend zurückgegeben, nicht ahnend, dass sich Andis Vorhersage bereits am nächsten Tag bestätigen sollte.

»Was mach ich denn nu?«

»Vor allem kühlen Kopf bewahren, Bello. Das ist zwölf Jahre her, die Ermittlungen sind eingestellt worden, und Spuren gibt es keine mehr. Du musst dich nur unauffällig verhalten. Das war aber auch eine Schnapsidee, ihre Leiche ausgerechnet im Sesekebad zu vergraben.«

Weißt du, Bello, eigentlich möchte ich für immer hier liegen bleiben.

Er konnte sich dafür ohrfeigen, dass ihm ausgerechnet dieser Satz von ihr eingefallen war, als er die Schaufel aus der Garage geholt hatte. Seine Eltern würden allerdings am nächsten Morgen aus dem Urlaub zurück sein und frische Erdbewegungen in dieser Größe ins Auge springen. Auf der Liegewiese in der Nähe der alten Birke war zwar im Laufe der Jahre eine kleine Kuhle entstanden, nur das hatte bis heute niemand bemerkt. Selbst dann nicht, wenn er in den Sommern gelegentlich ein paar Disteln dort abgelegt hatte.

»Wer weiß noch davon?«, unterbrach Andi seine Gedanken.

»Nur du. Du hast es doch keinem ...?«

Andi verdrehte die Augen.

»In Ordnung.«

»Bleibt die Tatwaffe. Wo hast du den Hammer damals entsorgt?«

»Entsorgt?«

»Bello!«

»Scheiße ...«

Minuten später versuchte Hülskötter völlig außer Atem, den Schlüssel in die Haustür zu stecken. Als es ihm endlich gelang, öffnete seine Mutter.

»Johannes. Hast du gerochen, dass ich Kaffee aufgesetzt habe?«

»Ja ... nein ... ich muss.« Immer noch nach Luft ringend, rannte er an seiner Mutter vorbei durch Flur und Küche, schnappte sich im Vorübergehen den Werkstattschlüssel, stolperte über den Hof, öffnete die Tür und erstarrte vor Schreck. Seit er sich erinnern konnte, standen hier Regale voller Leisten und Schuhe, ein langer Holztisch, auf dem Unmengen von Werkzeug lagen, deren Verwendungszweck nur sein Vater kannte. Hülskötters Knie zitterten, während sein Blick über die Gartenmöbel wanderte.

»Johannes, was suchst du denn? Mein Gott, du bist ja ganz blass.«

»Wo ist Papas Werkzeug?«

»Im Haus der Stadtgeschichte. Die sind ja ständig auf der

Suche nach so alten Sachen, und dein Vater braucht die auf dem Friedhof nicht mehr. So, komm, der Kaffee ist durch.«

»Keine Zeit, ich muss …« Bello nahm die Abkürzung durch den Garten.

Über die Brücke am Kömschen Bleier erreichte er Minuten später das Haus der Kamener Stadtgeschichte an der Bahnhofstraße, drückte das Kreuz durch und stieß hektisch die Luft aus. Den Puls halbwegs im grünen Bereich, hastete er die Treppe hoch.

Hülskötter hatte sich nie sonderlich für die Geschichte seines Heimatorts interessiert, und heute schon gar nicht. Sein Blick flog über ein knallrotes Banner mit der Aufschrift *Monopol muss leben*, dann führte ihn sein Weg vorbei an einem nachgebauten Bergwerksstollen und ausgestellten Knochenfunden aus der Antike ans Ziel. Hülskötter stockte der Atem.

Vor ihm befand sich die komplette Schusterwerkstatt seines Vaters. Alle Utensilien waren exakt so angeordnet wie im elterlichen Schuppen, sogar Papas dicke Hornbrille lag dort. Wie in Trance stierte Hülskötter auf den Hammer in der Mitte des quadratischen Tischs. Er musste sich nicht einmal vorbeugen, um die kleinen dunkelroten Flecken auf dem flachen Ende des hellgrünen Hammerkopfs zu erkennen. Er spürte, wie das Blut durch seine Adern schoss. Verdammt, zwölf Jahre hatte der Hammer unbeachtet in dem alten Schuppen gelegen und jetzt …

Stimmengewirr jagte seinen Puls weiter hoch. Sekunden später betrat Werner Schulze mit einer Handvoll Gäste den Raum und begann gleich ein Referat über die lange Schustertradition in Kamen. Hülskötter trat einen Schritt nach hinten. Ein älteres Paar lehnte sich über den Tisch und betrachtete eingehend die einzelnen Werkzeuge. Hülskötter sah bereits eine karge Gefängniszelle vor sich.

Nach unendlichen Minuten zog die Gruppe weiter.

Du musst dich nur unauffällig verhalten.

Hülskötter schlenderte durch die Räume, durch die er gekommen war, lugte interessiert in den Bergwerksstollen, betrachtete das Kettenhemd im Nachbarraum und warf zwischendurch einen Blick zum Stadtführer und seiner Gruppe.

Nach zwanzig Minuten vernahm er Geräusche auf der Treppe, dann wurde es still im Obergeschoss. Mit drei langen Sätzen stand er vor dem Tisch, langte nach dem Hammer und schob ihn unter den Regenmantel. Weil der keine Innentaschen hatte, presste Hülskötter von außen den Ellenbogen dagegen.

Auf der alten Steintreppe des ehemaligen Amtsgerichts lief ihm eine Museumsmitarbeiterin mit einem Stapel Akten auf den ausgebreiteten Armen entgegen. Bei dem Versuch, ihr Platz zu machen, geriet er ins Stolpern. Reflexartig griff er nach dem Treppengeländer. Im selben Augenblick fiel der Hammer zu Boden und polterte mit lautem Getöse die Treppe hinunter.

Du musst dich nur unauffällig verhalten.

Zu spät. Hülskötter rannte dem Hammer hinterher. Als er sich unten danach bücken wollte, kam ihm eine Hand zuvor.

»Der bleibt schön hier, Freundchen. Claudia, ruf mal die Polizei an, wir haben einen Diebstahl.« Mit einem Ausfallschritt versperrte der junge Mann Hülskötter den Fluchtweg.

»Die Polizei ist gleich da«, vernahm Hülskötter wenig später eine Frauenstimme aus dem Büro vor Kopf.

»Mensch, Bello, was ist denn in dich gefahren?«

Er hatte Martin Brettschneider nicht bemerkt. Die gute Seele des Stadtarchivs hatte früher in der Nachbarschaft seiner Eltern gewohnt.

Brettschneiders Mitarbeiter fuchtelte mit dem Hammer in der Luft herum. »Den wollte er mitgehen lassen.«

Über den Hanenpatt hielt Hülskötter auf die Pauluskirche zu. Der schiefe Kirchturm erschien ihm wie ein Spiegelbild seines Lebens. Auf einer Bank am Kirchplatz erwartete Andi ihn bereits mit einem Flachmann in der Hand.

»Nimm erst mal einen Schluck, Bello, du bist ja völlig durch den Wind. Wieso hat die Polizei den Hammer?«

»Da war noch … da ist … ihr Blut dran. Und dann ist er die Treppe runter … und dann …« Hülskötter griff nach dem Flachmann und leerte ihn. Als er seine Nerven wieder halbwegs im Griff hatte, erzählte er seinem Freund den Rest, auch dass er einen Polizisten umgestoßen hatte, um zu einem erfolglosen Fluchtversuch anzusetzen.

»Mann, damit hast du dich doch erst recht verdächtig gemacht.«

»Ja, verdammt! Morgen um zehn muss ich bei der Polizei sein wegen der Anzeige. Dann kommt alles raus. Was tue ich denn jetzt?«

Andi presste die Lippen aufeinander. »Das sieht nicht gut aus. Gar nicht gut. Der Hammer dürfte längst in der Kriminaltechnik sein. Und mit dem Blut da drauf … Also eins steht mal fest: Du brauchst dringend fachliche Hilfe.«

»Macht der Tom nicht Mietrecht oder so was?«, hatte er Andi noch gefragt.

Anwalt sei Anwalt, und bei Tom brauche er keinen Termin. Außerdem wisse jeder in Kamen, wo er um diese Zeit zu finden sei.

Von einem Funken Hoffnung beseelt, betrat Hülskötter kurz darauf die Marktschänke an der Weststraße. Tom saß wie immer an dem Tisch, der an die Theke grenzte.

»Der Bello. Hab mir schon gedacht, dass du hier aufkreuzt.«

Hülskötter sah ihn fragend an.

»Hab gehört, dass die Kripo im Sesekebad mit Spürhunden unterwegs ist. Ist ja lange gut gegangen.«

»Du … du weißt …?«

Toms Lachen deutete an, dass es mit Andis Verschwiegenheit wohl nicht so weit her war, wie er geglaubt hatte. »Und nun brauchst du meinen Rat.«

Hülskötter nickte. Elli stellte ein Gedeck für Tom und ein Pils für ihn auf den Tisch. Der Anwalt deutete auf Hülskötters Deckel. Hülskötter rutschte näher an Tom heran und erzählte ihm die ganze Geschichte. Dabei musste Elli zweimal nachlegen. An der Stelle vom verloren gegangenen Hammer zog Tom eine ernste Miene.

»Also ich sehe das so: Wenn der Hammer durch die KTU ist, hast du ein Problem. In Verbindung mit der Leiche und der Tatsache, dass ihr eine Beziehung hattet, dürfte die Kripo da ganz schnell einen Mordfall draus stricken. Und wenn du mich fragst, mit großen Erfolgsaussichten. Heißt für dich leider lebenslänglich.«

Mit beiden Händen führte Hülskötter das Glas zum Mund und trank es leer. »Tom, bitte, man muss doch irgendwas tun können …«

Der Anwalt deutete auf die leeren Gläser vor ihm. Elli stellte ein neues Gedeck ab. Das Beratungshonorar hatte Hülskötters Deckel bereits zur Hälfte umrundet.

»Na ja, dass du diese Zahnarztwitwe abgemurkst hast, steht ja nun mal fest. Die Frage ist, ob die Kripo Mordmerkmale nachweisen kann.«

Hülskötter hatte sich inzwischen einen Schnaps zum Bier bestellt und kippte ihn hastig runter. In seinem Kopf breitete sich allmählich ein leichter Nebel aus.

»Verstehe ich nicht, Tom.«

»Die Zauberformel lautet: Totschlag im Affekt. Sie hat dich beleidigt, es gab einen heftigen Streit. Der Hammer lag da zufällig auf dem Tisch und zack. Bringt ein bis zehn Jahre, wobei ein Jahr auf Bewährung ausgesetzt werden kann. Du müsstest also nicht mal in den Knast. Bedingung dafür ist, dass die Tat in unmittelbarem Zusammenhang zu dem Streit erfolgt ist und natürlich ein lupenreines Geständnis.«

Hülskötter reichte Elli einen Hunderter und deutete dabei auf Tom. »Ich muss los.«

Und so nahm ein denkwürdiger Tag sein tragisches Ende. Denn wäre Johannes Hülskötter nicht völlig von Sinnen am Haus der Kamener Stadtgeschichte vorbeigelaufen, sondern hineingegangen, hätte Martin Brettschneider ihm mitgeteilt, dass er den Hammer bei seiner Mutter abgegeben und die Anzeige zurückgenommen hatte. Und wäre er zehn Minuten später am Eingang zur Baustelle nur einen Augenblick neben Dagmar und Sieglinde stehen geblieben, hätte er gewusst, dass die Kripo vor zwei Stunden die Leiche der Architektin auf dem Gelände gefunden hatte.

So aber lief er dem leitenden Ermittler direkt in die Arme und setzte augenblicklich Toms Ratschlag in die Tat um. Leider hatte der Alkohol in der Zwischenzeit dafür gesorgt, dass aus dem vorgegebenen Text eine leicht veränderte Version wurde.

»Herr Kommissar, ich soll ein Geständnis abgeben. Ich habe die Anita … also, wir hatten Affekt und auch Streit, und ich habe überlegt, was mache ich jetzt, und da bin ich in die Werkstatt, und da lag der Hammer, und dann habe ich mir so gedacht … damit könnte ich doch … ich meine …«

Während zwei Polizisten den Baustellenleiter Jochen Brinkmann mit auf den Rücken gefesselten Händen an ihnen vorbeiführten, drehte sich Kriminalhauptkommissar Thanner um und stieß einen Pfiff aus. Zwei Männer und eine Frau in weißen Ganzkörperanzügen blickten zu ihm herüber.

»Packt eure Sachen wieder aus. Wie es aussieht, liegt hier noch eine Leiche.«

Frank Goldammer

Vergeltung in Hagen

Kriminalhauptkommissar Steven Quast stöhnte, als um halb elf am Vormittag das Telefon in seinem Büro im KK 11 an der Funckestraße klingelte. Seine Kollegin war gerade den ersten Tag im Urlaub.

»Ja?«, ging er unfreundlich dran. Er musste sich nicht bemühen, er war ein Stinkstiefel. Wussten alle. Er selbst am besten. Er lauschte, was es zu berichten gab. »Hm«, brachte er hervor. »Unfall?«, fragte er, was eigentlich bedeuten sollte, dass es nicht seine Angelegenheit war. »Suizid?«, vergewisserte er sich, richtig gehört zu haben. »Ja«, sagte er schließlich. »Nein, ich fahr allein.«

Fehlte ihm noch, dass sie ihm jemanden in den Dienstwagen setzten, mit dem er dann noch reden musste. Also griff er sich seine Lederjacke, die er vor Jahren auf dem Trödelmarkt auf der Springe zu teuer erstanden hatte, und warf sie sich über. War zwar warm draußen, doch ohne Jacke kam er sich nackig vor.

Nach Hagen Haspe waren es etwa fünfzehn Fahrminuten, wenn er nicht die Schnellstraße nahm, reichte es für mindestens zwei Kippen, die er schön gemütlich im Auto durchziehen würde. Wenn er einen kleinen Umweg einschlug, sogar drei. Er konnte ja in der Langen Straße mal nachsehen, was die Riesenkita machte, wegen der es so viel Aufstand gegeben hatte. Pech der Kollegin, was fuhr sie auch in den Urlaub? Und die Luft in Hagen war eh nicht die beste.

Vor dem Evangelischen Alten- und Pflegeheim auf dem Büddinghardt war ein ziemlicher Auflauf an Menschen. Quast hatte gerade die Hälfte der dritten Kippe aufgeraucht, als er in den Kreisverkehr einbog, von dem aus es rechts zum Parkplatz ging und links zur Anlieferung. Dort warteten uniformierte Kollegen, ein Rettungswagen stand da. Die Sanitäter, ein paar weitere Leute. Alle sahen ihn irgendwie vorwurfsvoll an, als er ausstieg. War ihm sein Ruf vorausgeeilt? Dann erinnerte er sich an die Kippe zwischen seinen Lippen. Aus Prinzip behielt er sie drin.

»Man konnte nichts mehr tun«, sagte die Notärztin. »War sofort tot.«

Quast nickte, sog noch einmal an der Zigarette, warf sie aufs Pflaster und trat sie aus. Drei Meter weiter lag ein Mensch, mit einer Plane abgedeckt. Quast zeigte drauf, einer der Schutzpolizisten hob sie am Kopfende an.

Der Tote war ein alter Mann, weiße Haare, viel Blut, Hirnwasser, kein angenehmer Anblick.

»Hat es jemand gesehen?«, fragte er in die Runde.

»Nein, niemand, der Hausmeister fand ihn«, sagte der Schupo.

»Weiß jemand, wer das ist?«, fragte Quast.

»Edwin Schuster, einer unserer Bewohner, lebte seit vier Jahren hier«, erwiderte eine Frau, der Kleidung nach Angestellte im Haus.

Quast schaute an dem Gebäude hinauf, das von seiner Ästhetik her mit sozialistischen Plattenbauten mithalten konnte. »Sein Zimmer ist da oben irgendwo?«

»Ja«, die Frau nickte, »er ist von seinem Balkon gestürzt, der ist genau oben drüber, im sechsten Stock.«

»Und er kann nicht vom Balkon im fünften gefallen sein oder im vierten?«

»Nun ja, schon, aber das ergibt keinen Sinn. Sein Zimmer ist ja im sechsten.«

»Wie alt war er?«

»Vierundneunzig Jahre.«

»Kannten Sie ihn?«

»Ja, ich arbeite auf seiner Etage. Ich kenne ihn, seit er eingezogen ist.«

»Machte er den Eindruck, dass er lebensmüde war?«

»Eigentlich gar nicht.«

»Und es war kein Unfall? Ihm wird schwindlig, er kippt über die Brüstung?«

»Nein. An der Brüstung ist ein Extrageländer, man kann nicht einfach drüberfallen. Er muss auf einen Stuhl gestiegen sein.«

Quast winkte ab. »Seh ich mir selbst an.«

»War übrigens früher mal Polizist in Hagen«, merkte einer der Uniformierten an.

»Ja, Kriminalinspektor«, pflichtete die Pflegerin ihm bei.

Quast tippte den Bericht am nächsten Morgen fertig. Nichts Auffälliges in Schusters Zimmer. Er hatte Fingerabdrücke nehmen lassen, die wurden geprüft. Ein Stuhl stand tatsächlich vor der Brüstung. Eddy Schuster, der Name war bekannt im Kommissariat. War von 1960 bis 1995 im Dienst gewesen. Darüber hinaus verheiratet, zwei Kinder. Frau und Kinder waren vor wenigen Jahren verstorben, deshalb zog er ins Heim. Sicher war ihm die Kerze im Kopf schneller abgebrannt, als sein Lebenslicht erlöschen wollte. Frau und Kinder weg, kein Enkelbesuch. Dass er lebenslustig gewesen war, mit den Schwestern geschäkert hatte, wie man es heutzutage nur einem sehr alten Mann durchgehen ließ – alles keine Indizien. Selbstmördern merkte man ihre Absicht vorher meist nicht an.

Alles in allem zufriedenstellend. So konnte die Woche ohne Kollegin gerne zu Ende gehen. Schön ruhig. Trotz der Statistik, nach der Hagen die drittgefährlichste Stadt im Ruhrpott war. Umso mürrischer war er, als das Telefon wieder klingelte, und umso verblüffter, als er die Nachricht vernahm.

»Noch einer?«, fragte er verdutzt. »Schmeißen die die

Alten aus dem Fenster?« Er verdrehte die Augen, denn sein Gesprächspartner verstand den Witz nicht. »Um Zimmer frei zu machen«, setzte er deshalb noch eins drauf, »wegen Personalmangel. Weiß man ja nie, nach dem, was man so hört über die Evangelische Kirche.« Damit legte er auf. Er war ja katholisch getauft, nahm die Sache jedoch nicht ernst. Durfte er gar nicht, denn ein Platz im Fegefeuer war ihm gewiss.

Wieder derselbe Weg durchs heruntergekommene Wehringhausen, wo er als junger Kerl zu Zeiten der Neuen Deutschen Welle noch die Anfänge von Grobschnitt und Extrabreit erlebt hatte. In diesem Stadtteil mit seinen Künstlern, Aussteigern, Sozialwohnungen und Problemhäusern fiel es gar nicht auf, wenn er da die Kippen aus dem Seitenfenster schnippte. Beim Seniorenheim in Haspe stieg er aus, warf seine dritte Kippe weg. Die von gestern hatte jemand aufgehoben.

»Na, schon wieder hier?«, grüßte er den Uniformierten.

Der hob nur die Brauen, hatte auch kein Verständnis für zynische Witze.

Der Tote lag an genau derselben Stelle. War mit einer Plane abgedeckt. Dieselbe Ärztin war da.

»Exitus«, meinte sie lapidar. Selbst an fliegende Alte gewöhnte man sich.

Vom Heim stand jemand anders da. Ein tätowierter junger Mann mit Piercings in Lippe, Nase und Augenbrauen.

»Sie kannten ihn?«, fragte Quast.

»Walther Böckers. Sechsundneunzig.«

»Und er wohnt hier oben drüber wie Schuster, aber im Fünften, im Vierten?«

»Nein, dahinten.« Der Pfleger zeigte weiter nach links.

»Aha.« Jetzt wurde Quast doch misstrauisch.

»Ja, er muss aus Eddys Zimmer gesprungen sein.«

»Aha!«

»Sie waren sehr gut befreundet, hingen, seit Eddy bei uns

wohnte, jeden Tag zusammen und quasselten, spielten Schach und so.«

»War der auch Kriminalpolizist?«, fragte Quast.

»Nee, nee, Maurer oder so, Betonbauer. Hat sich immer gerühmt, das Freilichtmuseum mitgebaut zu haben.«

»Unseres? Hier in Hagen am Mäckinger Bach?«

»Gibt's noch eins?«, fragte der Pfleger.

Quast kniff die Lippen zusammen, konnte so was nicht leiden. Wenn einer witzig war, dann er. »Wann erfuhr der Mann vom Tod seines Freundes?«

»Gestern noch. Sie spielten ja sonst vormittags Schach.«

»Und wie ging es ihm danach?«

»Sehr betroffen.«

»Er betritt also das Zimmer seines Freundes, will ohne ihn nicht mehr leben, klettert auf einen Stuhl und springt?«

»Weiß nicht«, der Pfleger zuckte mit den Schultern, »müssen Sie sich selbst anschauen.«

Wieder hoch in den sechsten Stock, wo es nach alten Leuten roch, was Quast irgendwie an den Mief in seiner Wohnung erinnerte, in der seit acht Jahren keine Frau mehr gewesen war. Noch mal das Zimmer von Schuster. Überall an den Möbeln, Türen und Fenstern das Fingerabdruckpulver der Spurensicherung. Alter Eichenschrank, die letzten Habseligkeiten drin. Ein kleiner Fernseher, ein Schachbrett auf dem Tisch. Ein Krankenhausbett, eine Nasszelle.

Wie lange, bis er so endete? Noch zehn Dienstjahre, dann noch zehn in seiner Wohnung. Dann im Altenheim? Gott, eigentlich könnte er gleich auf den Stuhl auf dem Balkon steigen. Quast dachte ernsthaft drüber nach. Nicht dass er es jetzt wirklich gleich vorhatte. Wie es wohl war, hier runterzusegeln? Schrie man? Auch diesen Sturz hatte niemand gesehen, und gehört hatte auch keiner was.

Böckers sieht sich in Trauer um seinen Freund das Zimmer

an, öffnet die Balkontür, tritt hinaus, klettert hoch und lässt sich nach vorne fallen. Quast folgte seinen Gedanken, trat hinaus in die warme Frühlingsluft, blickte hinunter. Ganz schöner Weg. Aber das Ende selbst musste ja schnell gehen. Und worüber sollte er schon nachdenken? An die Scheidung vor elf Jahren? Dass er rauchte wie ein Schlot, beim Treppensteigen Herzschmerzen bekam? Dass er ziemlich viel Leergut wegschaffte und seine Biermarken immer billiger wurden?

Auch auf dem Stuhl war Pulver der Spurensicherung. Böckers neuer Fußabdruck war nicht zu erkennen, denn er hatte einen anderen Stuhl benutzt. Komisch eigentlich. Vielleicht ein Reflex, wollte sich die Socken nicht schmutzig machen. Hatte die Pantoffeln ausgezogen. Nee, nur einen. Quast blickte sich um. Beugte sich noch einmal über die Brüstung. Er musste lange suchen. Schließlich entdeckte er den zweiten Schlappen. Hing in einem der Bäume bei der Anlieferzone. Also doch mit Pantoffeln hochgestiegen, gesprungen. Einer fällt ab, landet auf dem Balkon, der andere segelt ein paar Meter weiter.

Lautes Geschrei hielt Quast von weiteren Gedanken ab. Er ging hinein, eilte durch das Zimmer auf den Flur. Dort fochten zwei alte Frauen ein Säbelgefecht mit ihren Gehstöcken aus.

»Miststück, du!«, kreischte die eine und ließ den hölzernen Stock auf die andere niederfahren. Er traf, es knackte, und der Getroffenen schoss Blut aus der Nase.

»Fahr zur Hölle!«, schrie die und ging ungeachtet der Verletzung auf die andere los, stieß sie mit der Gummikappe heftig vor die Brust, holte noch mal aus, traf die Deckenlampe, was augenblicklich Splitter regnen ließ. Die Stöcke krachten aneinander. Noch einmal und noch einmal.

In den Türen standen andere Bewohner, starrten entsetzt, ein alter Herr ballte die Hand zur Faust und schwang sie begeistert durch die Luft. Dabei fing er sich Quasts Blick ein.

»Endlich was los hier!«, rief er lachend.

Sicher hat er recht, dachte Quast, aber als Polizist bin ich in der Pflicht.

»Schluss!«, rief er. »Genug, aus!« Er wollte eingreifen und handelte sich sogleich zwei Stockhiebe über Schulter und Kopf ein. Er spürte, wie ihm Blut in die Stirn lief. »Schluss jetzt, Himmeldonnerwetter!«

Den beiden Furien rang er damit weder Respekt noch Beachtung ab, sie warfen nur die Stöcke weg und gingen in den Nahkampf über. Erst Pfleger und Krankenschwestern, die hinzukamen, konnten die alten Damen trennen.

»Sie standen ja ziemlich lange an der Balkonbrüstung«, meinte die Krankenschwester, die ihm die Kopfwunde klammerte. Ihr Busen berührte ihn dabei gelegentlich am Rücken. Sie war wohl so um die fünfzig, einen Ring hatte sie nicht am Finger, war sicher verboten während der Arbeit. Ronja hieß sie. Schwester Ronja.

»Hab einen Pantoffel gesucht.«

»Nicht den Sinn des Lebens?«

Er ignorierte das und ließ sich ihre Berührungen gefallen.

»Waren Sie schon mal im Freilichtmuseum?« Etwas regte sich in ihm.

»Bei uns in Hagen?«

Kennen Sie ein anderes?, lag ihm auf der Zunge, das verschluckte er jedoch. Er nickte nur.

»Klar, Sie?«

Nun musste er den Kopf schütteln.

»Nicht bewegen. Sie müssen da unbedingt hin. Sind ja eher so Schauwerkstätten, nicht bloß ein Museum. Das Brot, das dort gebacken wird, müssen Sie kaufen, da könnte man morden für.«

»Sind Sie aus Hagen?«, fragte er, weil ihm kein Bogen einfallen wollte, den er vom Brot zu ihr spannen konnte.

»Aus Haspe«, meinte sie betont. »Wieso?«

Das brachte ihn in Verlegenheit.

»Was war mit den Frauen, die mögen sich wohl nicht?«, fragte er, um das Thema zu wechseln.

»Ganz im Gegenteil. Eigentlich mochten die sich alle. Die Frauen waren ja sozusagen befreundet mit den beiden Herren, die jetzt tot sind. Erla Assmann mit Edwin Schuster und Heidemarie Fuchs mit Walther Böckers. Sie haben sich alle im Heim kennengelernt.«

»Und über den Tod der Männer sind sie in Streit geraten?«

»Sieht wohl so aus.«

»Und sie sind beide auch über neunzig? Die sind ja mit brachialer Gewalt aufeinander losgegangen.«

»Jaja, sehr rüstig, die Damen. Wir werden sie wohl besser auf anderen Etagen umbringen.«

»Haben Sie gerade umbringen gesagt?«

»Ach was, unterbringen.« Schwester Ronja lachte und weckte Gefühle in Quast.

»Wo sind denn die Frauen, die möchte ich sprechen.«

»Frau Assmann musste wohl gleich rüber ins Mops, ihre Nase war gebrochen. Frau Fuchs ist auf ihrem Zimmer. Sie hat eine Platzwunde, die wurde geklammert.«

»Wer sind Sie?«, fuhr Frau Fuchs ihn an.

Quast erschrak. Er hatte ihr Zimmer betreten in der festen Annahme, sie schliefe, denn auf sein Klopfen hin hatte sie nicht reagiert.

»Hauptkommissar Quast, Kripo Hagen.«

»Ha! Da sind Sie ja genau richtig!« Sie lag im Bett, doch von Schlaf keine Rede. Zornesrot im Gesicht, hatte sich ihr Gemüt längst nicht abgekühlt.

»Ach ja?«

»Ach ja! Verhaften Sie die Frau. Eine Mörderin ist sie!«

»Eine Mörderin?«

»Wenn ich es doch sage!«

»Das ist ein schwerer Vorwurf. Wen hat sie denn ermordet?«

»Sind Sie dämlich, oder was? Den Walther natürlich, hat ihn vom Balkon gestoßen!«

»Sie hat Walther Böckers über die Brüstung gehoben?«, fragte er skeptisch.

»Walther war groß und schwach in den Beinen. Sie war mal Gewichtheberin. Beim SSV Hagen eine der ersten Frauen, mehrmals Landesmeisterin. Kein Wunder, gab ja kaum Konkurrenz.«

»Es heißt, sie waren alle befreundet. Wieso sollte Frau Assmann Herrn Böckers umbringen wollen?«

»Wieso wollen, sie hat es ja getan.«

»Aber warum?«

»Weil sie … weil Walther … weil Edwin …« Frau Fuchs verstummte, verschränkte die Arme vor der Brust.

»Frau Fuchs?«, fragte Quast.

Sie schüttelte trotzig den Kopf. Hatte Tränen in den Augen. Was immer sie andeuten wollte, er mochte es sich nicht vorstellen.

»Geht es um Eifersucht?«

»Pah, Eifersucht!«, lachte sie böse. »Nichts, es ist egal. Ich sag nichts mehr. Gehen Sie, oder bleiben Sie sitzen, wie Sie wollen, ist mir gleich!«

»Frau Assmann?«, fragte Quast leise.

Die alte Dame lag im Evangelischen Krankenhaus, Mops genannt, gleich neben dem Pflegeheim. Ihre Nase war gerichtet, mit einer Schiene fixiert. Unter beiden Augen hatten sich Ringe von sattem Lila gebildet. Quast war sich sicher, die Frau tat nur, als ob sie schlief.

»Sie waren mal Gewichtheberin?«, fragte er.

Die Lider der Frau zitterten ganz leicht.

»Frau Assmann«, er beugte sich vor, um zu flüstern, obwohl niemand sonst im Zimmer war, »haben Sie Herrn Böckers vom Balkon gestürzt?«

Sie öffnete die Augen. »Kellnerin war ich, im ›Wacholderhäuschen‹, hier in Haspe. Hat zugemacht, weil der Wirt gestorben ist, ein guter Mann, wirklich schade um ihn.«

»Sie lenken ab.«

»Hatte eine lange Tradition, das Haus.«

»Frau Assmann, haben Sie Herrn Böckers vom Balkon gestoßen? Ich verstehe das nicht, hatten Sie … hatten Sie eine Affäre mit ihm?«

»Heinrich Heine hat 1843 in unserem Haus gespeist, er war begeistert. Hat sogar darüber geschrieben in seinem Bericht. ›Deutschland. Ein Wintermärchen‹, kennen Sie doch, oder was bringt man den Kindern heute in der Schule bei?«

»Ich war vor vierzig Jahren in der Schule. Frau Assmann, was hatten Sie und Herr Böckers in Herrn Schusters Zimmer zu suchen? Es war versiegelt von der Polizei.«

»Edwin war Polizist. Ja, da staunen Sie, was? Ein sehr guter sogar. Aber eines hat ihn gewurmt.«

»Ja, was denn?«

»Ja, was denn was?«

»Herr Hauptkommissar«, eine Krankenschwester trat in den Raum, »Frau Assmann steht unter starken Schmerzmitteln. Lassen Sie sie erst ein bisschen ausruhen. Später darf sie ins Zimmer zurück.«

Eigentlich hatte er Feierabend. Und der war ihm sonst heilig, damit er pünktlich zu seinem Bierchen kam, um dann den Rest des Tages vor dem Fernseher abzuhängen. Heute allerdings wälzte er Akten, weil ihm der Fall keine Ruhe ließ. Die Frau hatte ihre Verwirrung nur vorgegeben. Da war etwas, das wollte sie nicht preisgeben, weil sie sonst zugeben müsste, Herrn Böckers vom Balkon gestoßen zu haben. Was war es wohl, das einen alten Polizisten gewurmt hatte? Hatte Frau

Assmann ein Geheimnis? Vielleicht ein gemeinsames mit Frau Fuchs, weil sie beide so verstockt waren?

Es dauerte bis in die Nacht, bis er auf etwas stieß, kein Wunder, es war eine lange Zeitspanne, in der Edwin Schuster Dienst als Polizist im Kommissariat Hagen getan hatte. Er hatte sicherlich Tausende kleinere und größere Delikte ermittelt und ein Dutzend Kapitalverbrechen. Als er schließlich fand, wonach er suchte, entfuhr ihm ein verblüfftes Lachen.

»Jetzt schlägt's dreizehn!«

Er schnappte sich seine Lederjacke und eilte aus dem Büro.

Diesmal hatte er ganz vergessen zu rauchen. Er parkte in der Anlieferzone vor dem Altenheim, lief ins Haus, zum Aufzug, fuhr in die Sechste.

»Wer sind denn Sie?«, fragte eine Pflegerin, die er noch nicht kannte.

Er zeigte ihr seine Dienstmarke. »Ich will zu Frau Fuchs.«

»Die schläft, es ist zehn.«

»Ich muss trotzdem.«

»Warten Sie, ich komme mit, sonst erschrickt sie.« Die Pflegerin ging voraus.

»Schwester Ronja ist nicht da, oder?«

»Nein, die hatte heute normale Schicht.« Die Pflegerin klopfte an die Tür, öffnete sie. »Frau Fuchs, keine Sorge, ich bin's, Schwester Marie. Frau Fuchs?«

Gemeinsam betraten sie das dunkle Zimmer. Das Bett war leer.

»Frau Fuchs?« Die Schwester klopfte an die Badtür, sah hinein, auch dort nur Dunkelheit. »Na, das ist ja … Sie ist weg.«

»Wann waren Sie das letzte Mal bei ihr?«

»Vielleicht … vor einer halben Stunde.«

Quast fragte nicht weiter. Er rannte los und musste sich über sich selbst wundern, da war etwas in ihm. Leben.

»Hallo, wo wollen Sie denn hin?«, rief eine Frau aus dem Schwesternzimmer, als er vorbeihetzte.

»Polizei!«, rief er und hielt sich nicht mit Klopfen auf, nachdem er die Tür zu Frau Assmanns Zimmer erreicht hatte. Er sprang hinein und sah im Licht der Notruflämpchen eine Gestalt über das Bett der Frau gebeugt. »Hände hoch!«, rief er, obwohl er keine Waffe gezogen hatte und das längst nicht mehr den Gepflogenheiten der Polizei entsprach.

Doch der Spruch zeigte Wirkung, die Person richtete sich auf und hob beide Arme. Das Licht ging an, die Krankenschwester war angekommen.

»Lieber Himmel!«, keuchte sie, als sie das Kissen auf Frau Assmanns Gesicht bemerkte. Quast stürzte hin, zerrte die keuchende Frau Fuchs beiseite, während Frau Assmann das Kissen wegriss und nach Luft schnappte.

»Sie hat meinen Walther umgebracht!«, schrie Frau Fuchs.

»Weil er meinen Eddy umgebracht hat!« Frau Assmann bäumte sich auf.

»Weil er ein Schuft ist, ein Verräter!«, konterte Frau Fuchs.

»Nein, weil der Walther ein Mörder ist!«, kreischte Frau Assmann.

Frau Fuchs wollte sich aus Quasts Griff befreien. »Das ist gar nicht bewiesen!«

»Ruhe, zum Teufel!«, brüllte Quast, und die Krankenschwester bekreuzigte sich hastig. »Sie sind beide verhaftet, wegen Mord und versuchten Mordes. Alles, was Sie aussagen, kann gegen Sie verwendet werden. Sie haben das Recht zu schweigen.«

»Was ist denn überhaupt los?«, fragte die Krankenschwester völlig überfordert.

»Edwin Schuster war Kriminalinspektor in Hagen. Mitte der Sechziger, da war er noch Kriminalassistent, gab es einen Vermisstenfall. Ein Mann hatte seine Frau als vermisst gemeldet.

Da er sich bei seinen Aussagen in Ungereimtheiten verstrickte und die Verwandtschaft der Frau Zweifel anmeldete, vermutete man, er hätte sie umgebracht. Man ermittelte gegen den Mann, suchte sein Haus nach der Leiche seiner Frau ab, seinen Garten und weitere Grundstücke, die ihm oder seinen Freunden gehörten. Bloß man fand nichts. Inzwischen war man sich sicher, dass er sie ermordet hat. Sie wollte ihn verlassen, weil er gewalttätig war, trunksüchtig, laut, wollte weg von Hagen.«

»Der Ermittelnde war Edwin Schuster?«, mutmaßte seine Kollegin, die aus dem Urlaub zurück war. »Und der Verdächtige war Walther Böckers.«

Quast nickte. »Man konnte ihm nie etwas nachweisen. Alle waren überzeugt, er hätte sie ermordet, für einen Prozess gab es allerdings keinerlei Indizien. Er heiratete noch mal und lebte unbehelligt weiter. Als Edwin Schuster nach dem Tod seiner Frau ins Heim zog, traf er dort Böckers wieder. Der erkannte ihn anscheinend nicht, und Schuster freundete sich mit ihm an, allein zu dem Zweck, ihm irgendwann die Wahrheit zu entlocken. Das weiß ich von Frau Assmann, sie war von Schuster eingeweiht.«

»Verstehe.«

»An dem Tag, als Schuster starb, hatte Böckers Schuster offenbar doch als ehemaligen Ermittler erkannt. Deshalb stürzte er ihn von seinem Balkon. Frau Assmann rächte sich am nächsten Tag, als sie Böckers ertappte, wie er im versiegelten Zimmer Schusters nach Beweisen und Aufzeichnungen suchte, die ihn belasten könnten. Die waren nämlich bei ihr. Es gelang ihr in ihrer Rage, den Mann über die Balkonbrüstung zu drücken, immerhin war sie mal Gewichtheberin. Daraufhin wollte sich Frau Fuchs an ihr rächen, indem sie Frau Assmann zu ersticken versuchte.«

»Und Frau Assmann behauptet, Edwin Schuster hätte herausgefunden, dass Böckers die Leiche seiner Frau in einem der Fundamente des Freilichtmuseums einbetoniert hätte?«, fragte Quasts Kollegin. »Bloß sie weiß nicht, in welchem?«

»Ganz genau.«

»Und um das herauszufinden und ihm den Mord nachzuweisen, müsste man ein Gebäude nach dem anderen abreißen?«

»Entweder das oder es bleibt für immer ein Geheimnis.«

»Na ja, heutzutage gibt's Sonargeräte, damit kann man selbst Beton durchleuchten.«

»Ja, oder das«, sagte Quast. »Aber du musst zugeben, es wäre ein gutes Schlusswort gewesen.«

»Stimmt.« Sie sah ihn an.

»Was ist denn?«, fragte er.

»Hast dich in dieser Woche so verändert«, meinte sie. »Lag das an dem Fall?«

»Keine Ahnung«, erwiderte er, denn von dem Zettel, den er in seiner Lederjacke gefunden hatte, musste sie nichts wissen. Darauf eine Telefonnummer und: *Falls du mal Lust hast, mit mir das Brot zu probieren, Schw. Ronja.*

Romy Fölck

Der Moormann aus Bad Sassendorf

Ich mag die Stille am Morgen, die Unverfälschtheit des Tages, wenn ich mit meinem Polo durch die verlassenen Straßen fahre und weiß, dass Bad Sassendorf noch schläft. Jeden Wochentag passiere ich die Therme und den Kurpark mit dem plätschernden Gradierwerk, den REWE-Markt, wo die ersten Kühllaster ausladen, und meinen Lieblingsgriechen. Im Frühherbst ist es noch einige Zeit dunkel, wenn ich um fünf Uhr mit meiner Arbeit beginne. Viele meinen, ich wäre eine Putzfrau, Reinemachfrau oder »Perle«. Aber es gibt eine richtige Berufsbezeichnung. Ich arbeite als Gebäudereinigungskraft und gebe mich auch mit dem Begriff Raumpflegerin zufrieden.

In der Frühe, wenn ich ankomme, liegt der Backsteinbau der Westfälischen Salzwelten auf dem Hof Haulle verlassen. Das Erlebnismuseum, das am Tag Tür und Tor für seine Besucher öffnet, wirkt in der sich auflösenden Dunkelheit wie ein schlafender Koloss mit einem gläsernen Okular, in dem sich das Licht der Straßenlaterne spiegelt, unter der ich parke. Bevor ich aussteige, trinke ich einen Schluck aus der Thermoskanne mit Darjeeling, rauche eine Zigarette und gehe hinüber. Jeden Morgen die immer gleichen Abläufe.

Ein paar Minuten später schiebe ich den gut sortierten Reinigungswagen durch die Gänge, widme mich meiner Arbeit, bis die ersten Mitarbeiter ihren Job anfangen. Ich liebe es, die Erste zu sein! Uns Frühaufstehern liegt die Welt zu Füßen. Jedenfalls an jedem anderen Tag, nur nicht heute.

Denn seit meiner Entdeckung vor zwanzig Minuten ist es mit der Ruhe und Gelassenheit in den Salzwelten vorbei. Zuerst wurde ein Streifenwagen mit zwei jungen Schutzpolizisten geschickt, als hätte man mir nicht glauben wollen, was ich um 5:32 Uhr der Leitstelle über den Notruf 110 meldete. Ohne Eile schlenderten sie von mir begleitet durch den Ausstellungsbereich, stiegen die Treppe hinauf und warfen einen Blick auf das seltsame Exponat, auf das ich deutete, eine menschengroße schwarze Gestalt neben der Maskenwand. Beim Eintreffen erheiterte sie der Einsatz im Museum, aber den seltsamen Geruch konnten sie nicht weglächeln. Da standen sie, angefasst und ungläubig, im oberen Stockwerk, wo seit Anfang des Jahres die Ausstellung »Mythos Moor. Das schwarze Gold« des ganz plötzlich verschwundenen Künstlers Oswald Clemens aufgebaut ist.

Natürlich darf ich dort nur den Boden putzen und die wichtigen Exponate nicht berühren, sie sind tabu für meine Reinigungsmittel. Dennoch kenne ich sie bis ins Detail. Jeden Morgen wische ich mit dem Mopp um das größte Ausstellungsstück herum, die Sitzgruppe aus gepresstem Torf, schiebe den Wagen weiter zu diesen seltsamen Gebilden, den herabhängenden Moortüchern, die wie riesige Fledermäuse anmuten, verweile einen Moment vor den Bildern, die aus dem organischen Material des Torfs kreiert wurden und in denen ich an jedem Tag etwas anderes erkenne. Ihre Oberfläche erinnert mich an aufgebrochene Erdschichten nach einer langen Dürre, die farblich variieren. Und ich registriere, wie sich nach und nach der Staub in den Ritzen absetzt. Auch wenn es mich juckt, der Staubwedel bleibt im Reinigungswagen.

Meine Lieblingsexponate sind, obwohl sie mich am ersten Tag erschreckt haben, die Moormasken, die an der Wand befestigt sind. Geformte Gesichter aus schwarzem Torf. Sie sehen aus wie gruselige Totenmasken. Erst indem man näher geht und sie betrachtet, entdeckt man, dass einige von ihnen trotz ihrer leblosen Erstarrung zu lächeln scheinen. Ab diesem Tag wurden wir Freunde. Das Lächeln der schaurigen Masken wird sicherlich genauso wenig von den Besuchern wahrgenommen wie mein Berufsstand, die Gebäudereinigungskraft, die längst wieder fort ist, wenn der Trubel beginnt.

Heute ist alles anders. Denn unter den Moormasken lag an diesem Morgen ein weiteres Exponat, jedoch ohne Kennzeichnung und Beschreibung. So erklärte ich es, als die Polizisten ratlos davorstanden. Trotzdem der menschliche Körper vor ihnen komplett schwarz ist, beinahe mumienhaft wie die Moormasken dahinter an der Wand, ist den Beamten offenbar schnell klar, dass das kein weiteres Ausstellungsstück von Oswald Clemens ist, das hier in Szene gesetzt wurde, sondern eine echte Leiche. Um es mal so auszudrücken, das ist ein weiterer Kriminalfall für das beschauliche Bad Sassendorf nach dem seltsamen Verschwinden des Künstlers himself.

Clemens war im Februar nach der Vernissage abgetaucht, so hatte es in den zahlreichen Beiträgen der Presse gestanden, war für niemanden mehr zu erreichen. Von einer Auszeit war zu lesen, einer künstlerischen Abnabelung, einer Schaffenspause. Etwas divenhaft war er ja, das kannte man schon von ihm. Deshalb setzte das keinen seiner Weggefährten in Erstaunen. Dann war eine offizielle Vermisstenanzeige von seiner Ehefrau Christine Clemens bei der Polizei eingegangen. Also schien sein Verschwinden kein exzentrisches Gebaren des Künstlers zu sein, sondern ein aktenkundiger Vermisstenfall, der bis heute nicht aufgeklärt werden konnte. Und nun liegt da ein toter Mensch in seiner letzten Ausstellung. Ein makabrer Zufall?, wird man bald fragen. Wann werden wohl die ersten Pressevertreter Wind davon kriegen?

Die Dämmerung geht über in ein zartes Lichtband, das ein paar Wolken mit sich führt. Nach Regen sieht es nicht aus. Mein Polo ist hinter dem Flatterband geparkt, das seit einer guten Stunde das Museum für Unbefugte abriegelt.

Ungeduldig stecke ich mir eine Zigarette an und blicke aus dem Seitenfenster. Seit Polizisten in Zivil angekommen sind, ganz sicher Mordkommission und die Mitarbeiter der Spurensicherung, wird es richtig interessant. Die beiden Schutzpolizisten sind längst wieder abgefahren, jetzt übernehmen die Profis. Ich darf nicht gehen, soll mich noch für eine Befragung zur Verfügung halten. Das Museum bleibt vorerst geschlossen, alle Mitarbeiter wurden benachrichtigt, nur die Chefin steht völlig aufgelöst vorm Eingang und weiß nicht, wohin mit sich.

Die Typen in den weißen Anzügen tragen ihre Ausrüstung rein. So spannend, das mal live zu erleben! Ich bin ein großer Krimifan und liebe vor allem True-Crime-Dokus und Podcasts, in denen es um wahre Verbrechen geht. Nun bin ich selbst ein Teil davon. Genussvoll ziehe ich an der Kippe, lehne mich zurück.

Mein Entschluss steht fest. Ich werde, wenn sie den Ort wieder freigeben, meinen Chef dazu überreden, mich für die Tatortreinigung anzubieten. Es gab kein Blut da oben bei der Leiche, keine Schmauchspuren, keine blutgetränkten Teppiche, die professionell gereinigt werden müssen. Wenn sie den Toten rausgeschafft haben, wird nicht mehr als etwas schwarzer Modder übrig bleiben und die Reste des Fingerabdruckpulvers. Das kriege ich auch mit meinen Reinigungsmitteln in den Griff. Die Fortbildung zur Tatortreinigerin habe ich schon mehrfach ins Spiel gebracht, aber mein Chef ist nicht davon überzeugt, dass es in der Region genug Bedarf dafür gibt. Er will sich das Geld sparen. Und ich will partout nicht wegziehen, denn hier in meinem Dörfchen will ich alt werden. Ein Dilemma, das es zu lösen gilt.

Es ist ein Jammer, dass mein Chef die beste Serie im TV nie geschaut hat, den »Tatortreiniger«. Heiko Schotte, genannt Schotty, ist mein absolutes Vorbild, ich habe jede Folge an die dreißigmal gesehen. Warum sie diese Serie eingestellt haben, ist mir unbegreiflich. In echt in Schottys Fußstapfen zu treten, ist mein großes Ziel, dem ich offenbar einen guten Schritt näher komme.

Wenn ich die Reinigung dieses Tatorts übernehmen kann, muss mein Chef seine Entscheidung überdenken. Der Job muss gemacht werden, selbst im idyllischen Kurort Bad Sassendorf werden Spezialisten wie diese gebraucht. Außerdem wäre ich eine der wenigen Tatortreinigerinnen in Westfalen! Und gestorben wird immer, die meisten Verbrechen geschehen statistisch betrachtet im Umfeld des Opfers, in der Familie, im Freundeskreis, also auch in unserer schönen Gemeinde.

Eine Stunde und zwei Zigaretten später, meine Thermoskanne Tee ist längst ausgetrunken, tritt ein Mann mit verbrauchtem Gesichtsausdruck und abgewetztem Sakko zu mir ans Auto.

»Darf ich?«, fragt er, nachdem er mir seinen Dienstausweis am heruntergekurbelten Fenster gezeigt hat. Kriminalhauptkommissar Harry Prasch von der Kriminalinspektion I in Dortmund.

»Klar.« Ich lasse ihn einsteigen.

»Danke.« Er wirft einen sehnsüchtigen Blick auf die Zigarettenschachtel in der Mittelkonsole.

»Bedienen Sie sich«, sage ich.

»Ich rauche nicht mehr.« Er fährt sich unwirsch über den Sechstagebart, als müsste er sich selbst davon überzeugen.

»Kaugummi?«, mache ich einen Gegenvorschlag.

Er nimmt dankend an, belehrt mich als Zeugin und zückt ein abgegriffenes Notizbuch. »Ist Ihnen etwas aufgefallen heute Morgen?«

Ich starre in sein Gesicht. »Na, der Tote! Der war gestern noch nicht da.«

Die Falte zwischen seinen Brauen sendet ein warnendes Signal. »Ich frage anders: Ist Ihnen am Morgen jemand aufgefallen oder ein fremdes Fahrzeug, als Sie hier ankamen?«

»Negativ«, sage ich, weil mir das in Krimis gut gefällt, wenn es jemand sagt.

»Die tragen Sie immer?« Er deutet auf die Latexhandschuhe, die auf der Rückbank liegen.

Ich nicke. »Die ziehe ich an, bevor ich anfange.«

»Wir müssen Sie trotzdem um Ihre Fingerabdrücke bitten. Nur als Vergleichsabdrücke.«

»Klar.« Ich erwidere seinen Blick, der mich durchdringt. »Wissen Sie schon, wer der Tote ist?«

»In dem Zustand kann man das schlecht sagen.« Er nickt unzufrieden. »Gut. Fällt Ihnen noch was ein?«

Ich lehne mich zurück, schließe die Augen. »Die Hintertür war heute nicht abgeschlossen. Die Tür, die vom Siedecafé in den Garten führt. Das fiel mir auf, als ich den Müll wegbringen wollte.«

»Überprüfen wir. Ich möchte Sie bitten, morgen nach Dortmund ins Präsidium zu kommen, um Ihre Aussage zu unterschreiben.« Er steigt aus und lässt mich allein.

Soeben sind die Bestatter eingetroffen, die den Toten abtransportieren und in die Rechtsmedizin bringen werden. Ich lasse den Motor an, habe genug gesehen. Mehr kann ich erst mal nicht tun.

Am Nachmittag schlendere ich durch meinen geliebten Kurpark, streife die Bronzestatue der sich neckenden Ziegenböckchen, blinzele in die Sonne. Eine Menge Touristen genießen mit mir das warme Herbstwetter. Rentner spielen neben dem Springbrunnen eine Runde Boule, das Eiscafé ist im Außenbereich gut gefüllt. Ich gehe hinüber zum Gradierwerk, einer riesigen Balkenkonstruktion, von der man beim Nähertreten leises Wasserplätschern hört.

In Bad Sassendorf sind seit dem 12. Jahrhundert Solequellen bekannt, die seit dem 19. Jahrhundert auch für medizinische Zwecke genutzt werden. Auf den Balken des Gradierwerks sind Schwarzdornbündel befestigt, die Sole wird mit Pumpen auf die Dornwände verteilt. Eine nette Mitarbeiterin der Salzwelten hat mir das so erklärt, dass mit dem Rieseln der Sole durch den Schwarzdorn eine Oberflächenvergrößerung erfolgt, die mit dem Verdunsten des Wassers sowie durch Sonne und Wind noch verstärkt wird. Diese hochgradierte Sole wird dann in die Siedepfannen geleitet, wo das Salz viel schneller und mit weniger Brennmaterial gesiedet werden kann. Der Nebeneffekt ist die gesunde Luft in der Nähe des Gradierwerks, der eine heilsame Wirkung nachgesagt wird, besonders für Asthmatiker und Pollenallergiker.

Ich setze mich auf eine der vielen Bänke in die Sonne und lausche dem Plätschern. Es fühlt sich jedes Mal an, als würde ich salzige Seeluft am Meer einatmen. Nach einer Weile habe ich diesen Geschmack auf der Zunge.

Eine Frau mittleren Alters, ganz in Schwarz gekleidet, lässt sich neben mir nieder, lehnt sich zurück und atmet intensiv durch. Sie sieht nicht aus wie eine Touristin. Eine große Sonnenbrille verdeckt die Augen.

»Sie wissen jetzt, dass er es ist«, flüstert sie, ohne mich anzuschauen.

»DNA-Test?«, frage ich mit Blick auf das hohe Balkenwerk vor uns, in dem die Sole plätschert.

Sie deutet ein Nicken an.

»Weiß es die Presse schon?«

»Am Nachmittag ist die Pressekonferenz.« Sie nestelt an ihrer Sonnenbrille.

»Es läuft alles nach Plan.«

Sie strafft die Schultern. »Ich denke, das war ein Fehler!«

Ich verschränke die Arme. »Glaube ich nicht.«

Sie sackt in sich zusammen, reibt sich die Augen.

»Wollten Sie so viele Jahre warten, bis er für tot erklärt werden kann?«, erinnere ich sie.

Sie steht auf.

»Wollen Sie wirklich kein Geld?«, raunt sie und beobachtet die Wasserfäden in den Dornenbündeln.

»Nein.« Ich lächele sie an. »Ich will nur helfen.«

Oswald Clemens' Witwe geht kerzengerade durch die bunte Schar der Kurgäste und Patienten im Park. Lediglich ich weiß, dass sie ihren Mann umgebracht und draußen im Niedermoor der Woeste verscharrt hat. Als ich in den Tagen nach dem Verschwinden ihres Mannes meinen wöchentlichen Putzjob in ihrem Haus verrichtete, fielen mir die winzigen Blutstropfen auf. Beim Saubermachen entdeckte ich sie direkt über dem Boden an der Fußleiste der Küche. Zuerst versuchte Christine Clemens sich herauszureden. Ihr sei ein blutiges Stück Fleisch zu Boden gefallen.

Ich glaubte ihr nicht. Die Spritzmuster von Blut nach einem Messerangriff hatte ich schon oft in der Serie »CSI« gesehen, zählte eins und eins zusammen. Sie brach vor meinen Augen zusammen und gestand die Tat. Oswald war handgreiflich geworden, als sie nicht in die Scheidung einwilligen wollte, um Platz für seine junge Geliebte zu schaffen. Er hatte sie hart geschlagen, weshalb sie vor lauter Angst das Küchenmesser gegriffen und zugestochen hatte. Er war vor ihren Augen verblutet. Sie hatte sich nicht anders zu helfen gewusst, als ihn in der Nacht in die Woeste zu fahren, weil sie dachte, dass dort im sumpfigen Naturschutzgebiet niemand grub. Was ich widerlegte, da die Wasserbüffel, die draußen im Niedermoor gehalten werden, mit ihren Klauen durchaus einen Körper an die Oberfläche holen können. Ich erklärte ihr außerdem, dass ich in einer Doku über Moorleichen gelernt hatte, dass ein menschlicher Körper im Torf kaum zersetzt wird, sondern dass die Weichteile durch das saure Milieu des Moors natürlich mumifiziert werden. Sprich, wenn man ihren Mann eines Tages dort fand, dann ziemlich gut erhalten.

An dieser Stelle, als sie verzweifelt zu weinen begann, schlug ich der Witwe vor, ihr zu helfen. Ich mochte sie, meinen Job in ihrem Haus und verstand, dass sie aus Notwehr gehandelt hatte. Die Idee, Clemens' Leiche von der Woeste in die Salzwelten umzulagern, war von mir. Einerseits, um die Spekulationen zu beenden und den Tod ihres Mannes offenkundig zu machen, wodurch sie in der Schlussfolgerung zur Erbin seines Vermögens eingesetzt werden würde. Andererseits, um den Wert der Exponate des toten Künstlers, vor allem die kürzlich ausgestellten Stücke von »Mythos Moor«, enorm zu steigern, was ja auch dem Erbe zugutekommen würde. Vor allem aber, weil das Auffinden des Körpers in seiner eigenen Ausstellung einen verrückten Fan in den Mittelpunkt der Ermittlungen rücken würde, der Clemens zu Lebzeiten gestalkt und massive Morddrohungen an ihn geschickt hatte.

Diese Briefe konnte die Witwe der Polizei nun präsentieren. Den Ermittlern direkt ein Motiv zu liefern, war ein genialer Schachzug meinerseits, das musste sie zugeben. Ein wenig kam ich mir vor wie Dexter, der in der gleichnamigen Fernsehserie als Blutspurenforensiker beim Miami Metro Police Department arbeitete und die skrupellosen Kriminellen aus dem Weg räumte, indem er sie zerstückelt ins Meer warf. Von dieser Serie hatte Clemens' Witwe noch nie gehört, aber wir waren beide der Meinung, dass ihr Mann eine Inszenierung seiner Leiche in Form des mumifizierten Moormanns in seiner Ausstellung sogar begrüßt hätte.

Zwei Tage nach der Entdeckung hole ich die Zeitung herein, die verkündet, dass sich Christine Clemens am Abend der Verhaftung entzogen und mit einer Waffe ihres Mannes in ihrem Haus Suizid begangen hat. Ich atme kurz durch, mit dieser Entwicklung hatte ich wirklich nicht gerechnet. Natürlich war sie als Alleinerbin ebenfalls in den Fokus der Polizei geraten, eine Hausdurchsuchung folgte. Auch wenn ich die Blutspuren in ihrer Küche damals weggeputzt hatte, das Luminol hatte für die Spurensicherung ganz sicher das Ausmaß der Bluttat zutage gefördert. Dass diese chemische Verbindung geringste Mengen von Blut, die trotz der Reinigung am Tatort verbleiben, in Form von blauem Licht, einer Chemolumineszenz, sichtbar machen kann, hatte Christine Clemens wohl genauso wenig gewusst.

Kurz darauf klingelt es an meiner Tür. Kriminalhauptkommissar Prasch möchte erneut mit mir sprechen. Ich bitte ihn herein, biete Kaffee an, räume das Zigarettenpäckchen aus seinem Sichtfeld.

»Ich möchte gerne noch einmal Ihre Aussage durchgehen«, sagt er. »Es ist etwas heikel.« Er schlägt die Beine übereinander, nippt am Kaffee. »Sie kannten Christine Clemens?«

»Ja klar. Und ihren verschwundenen Mann. Ich putze seit gut zehn Jahren ihr Haus.«

Er nagelt meinen Blick fest. »Frau Clemens hat sich gestern Abend das Leben genommen.«

Ich reagiere bestürzt. »O Gott! Wie schrecklich!«

Prasch nickt mein Entsetzen weg.

»Aber vorher sagte sie etwas Seltsames.« Lange fixiert er mich. »›Meine Putzfrau ist an allem schuld.‹«

Ich blicke ihn an, so wie die Zeugen Horatio oder Gil bei »CSI« anschauen, wenn sie kein Wässerchen trüben können. »Was meinte sie damit?«

»Ich habe gehofft, das können Sie uns sagen.«

Ich zucke mit den Schultern. »Geht's um die Blutspritzer in der Küche? Sie sagte, ein Kotelett sei zu Boden gefallen. Ich habe mir nichts dabei gedacht.«

Prasch verabschiedet sich, weil er hier nicht weiterkommt. Es ist ja auch ein absurder Gedanke, dass die Putzfrau in diesen Totschlag involviert ist. Hat er wohl eingesehen.

Gerade als er raus ist, ruft mein Chef an, seine Stimme überschlägt sich vor Aufregung. »Die Polizei fragt an, ob wir auch den neuen Tatort reinigen können! Die Fachleute aus Dortmund sind gerade unterbesetzt. Die Leiche ist bereits abgeholt worden, das Haus der Clemens freigegeben. Könntest du das übernehmen?«

Ich lächele, reagiere jedoch verhalten. »Denkst du, ich schaffe das ohne die nötige Ausbildung und Ausrüstung?«

Er räuspert sich, da ich nichts sage. »Ich weiß, da ist eine Menge Blut im Haus, aber du bist ja hart im Nehmen. Wenn du den Einsatz heute packst, zahle ich dir diese Fortbildung zur Tatortreinigerin. Ist das ein Deal?«

Er kann nicht sehen, wie ich vor lauter Begeisterung mit den Fingern das Victoryzeichen in die Luft ramme.

»Die Auftragslage ist bestens! Es gibt nur zu wenig Profis für die Tatortreinigung. Einen Dienstwagen kriegst du natürlich dazu.«

»So einen 1978er Fiat Pick-up wie Schotty?«, frage ich.

»Nun übertreibe es nicht.« Mein Chef legt lachend auf.

Ich tanze durch die Küche. Unfassbar, dass ich es geschafft habe! Mit der rechten Hand forme ich eine Pistole, hebe sie in die Höhe und drücke ab. Es geht eben nichts über einen guten Plan.

Margarete von Schwarzkopf

Verschollen in Bönen

Die Erde polterte mit einem dumpfen Schlag auf die Holzkiste. Die Dunkelheit umhüllte sie wie ein Grabtuch. Anna Bentorp bekam keine Luft mehr. Der schlimmste Albtraum war wahr geworden – lebendig begraben.

Mühsam riss sie die Augen auf. Dämmerlicht, keine Finsternis. Sie lag nicht in einer engen Kiste unter der Erde, sondern hockte in dem künstlich angelegten Stollen des denkmalgeschützten Förderturms von Bönen hinter einer dicken Tür, durch deren Ritzen nur spärliches Tageslicht drang.

Anna rieb sich die schmerzende Stirn. Wie war sie hierhergelangt? Als sie eine Stimme vor der Tür vernahm, kehrte ihre Erinnerung schlagartig zurück.

Gestern war sie in Bönen eingetroffen und hatte vor dem kleinen Bahnhof gestanden. Eigentlich sollte ihr alter Studienfreund Vinzens Nestler längst aufgetaucht sein, um sie abzuholen. Wo steckte er? Die Sonne verglühte an diesem Novembertag hinter dunkelgrauen Abendwolken. Vinzens, Archäologe und Heimatkundler und ein früherer Kommilitone aus Bonner Studienzeiten, hatte ihr vor wenigen Tagen eine E-Mail geschickt. Anna war überrascht. Sie hatte lange nichts mehr von ihm gehört, wusste bloß, dass er seit zwei Jahren in Bönen lebte und an einem Projekt zur Erforschung historischer Ereignisse in dieser Gegend arbeitete. Es befasste sich, soweit Anna wusste, mit den Folgen der Reformation im Umkreis von Unna um 1600.

Liebe Anna,
entschuldige, dass ich mich so lange nicht gemeldet habe. Gerne würde ich Dich in einer wichtigen Ange-

legenheit konsultieren. Es geht um einen sensationellen Fund, den ich bei meinem Forschungsprojekt bei der Alten Kirche von Bönen gemacht habe. Ich schätze Dein Urteilsvermögen als erfahrene Kunsthistorikerin. Deshalb möchte ich Dir meine Entdeckung persönlich zeigen. Bitte komm möglichst bald.
Vinzens

Daraufhin schrieb Anna Vinzens, dass sie an diesem Freitag Zeit habe. In Unna checkte sie in ein Hotel am Bahnhof ein und stieg anschließend in den nächsten Zug nach Bönen. Als sich Vinzens nicht blicken ließ und ihr keine Nachricht schickte, beschloss sie, zur Alten Kirche am Kirchplatz zu fahren. Vielleicht war Vinzens beschäftigt und hatte weder auf die Zeit noch auf sein Handy geachtet. Da sie den Weg nicht kannte, bat sie den Fahrer des einzigen Taxis, das vor dem Bahnhof parkte, sie zur Kirche zu bringen und dort auf sie zu warten.

Eine leise Unruhe befiel sie, als das Taxi unweit der Kirche hielt. Die wachsende Dunkelheit ließ die Konturen des alten Gemäuers bedrohlich wirken. Der mächtige mittelalterliche Kirchturm ragte düster in den Abendhimmel.

»Lassen Sie sich ruhig Zeit«, sagte der Taxifahrer.

Anna stieg aus dem warmen Auto. Fröstelnd zupfte sie ihren Schal zurecht. Bis zum Turm waren es nur wenige Schritte. Vor dem großen Bau entdeckte sie eine Aushebung, von einem Flatterband umgeben. Eine Schaufel auf dem Rasen daneben. In dieser unscheinbaren Grube sollte ein sensationeller Fund gelegen haben?

Was mochte Vinzens veranlasst haben, sich damit an sie zu wenden? Und war es ein Bild? Oder eine Statuette?

Anna wollte gerade zum Taxi zurückgehen, als ihr Mobiltelefon klingelte. Na endlich, dachte sie und kramte es aus der Handtasche. Auf dem Display leuchtete eine ihr unbekannte Nummer auf. Enttäuscht nahm sie das Gespräch an.

»Frau Bentorp, schön, dass ich Sie erreiche! Klaus Klinker hier, Vorsitzender des hiesigen Heimatvereins, ein Bekannter von Vinzens Nestler. Er hat mir Ihre Handynummer gegeben.«

»Guten Abend«, sagte Anna. »Ich war mit Vinzens verabredet, aber er hat mich nicht abgeholt, und ich erreiche ihn nicht.«

»Jaja, genau darum geht es! Vinzens wollte uns gemeinsam nach Hamm zum Abendessen ins ›Denkma(h)l!‹ einladen. Ich warte seit Stunden auf seinen Anruf wegen der genauen Uhrzeit.« Klinker holte tief Luft.

»Herr Klinker«, fuhr Anna dazwischen, ehe der Mann wieder loslegte. »Ich werde erst mal in mein Hotel fahren, in der Hoffnung, dass sich Vinzens noch meldet und wir uns morgen sehen.«

Klaus Klinker hustete ausgiebig. »Gut, dann zeige ich Ihnen unsere Stadt. Vinzens wird schon wieder auftauchen. Zurzeit hat er den Kopf voll mit diesem Fund bei der Alten Kirche. Ihnen einen schönen Abend.«

Müde stieg Anna ins Taxi und bat den Fahrer, sie zu ihrem Hotel zurückzubringen. Er nickte und nahm den Weg über die Hammer Straße. Auf der kurzen Strecke nach Unna quälte Anna die Frage nach dem Verbleib ihres früheren Studienkollegen. Warum hatte Vinzens bisher niemanden in seine mysteriöse Entdeckung eingeweiht? Hatte er keine studentischen Hilfskräfte als Unterstützung?

Sie holte ihr Handy hervor und drückte Klinkers Nummer, die sie gespeichert hatte.

Seine Stimme klang matt. »Ach, Sie sind es, Frau Bentorp. Ich hatte gehofft, Vinzens wäre wieder da. Er ist auch nicht in seiner Wohnung.«

»Herr Klinker, hatte Vinzens keine Assistenten? Wenn ja, müssten die doch Bescheid wissen.«

Klinker schwieg einen Moment. »Na ja, da gab es zwei Studenten aus Bochum. Sie heißen Hans Peter Mosch und Franz

Erler. In den letzten Tagen wollte Vinzens ungestört arbeiten und hat sie weggeschickt. Heute Abend hätte er uns beide sicherlich informiert. Immerhin wird dieser Forschungsauftrag auch vom Heimatverein finanziert.« Er lachte. »Vinzens liebt Rätsel. Ein bisschen eitel ist er ja.«

Anna ignorierte diese Bemerkung. »Wahrscheinlich wollte er sich seiner Sache sicher sein, ehe er sie an die große Glocke hängt. Vielleicht wissen die Studenten mehr.«

»Mosch lebt in Köln, Erler in Hamm. Ich werde versuchen, sie zu erreichen.«

Anna drückte das Gespräch weg.

Sie schlief unruhig. Gegen fünf Uhr weckte sie das Rumpeln eines frühen Zugs. Anna richtete sich mit einem Ruck im Bett auf. Die Gewissheit traf sie wie ein elektrischer Schlag. Vinzens musste etwas Schreckliches passiert sein!

Wenig später saß sie im Frühstücksraum und kämpfte mit einem Kaffee gegen ihre Müdigkeit an. Vinzens war nicht zu erreichen.

Nach der dritten Tasse trat eine nervöse Kellnerin an ihren Tisch. »Frau Bentorp? Da sind zwei Herren, die Sie sprechen möchten.«

Anna überlief ein kalter Schauer. Die Männer, der eine Mitte fünfzig, stämmig mit einem rötlich grauen Bart, der andere etwa zwanzig Jahre jünger, groß und hager, zückten ihre Ausweise.

»Kriminalhauptkommissar Fritzen«, schnarrte der Bärtige.

»Kriminaloberkommissar Vetter«, stellte sich der Jüngere vor.

Anna wollte etwas erwidern, ihre Stimme versagte.

»Sie waren gestern mit Dr. Nestler verabredet? Stimmt das?«, fragte Fritzen.

Anna nickte und flüsterte: »Ja, er sollte mich in Bönen abholen. Er tauchte nicht auf.«

»Und was war der Grund für Ihre Verabredung?«, fragte Vetter.

Anna erklärte, dass Nestler sie eingeladen hatte, um ihr das Ergebnis seiner Grabung zu zeigen. »Ich bin Kunsthistorikerin.«

Die Polizisten wirkten ernst.

»Frau Bentorp, wir müssen Ihnen leider mitteilen, dass Dr. Nestler gestern Abend tot in der Nähe des Trimm-dich-Pfads im Stadtwäldchen bei Bönen aufgefunden wurde.« Fritzen zog einen Zettel hervor. »Dieses Stück Papier befand sich in seiner Manteltasche. Darauf stehen Ihr Name und die Ankunftszeit Ihres Zugs in Bönen sowie der Vermerk *Tisch reservieren*.«

Vetter schaute Anna besorgt an.

»Ich hole Ihnen ein Glas Wasser«, sagte er und eilte zum Büfett.

»Was ist mit Vinzens geschehen?«, fragte sie, obwohl sie die Wahrheit ahnte.

»Dr. Nestler ist Opfer eines brutalen Überfalls geworden. Mehr können und dürfen wir Ihnen nicht sagen«, antwortete Fritzen. »Er liegt jetzt in der Rechtsmedizin in Hamm.«

»Dürfen Sie mir denn verraten, wer ihn gefunden hat?«

Vetter reichte ihr das Glas. »Ein Mann, der abends seinen Hund Gassi geführt hat, hat ihn im Gebüsch entdeckt. Als die Sanitäter kamen, konnten sie nur noch Nestlers Tod feststellen.«

In diesem Moment meldete sich ihr Handy. Es war Klinker.

»Frau Bentorp! Ist das nicht entsetzlich! Ich muss Sie dringend sehen. Ich hole Sie im Hotel ab.«

»Okay«, sagte sie.

»Ich bin in zehn Minuten da!«, rief Klinker und legte auf.

»Wir melden uns wieder«, sagte Vetter.

Fritzen wandte sich beim Hinausgehen noch einmal an

Anna. »Vielleicht wissen Sie keine Details, aber Nestler hat beim alten Turm nach einem verschollenen Kunstwerk gesucht. Vor einigen Monaten wurde im Archiv des Heimatvereins ein uraltes Dokument entdeckt, in dem es um ein im Jahr 1563 aus einer Kölner Kirche entwendetes Gemälde geht. Das Gerücht verbreitete sich, der reumütige Dieb habe das Bild anderenorts in einer Kirche zurückgelassen. Niemand wäre auf die Idee gekommen, dass dieses Kunstwerk ausgerechnet in unserer Kirche viele Jahrzehnte unbeachtet gehangen hat. Gegen Kriegsende hat ein Bürger Bönens den Wert des Werks erkannt und es aus der Kirche geschafft, um es vor den Bomben zu retten. Seitdem galt es als verschollen.«

»Und woher hatte der Heimatverein die Information, wo das Versteck sein könnte?« Anna erschien die Geschichte unglaubwürdig.

»*A wild goose chase*, wie man das auf Englisch bezeichnet.« Fritzen lächelte. »Jochen Markwart, Klinkers Vorgänger, hat recherchiert und ist im Stadtarchiv auf ein anonymes Tagebuch gestoßen, das um 1945 geschrieben worden ist. Darin vermerkt der Verfasser, dass er während der letzten Kriegstage einige Kostbarkeiten aus der Kirche entfernt und zu ihrem Schutz vergraben hat. Markwart ist vor zwei Jahren verstorben. Er hatte mehrfach den Antrag gestellt, in der Nähe der Kirche danach zu suchen. Das Projekt wurde jetzt endlich bewilligt.«

Mit einem freundlichen Nicken verabschiedeten sich die Polizisten.

Anna bemerkte Klinker, der sein Auto vor dem Hotel abstellte. Sie winkte ihm zu.

»Guten Morgen«, begrüßte sie ihn kurz darauf. »Haben Sie Einzelheiten zum Tod von Vinzens erfahren? Ist es ein Raubmord?«

Klinker schüttelte den Kopf. »Bisher ist wenig über die

Umstände bekannt. Die Polizei will seine beiden studentischen Hilfskräfte befragen. Leider habe ich sie gestern nicht erreicht.«

Eine knappe halbe Stunde später saß Anna im Büro des Heimatvereins an der Gottfried-Keller-Straße. Die Sekretärin servierte Anna einen Kaffee. Klinker kehrte nach einigen Minuten mit einem Kollegen zurück und verschwand sogleich wieder. Amir Özdemir, ein schlanker Mann um die fünfzig, vertrat die türkischen Mitglieder des Bönener Heimat- und Kulturvereins, der sich um den kulturellen Austausch und das Miteinander von Deutschen und Türken bemühte.

Er begrüßte Anna herzlich. »Hat Dr. Nestler Ihnen gegenüber nähere Angaben zu seinem Fund beim Kirchturm gemacht? Er hat längere Zeit zusammen mit Hassan Boglu gearbeitet, Dozent an der Uni Köln für Spätmittelalter. Ihm hat Vinzens kürzlich mitgeteilt, er sei da auf etwas gestoßen, was all die Mühe gelohnt hätte. Er nannte keine Einzelheiten.«

Die Tür sprang auf, und ein Mann stürmte herein. Völlig aufgelöst, hochrot im Gesicht.

»Entschuldigen Sie!«, rief er mit kräftiger Stimme. »Ich bin ein Kölner Kollege von Vinzens Nestler. Mein Name ist Rudolf Hermanns, Dozent für das Fach Public History. Ich sollte Nestler heute in Bönen treffen. Nun höre ich, dass er tot ist!«

Özdemir bot ihm einen Stuhl an. Hermanns ließ sich darauffallen. Er war Mitte fünfzig, breitschultrig, ein wenig korpulent mit dichten dunklen Haaren und einem fleischigen Gesicht. Özdemir reichte ihm ein Glas Wasser. Hermanns dankte und trank hastig.

»Wissen Sie mehr über diese Grabung?«, fragte Anna ihn.

Hermanns blickte sie überrascht an. »Ach so, Sie sind seine Studienfreundin Anna Bentorp. Er hatte mir geschrieben, dass er Sie in seine Entdeckung einweihen möchte. Davon war ich nicht begeistert, wenn ich ehrlich bin. Aber er hielt wohl große Stücke auf Ihre Fachkenntnis.« Er stellte das Glas auf den Tisch. »Erstaunlich, dass Sie nicht informiert sind. Er war doch Ihr Freund! Mir hat er nichts erzählt. In mir sah er nur einen Konkurrenten.«

Klinker betrat das Zimmer mit einem Teller Kuchen. Er wandte sich an Hermanns. »Wir haben keine Ahnung, was genau geschehen ist. Die Polizei durchsucht derzeit seine Wohnung in der Beethovenstraße, und in einer Stunde sollen seine Studenten befragt werden. Womöglich wissen die mehr.«

Hermanns stand auf. »Dann sollte ich mich auf den Weg zur Polizei machen. Ich brauche genauere Informationen. Die Uni Köln unterstützt dieses Projekt ebenfalls.«

Damit verließ er den Raum.

Vetter betrat das Büro und wandte sich an Anna. »Ich verrate Ihnen den Zeitpunkt von Nestlers Tod. Zwischen siebzehn und neunzehn Uhr, sagt die Rechtsmedizin. Ermordet in dem Waldstück. Wir haben seine Mobiltelefonverbindungen gecheckt. Sein letzter Anruf galt um 15:53 Uhr Ihnen. Er war da noch bei der Kirche eingeloggt. Offenbar haben Sie den Anruf nicht entgegengenommen.«

Er entschuldigte sich und ging.

Anna starrte auf ihr Telefon. Sie fand keinen Hinweis auf einen fehlgeschlagenen Anruf. Als sie ihre E-Mails öffnete, fiel ihr eine Spammeldung ins Auge, die sie fast gelöscht hätte. Vinzens hatte ihr gestern Nachmittag geschrieben.

Liebe Anna,
leider erreiche ich Dich nicht auf dem Handy. Ich muss rasch zu einem Termin, ehe ich Dich nachher am Bahnhof treffe. Kurz: Ich habe meinen Fund heute an einen sicheren Ort gebracht, da ich glaube, dass mich jemand beobachtet. Sicherheitshalber schicke ich Dir gleich einen Hinweis auf das Versteck. Schätze aber,

dass wir nachher meine Entdeckung gemeinsam abholen werden. Also bis später!
Dein Vinzens

Offenbar war Vinzens' Misstrauen berechtigt gewesen, und der Mörder würde sicher weiter nach dem Gemälde suchen.

Anna musste an die frische Luft. Draußen stand Vetter mit grimmigem Gesicht.

»Was ist passiert?«, fragte Anna.

Der Polizist schnaubte. »Hans Peter Mosch ist nicht aufgekreuzt. Keine Nachricht, nur die Mailbox. Allerdings sagt seine Mutter, er sei heute Morgen nach Bönen aufgebrochen. Sie macht sich Sorgen.«

»Und Erler?«

»Lieber, schüchterner Junge, der kaum den Mund aufkriegt. Seit Nestler ihn nach Hause geschickt hat, lag er mit Grippe im Bett. Er behauptet, keine Details zu kennen.« Vetters Diensthandy klingelte. Hastig nahm er den Anruf an. »Wie bitte? Niedergeschlagen? – Lebt er noch? – In Hamm? – Okay, ich komme!« Er richtete sich an Anna. »Mosch ist auf dem Weg nach Hamm ins Krankenhaus. Er lag bewusstlos bei der Alten Kirche neben der Grube. Was wollte er dort? Sehr seltsam!«

Er eilte zu seinem Dienstwagen und brauste davon. Anna blickte ihm nach. Wer könnte Interesse daran haben, Mosch zu überfallen? Wusste er mehr über Vinzens' Fund? War er vielleicht involviert?

Hoffentlich überlebt der junge Mann, dachte Anna.

Ein wenig später stieß sie in WhatsApp auf eine Sprachnachricht.

»Förderturm, Stollen, links hinter dem Balken beim Eingang«, erklang die tiefe Stimme von Vinzens. »Und zieh den Kopf ein, wenn du da hineingehst.«

Anna musste wider Willen lächeln. Sie marschierte los und zog sich die Kapuze ihrer Regenjacke tief in die Stirn.

Ihr Ziel lag laut Routenplaner zwanzig Minuten Fußmarsch entfernt. Ein scharfer Wind blies ihr ins Gesicht. Langsam näherte sie sich dem Terrain um den imposanten Förderturm der ehemaligen Zeche Königsborn III/IV. 1929 hatte der Architekt Alfred Fischer dieses fast siebzig Meter hohe Gebäude errichtet, das sich weit über die Landschaft erhob.

Anna hielt am Eingangstor an. Sie drückte dagegen, das Tor sprang auf. Sie sah keine Menschenseele. Auch die Tür zum Turm selbst ließ sich zu ihrer Überraschung öffnen. Vielleicht waren die Hüter dieses Relikts aus der goldenen Ära der Steinkohleförderung in der Mittagspause und rechneten nicht mit Besuchern, die oft zu Führungen hierherkamen. Anna fand, dass Bönen manche Überraschung bot. Am 25. Mai 1965 übernachtete Königin Elizabeth II. anlässlich ihres ersten Deutschlandbesuchs in ihrem Sonderzug auf dem Lenningser Bahnhofsgelände bei Bönen, bevor sie in Begleitung von Prinz Philip die Truppen der Rheinarmee in Soest aufsuchte. Daran erinnerte seit 1995 ein Beet mit Elizabeth-Rosen.

Der Stollen in der Nachricht von Vinzens war nicht der geflutete tief unter der Erde, sondern ein Anschauungsobjekt vor allem für Schulklassen auf einer der oberen Etagen. Anna stieg in einen Aufzug, der sie sicher nach oben beförderte. Von dort warf sie einen Blick auf die malerische Landschaft unter ihr – Wälder, Wiesen, Äcker und kleine Ortschaften, alles einst Bergbaugebiet, inzwischen rekultiviert. Sie durchquerte den Raum und entdeckte den Stolleneingang. Obgleich das kein echter Stollen war, fühlte sie sich unwohl. Sie schob alle klaustrophobischen Gedanken beiseite und beugte den Kopf, um einzutreten.

Kaum hatte sie einen ersten vorsichtigen Schritt ins Innere gewagt, spürte sie einen heftigen Stoß, stürzte kopfüber nach vorne und stieß mit der Stirn an einen Balken. Hinter ihr fiel die schwere Tür ins Schloss.

Als sie wieder zu sich kam, hörte sie eine gedämpfte Stimme durch die Tür. »Ich bin mir sicher, dass Vinzens Ihnen eine Nachricht über das Versteck seines Funds geschickt hat. Rücken Sie damit heraus, dann passiert Ihnen nichts!«

Anna schwieg, schaltete die Handytaschenlampe an und leuchtete ins Dunkel. Tatsächlich fand sie hinter einem Balken auf der linken Seite ein in Packpapier eingeschlagenes Viereck von etwa fünfzig mal fünfundsechzig Zentimetern. Eindeutig ein Bild. Behutsam zog sie das Paket hervor.

Erneut drang die Stimme in ihr Gefängnis.

»Machen Sie schon! Dann verschwinde ich und informiere zu gegebener Zeit die Polizei über Ihren Verbleib. Ihr Handy hat in dem Stollen keinen Empfang.« Ein trockenes Lachen folgte.

Diesmal schwieg Anna nicht. Ihre Stimme zitterte. »Haben Sie Nestler umgebracht?«

Wieder das trockene Lachen. »Ich wusste, dass Vinzens das gestohlene Gemälde aus der Kölner Kirche bei seiner Grabung gefunden hat. Es ist sehr wertvoll.«

Anna betrachtete das Paket. Dafür musste Vinzens sterben?

»Her damit!«

Und plötzlich erkannte Anna die Stimme. Sie erstarrte. Das konnte nicht wahr sein! Ehe sie reagierte, wurde die Tür einen Spalt breit geöffnet.

»Ihre letzte Chance! Bis der nächste Besucher oder Mitarbeiter Sie hier findet, könnte sehr viel Zeit vergehen!«

Panisch schob Anna das Paket durch die schmale Öffnung. Eine stark behaarte Hand griff danach, die Stollentür fiel wieder zu.

»Aha, habe ich mir doch gedacht, dass Sie es finden würden. Cleverer Bursche, unser Vinzens«, sagte der Mann hinter der Tür lachend.

Schwere Schritte, dann Stille.

Die Beule schmerzte weniger als der brennende Durst

in ihrer Kehle. Die Minuten verstrichen. Plötzlich vernahm Anna Stimmen.

Mit letzter Kraft schrie sie so laut sie konnte. »Hilfe! Ich bin hier!«

Die Stimmen näherten sich, der Riegel am Eingang wurde zurückgeschoben. Die Tür schwang auf, und da standen Vetter, Özdemir und Professor Hermanns. Anna erhob sich mit steifen Beinen und taumelte in Vetters Arme, der sie mit einem verlegenen Lächeln auffing.

Leicht errötend erklärte er: »Gott sei Dank konnte uns Hans Peter Mosch einen Tipp geben, wo Sie sein könnten. Nestler hatte ihm einmal gesagt, dass der Stollen im Förderturm ideal für Verstecke sei. Mosch ist auf dem Weg der Besserung.«

»Ich hoffe, Sie schnappen den Mörder und Dieb rasch!«, unterbrach Hermanns ihn ungeduldig. »Übrigens stammt das Bild von Stefan Lochner, entstanden 1442. Seine Existenz ist belegt.« Er räusperte sich. »Das Werk mit dem Titel ›Das Martyrium der Heiligen Ursula‹ wurde 1563 aus einer Kölner Kirche entwendet und in der hiesigen Kirche vom reuigen Dieb zurückgelassen. Um 1846 entstand ein Neubau, in dem das Gemälde in der Sakristei hing. Während des Angriffs der Amerikaner auf Bönen Ende März 1945 wurde dieses unerkannte Meisterwerk von einem Bürger aus der Kirche geholt und vergraben. Der bis heute anonyme Retter vermerkte das in seinem Tagebuch. Man hat nie herausgefunden, wer dieser Mann war. Wahrscheinlich starb er kurz nach Kriegsende, ohne das Versteck verraten zu können.«

Vetter hatte kurz telefoniert. »Das war Fritzen. Er hat berichtet, dass Mosch Nestler bei der Entdeckung des Werks heimlich durch ein Fernglas beobachtet hat. Mosch erkannte darin einen Lochner und hat dieses Wissen gegen viel Geld weitergegeben. In seinem Handy, das wir am Ufer der Seseke lokalisieren konnten, finden sich genügend Beweise. Nach dem Überfall auf Mosch wurde es achtlos weggeworfen. Und Moschs letzter Anruf heute Morgen galt dem Mann, den er erpressen wollte.« Er machte eine dramatische Kunstpause. »Tja, und dann haben sich die beiden an der Alten Kirche verabredet – mit üblen Folgen für Mosch.«

»Woher wusste der Mörder, dass ich im Förderturm nach dem Versteck gesucht habe?« Anna war perplex.

Vetter schmunzelte.

»Ganz einfach. Er hat Ihnen einen Tracker in die Jackentasche gesteckt.« Er griff in Annas Daunenjacke und holte das winzige Gerät heraus. »Er hegte den Verdacht, dass Nestler Ihnen bereits Details zu seiner Entdeckung erzählt hatte, und wollte Ihnen deshalb auf der Spur bleiben.«

»Das … das ist echt unglaublich!«, stammelte Anna.

Wieder klingelte Vetters Handy. »Wir haben ihn! Er wurde am Flughafen in Düsseldorf geschnappt. Samt Gemälde. Jetzt ist er auf dem Weg hierher und danach nach Unna zur Kreisbezirksbehörde der Polizei.«

Anna lachte. »Wie bei Lord Voldemort vermeiden wir es die ganze Zeit, seinen Namen auszusprechen.«

Vor der Bezirksdienstaußenstelle der Polizei stand schon ein Streifenwagen mit Düsseldorfer Kennzeichen. Im Büro saßen Fritzen und zwei Kollegen. Und auf einem Stuhl vor dem Schreibtisch hockte Klaus Klinker in Handschellen. Sein Gesicht war hochrot, seine Augen verquollen.

Er sah Anna flüchtig an und verzog den Mund. Verflogen waren seine Freundlichkeit und Höflichkeit. Anna schauderte es. Dieser Mann hatte Vinzens Nestler kaltblütig ermordet.

Mit einem sarkastischen Lächeln gestand Klinker, dass er sich mit Nestler verabredet hatte. »Ich gab an, ich könnte nicht zum gemeinsamen Essen kommen. Da ich ihn dringend sprechen müsse und dabei meinen Hund Gassi führen wollte, würde ich ihn gerne am Trimm-dich-Pfad treffen.«

Klinker schlug Nestler mit einem Stein nieder, den er im Wald entsorgte. Zu seinem Ärger stellte er fest, dass in der Umhängetasche des Toten bloß Papiere waren. Er holte den Haustürschlüssel aus Nestlers Manteltasche und durchsuchte dessen Wohnung. Da er nicht fündig wurde, spionierte er Anna nach.

»Ich war überzeugt, Nestler hätte Sie eingeweiht.« Klinker wirkte geradezu beleidigt, als er hinzufügte: »Dieser kleine Mistkerl Mosch hat versucht, mich zu erpressen. Er hat mich verfolgt und ahnte, dass ich Nestlers Mörder bin. Ich habe ihm eine Falle gestellt. Statt Geld bekam er einen Schlag über den Schädel.« Er kicherte. »Nestlers demoliertes Handy und seine Brieftasche finden Sie in einem Altkleidercontainer am Kirchplatz.«

Klinker zeigte keine Reue, nur Bedauern, dass er den Lochner nicht auf dem Schwarzmarkt hatte verkaufen können. Er wollte mit dem Geld ein neues Leben anfangen. »Weit weg von hier!«

Er wurde abgeführt. Beim Hinausgehen wandte er sich noch einmal an Anna. »In dem Stollen wären Sie nicht lange geblieben. Ich habe Sie angelogen. Bereits für morgen hat sich ein Kegelklub aus Soest für einen Besuch im Turm angemeldet.«

Vetter schüttelte betroffen den Kopf. »Wem kann man eigentlich noch trauen! Ausgerechnet Klinker, unser Vorzeigemitbürger.«

»Was geschieht mit dem Lochner, Professor Hermanns?«, fragte Anna.

Zum ersten Mal lächelte der Mann. »Wenn alle Fragen nach der Provenienz geklärt sind, kehrt er zurück nach Köln. Ob das Gemälde dann in ein Museum oder in eine Kirche kommt, weiß ich nicht. Auf jeden Fall werden wir die Rückkehr des Bilds feiern, am besten mit einer Ausstellung über die Kölner Schule um Lochner.«

Eine knappe Woche nach diesen Ereignissen fand Anna in ihrer Post ein Päckchen, darin eine in Seidenpapier gewickelte Goldmünze. Dazu ein kurzes Schreiben, datiert auf einen Tag vor Vinzens' Tod.

Liebe Anna,
neben dem Lochner lag diese Münze. Ich möchte, dass Du sie besitzt, als Souvenir und Andenken an mich, Deinen Freund. Aber jetzt freue ich mich erst einmal darauf, in Bälde gemeinsam mit Dir meine Heilige Ursula zu bewundern.
In alter Verbundenheit
Dein Vinzens

Max Bentow

Das Messer von Gelsenkirchen

Schon im Zug beschlich ihn ein merkwürdiges Gefühl. Je weiter er sich dem Hauptbahnhof näherte, desto stärker wurde es. Eine Verkrampfung in der Brust, das Atmen fiel ihm schwer. Ruhig, dachte er, nur ruhig. Die letzten Stationen rauschten vorbei. Dann erklang die Durchsage, und der Zug lief in Gelsenkirchen ein.

Konrad wartete, bis alle ausgestiegen waren. Er holte seine Tasche aus der Gepäckablage. Zögernd trat er hinaus. Kaum stand er vor dem Bahnhof, sank ihm der Mut. Umkehren, dachte er, sofort.

Er gab sich einen Ruck und fuhr mit der Rolltreppe hinunter in die Katakomben zu den Straßenbahnen. Wohin er wollte, lag genau am anderen Ende der lang gezogenen Stadt. Er nahm die Linie 302.

Als die Bahn aus dem Tunnel hervorkroch, baute sich das imposante Theater mit seiner riesigen Stahl-Glas-Front vor ihm auf. Bald passierte er die Glückauf-Kampfbahn. Wenig später tauchte die Arena auf, die am Abend mit einem weithin sichtbaren Lichtkranz umgeben sein würde. Vermisste er seinen Kultverein, dessen Heimspiele damals für ihn als kleiner Junge ein Fest gewesen waren? Lange her, heute interessierte ihn Fußball nicht mehr.

An der Station Buer Rathaus stieg er um. Die Buslinie 211 fuhr ihn bis Hassel, wo er aufgewachsen war.

Er durchquerte das Viertel, vorbei an den alten Zechenhäusern. In der Ferne erahnte er die große Raffinerie, die ganz Deutschland mit Öl versorgte, wo viele seiner ehemaligen Schulfreunde ihre Lehre gemacht hatten, wenn sie nicht Bergleute geworden waren, in einer Zeit, als es noch Zechen gab. Er schnupperte und roch nichts. Es war windstill, nichts Giftiges in der Luft.

***

Das Haus seiner Kindheit erschien ihm kleiner, als er es in Erinnerung hatte. Dicht an die Straße gedrängt. Unten der Kiosk, in dem sich Vater regelmäßig Bier und Zigaretten gekauft hatte. Die Eingangstür niedrig und schmal. Wenn er nach Hause eingeladen wurde, erfand er Ausreden. Sie telefonierten nur sporadisch.

Beim letzten Anruf hatte Vater gesagt, dass nicht mehr viel Zeit bliebe. Erst nachdem Konrad aufgelegt hatte, war ihm klar geworden, was das bedeutete.

Er betrachtete die Klingelschilder, fand seinen Familiennamen oben links, die Buchstaben ausgeblichen, kaum lesbar. Konrad besaß keinen Schlüssel mehr zu der Wohnung, er hatte ihn bei Vater gelassen mit den Worten: »Kommst du allein klar?« Und Vater hatte genickt.

Nach einigem Zögern drückte Konrad auf den Klingelknopf. Kurz darauf schnarrte der Türöffner.

Er stieg die Stufen hinauf. Als Kind hatte er sie gezählt, sechs bis zum Treppenabsatz, wieder sechs bis zum ersten Stockwerk. Sechs Stufen bis zum nächsten Absatz, sechs bis zur zweiten Etage. Insgesamt sechs mal sechs Stufen, bis er ganz oben war.

Konrad erinnerte sich an einen Nachmittag im August. Er war aus der Schule heimgekehrt. Da er seinen Schlüssel verloren hatte, musste er vor der Tür hocken, bis ihn Nachbar Kleinert aus der ersten Etage hereinließ. Kleinert, in dessen Wohnung es nach Essigreiniger roch. Der reinliche Kleinert mit der Nickelbrille.

Die letzten sechs Stufen und er war da. Vater erwartete ihn an der Tür. Konrad erschrak. Er sah schlimmer aus als befürchtet. Das Gesicht blass, die Wangen eingefallen. Die Haltung gebückt. Sein Hemd war falsch geknöpft.

Ein schwaches Lächeln. »Komm rein, Junge.«

Konrad zog die Schultern ein. Der Flur war mit Krempel zugestellt, es roch nach aufgewärmtem Mittagessen. Vater kochte Eintöpfe vor, die mussten für vier Tage reichen.

Rechts die Küche, die Einbauschränke mit dem schmutzig braunen Furnier, weiter hinten das Bad. Hinter der verschlossenen Tür geradeaus hatte Konrad als Junge gelebt, gleich neben dem Elternschlafzimmer. Dort stand die Tür offen.

Er sah flüchtig hinein. Zahlreiche Medikamente auf dem Nachttisch. Vater schlief noch immer auf der linken Bettseite. Wo Mutter früher gelegen hatte, fehlte die Matratze. Konrad war gerade mal vierzehn gewesen, als seine Mutter gestorben war. Kurz darauf hatte Vater die Matratze entsorgt. Konrad hatte nie begriffen, warum.

Vater führte ihn ins Wohnzimmer. »Setz dich.«

Konrad stellte seine Tasche ab. Vater nahm auf dem Sofa Platz, er im Sessel gegenüber.

»Wie war die Herfahrt?«

»Ganz gut.«

»Nicht mit dem Auto gekommen?«

»Mit dem Zug.«

»Warum eigentlich?«

»Ich hab viel zu tun in der Firma. Hab die Zeit im ICE genutzt, um zu arbeiten.«

»Wann musst du wieder los?«

Konrad zuckte mit den Schultern. »Heute Abend vielleicht.«

»Kannst du nicht länger bleiben?«

Er schwieg.

»Ich hab dein Bett bezogen. In deinem Zimmer.«

Da war es wieder, das Gefühl, nicht genügend Luft zu kriegen.

»Mal sehen«, murmelte er. »Vielleicht kann ich eine Nacht dranhängen.«

»Würde mich freuen.«

»Wenn ich bleibe, nehme ich mir lieber ein Hotelzimmer.«

»Ist doch viel zu teuer.«

»Vater, ich kann mir das leisten.«

»Aber das ist dein Zuhause.«

Konrad schwieg.

»Bin jedenfalls froh, dass du da bist. Und schön, dass du ordentlich Geld verdienst.«

Schweigen.

»Und bei dir?«, fragte Konrad leise. »Was sagen die Ärzte?«

Vater fuhr sich an die Brusttasche seines Hemds. Früher hatte dort immer die Schachtel mit den Kippen gesteckt. Die Ärzte hatten ihm gesagt, wenn er das Rauchen nicht aufgeben würde, bliebe ihm noch weniger Zeit.

Vaters Stimme war belegt. »Die machen mir nicht viel Hoffnung.«

»Tut mir leid.«

»Wollen auch nicht mehr operieren. Ist zwecklos.«

»Du hältst dich tapfer.«

»Was bleibt mir übrig?«

Unvermittelt lehnte sich Vater vor und streckte die offene Hand auf dem Couchtisch aus. »Freue mich wirklich, dass du da bist.«

Konrad rührte sich nicht. Er wollte die Hand drücken, doch er brachte es nicht fertig.

Vater zog die Hand zurück.

»Hab dir dein Bett bezogen«, wiederholte er.

Und Konrad beschloss zu bleiben.

***

Spätabends hörte er Vater nebenan husten. Es klang mehr wie ein Röcheln. Eine Vorstufe des Erstickens. Konrad kam nicht zur Ruhe.

Leise verließ er die Wohnung. Bis zu seinem alten Sportplatz hatte er es nicht weit. Den Park mit dem Skateplatz kannte er nicht. Aber wie er nachts auf das Spielfeld gelangte, wusste er. Er kletterte an einer unauffälligen Stelle über den Zaun, kurz darauf stand er auf dem Platz, in der Höhe des Strafraums. Harte Asche, gefürchtet bei jedem Gegner. Ein Foul, ein Sturz und schon war die Haut aufgeschürft.

Konrad verspürte wieder die Schmerzen im Knie. Eine schwere Verletzung, die er sich als Jugendlicher bei einem Fußballspiel zugezogen hatte. Ein mehrfacher Bänderriss, von dem er sich nie ganz erholt hatte. Trainer Meuser – hohe Stirn, breite Schultern, immer in Ballonseide, ein Typ, den er nie vergessen würde. Meuser war der Meinung, er habe das Zeug für eine Profikarriere, wenn er sich nur genügend anstrenge. Nach einer Grätsche, einem Zweikampf, in den sich Konrad warf, als ginge es um sein Leben, hatten sie ihn vom Platz tragen müssen, und es war aus mit diesem Traum.

Neben dem Tor lag ein Ball. Konrad nahm ihn mit dem Fuß auf und dribbelte im Dunkeln um imaginäre Angreifer herum. In Gedanken spielte er noch einmal das Spiel seines Lebens, lange vor seiner Verletzung. Damals, C-Jugend, er war rechter Verteidiger, hatte nie zuvor ein Tor geschossen.

An diesem Nachmittag lagen sie fünf Minuten vor Schluss mit null zu zwei zurück. Konrad rannte mit dem Ball am Fuß die Außenlinie entlang, umspielte zwei, drei Gegenspieler, hob den Kopf, sah Andy, ihren Mittelstürmer, Blondschopf, hochgewachsen, und servierte ihm einen Pass wie aus dem Lehrbuch. Andy nahm mit der Brust an, der Gegner warf sich in seinen Schuss. Abpraller. Konrad rannte sich frei, erwischte den Ball, der Torwart auf ihn zu. Konrad täuschte rechts an und drosch den Ball mit seinem schwächeren Linken ins Netz.

Sein erstes Tor als Verteidiger.

Eins zu zwei.

Schnell zurück zur Mittellinie. Anstoß. Noch drei Minuten.

Andy passte zu ihm rüber. Konrad wirbelte an der Außenlinie entlang.

Wieder eine Täuschung, sein Gegner lief ins Leere, etwa sechs Meter vorm Strafraum. Konrad war plötzlich ein anderer. Normalerweise hätte er sich das nicht zugetraut. Doch er zog einfach ab. Vollspann. Und der Ball landete rechts oben im Netz.

Zwei zu zwei.

Noch eine Minute bis zum Abpfiff.

Der Gegner mauerte. Gerangel im Mittelfeld. Schlagartig war Konrad an der Außenbahn frei. Pass. Er nahm an, dribbelte, was das Zeug hielt. Doppelpass mit Andy, auf einmal war Konrad direkt vorm Torwart. Der machte sich breit. Konrad behielt die Nerven. Er täuschte links an, dann rechts, schließlich spielte er dem Keeper durch die Beine. Und der Ball war drin.

Drei zu zwei. Sieg und Abpfiff.

Ein Hattrick von Konrad, dem stillen Konrad. Das war er, auch wenn er sich selbst nicht wiedererkannte.

Erst umarmten ihn die Kameraden, schließlich fiel ihm Meuser um den Hals.

Das Spiel seines Lebens. Es war kurz nach Mutters Tod. Der erste Abend, an dem er nicht an ihren Krebstod dachte.

»Du bist ein Held, Junge«, hatte Trainer Meuser gesagt.

Meuser, den er nie vergessen würde.

***

Nach dem Frühstück zogen sie los. Vater war mittlerweile so schwach, dass er draußen einen Rollstuhl brauchte. Konrad klappte das Gefährt zusammen, brachte es runter und verstaute es hinten in Vaters Auto. Es war sein alter VW Passat, rot, mit dem verbeulten Kotflügel.

Konrad kehrte zurück, um Vater auf der Treppe zu helfen. Es ging nur langsam voran. Stufe für Stufe. Konrad stützte ihn am Arm. Vater schnaufte.

»Wenn es dir zu viel wird …«, sagte Konrad.

»Geht schon.«

Die nächste Stufe. Sechs bis zum Absatz, dann noch mal sechs.

Innehalten, Atem holen.

»Wirklich, wir können auch umkehren.«

Da sah ihn Vater an. Ein Schimmer in den Augen. »Ich schaff das, Junge.«

Endlich waren sie unten.

»Fahr du«, sagte der Vater.

Konrad nahm ihm den Schlüssel ab, half ihm beim Einsteigen, setzte sich hinters Steuer und fuhr los.

Ein Ausflug nach Schloss Berge, die Sonne glitzerte auf dem See. Oft waren seine Eltern mit Konrad am Wochenende hierher ins Grüne gefahren. Er schob seinen Vater im Rollstuhl durch den großen Park und den Kräutergarten. Schließlich steuerte er eine Holzbank an dem Teich mit den Fontänen an. Er setzte sich neben ihn.

Sie schwiegen. Vater sah zu den Mauerseglern auf, die hoch oben am Himmel kreisten. Sie hörten ihr schrilles »Srii, srii«. Vaters Hand glitt zur Brusttasche, wo normalerweise die Kippen steckten. Doch es war mehr eine Bewegung, als würde er seinem Herz einen Klaps geben wollen. Schlag noch ein bisschen weiter. Lass mir etwas Zeit.

Sehnsüchtig blickte er den Mauerseglern nach.

»Die fliegen bis Afrika«, sagte er, »wenn es bei uns kalt wird. Und sie schlafen in der Luft.«

Konrad nickte.

Wieder Schweigen.

Irgendwann zeigte der Vater auf die Wasserspiele. »Ist schön hier.«

»Ja«, sagte Konrad.

Mit Vater hatte er nie viele Worte gewechselt. Mutter war die Gesellige gewesen.

Als hätte Vater seine Gedanken gelesen, sagte er: »Wär schön, wenn deine Mutter da wäre.«

Konrad schaute zu den Mauerseglern hinauf. Das waren Kunststücke, die sie in der Luft vollführten. »Srii, srii!«, riefen sie wieder.

»Vielleicht ist sie da oben. Vielleicht ist sie eine von den Vögeln.« Der Vater legte ihm eine Hand auf die Schulter.

Konrad rührte sich nicht. Schon war die Hand weg.

Das war der Moment, als Konrad wieder an Kleinert dachte. Erster Stock rechts. Nachbar Kleinert. Der ihn damals reinließ, als er den Schlüssel vergessen hatte. Die ganze Nacht über hatte er an ihn gedacht.

»Lebt der Kleinert eigentlich noch?«, fragte er.

Vater sah ihn fragend an. »Wie kommst du denn auf den?«

»Nur so.«

»Klar lebt der.«

»Hat er noch den Taubenschlag?«

»Denke schon. Wieso fragst du?«

»Sterben Taubenschläge nicht aus wie die Zechen?«

»Die Brieftauben in seiner Laube?«

»Ja.«

»Weiß nicht.«

Konrad erhob sich. »Lass uns zurückfahren.«

***

Er blieb eine zweite Nacht. Sobald er sich auf die Seite wälzte, knarrte sein Jugendbett. Konrad sah zur Uhr. Kurz nach drei. Er stand auf, zog sich an und verließ die Wohnung. Treppenhaus. Sechs Stufen bis zum Absatz. Die Finger auf dem Handlauf am Geländer, weich und abgegriffen. Wieder sechs Stufen. Zweiter Stock. Sechs Stufen bis zum nächsten Absatz. Seine Finger auf dem Handlauf. Gummibelag, es quietschte, wenn die schwitzende Hand darüber hinwegfuhr. Konrad zählte rückwärts. Sechs. Fünf. Vier. Drei. Zwei. Eins.

Dann stand er vor Kleinerts Tür.

Konrad war wieder ein Kind. Hockte draußen vorm Haus. Da schob Kleinert den Kopf zum Fenster raus. Kleinert, der schon immer allein gelebt hatte.

»Was machst du da?«, rief er nach unten.

»Schlüssel vergessen.«

»Sind deine Eltern nicht da?«

Kopfschütteln.

»Ich mach dir auf.«

Der Türöffner schnarrte.

Kleinert empfing ihn im Treppenhaus. »Kannst bei mir warten.«

Konrad nickte.

Der Geruch in Kleinerts Wohnung eine Mischung aus Zitrone und Essigreiniger. Die Wohnung blitzblank. Reinlicher Kleinert. Nirgends ein Staubflusen. Linoleumboden, glänzend. Das Sofa mit einer Zierdecke.

»Nimm Platz.« Kleinert setzte sich zu ihm. Die Gläser seiner Nickelbrille funkelten. »Magst du Tauben?«

Konrad zuckte mit den Schultern. »Weiß nicht.«

»Wir können uns mal welche ansehen.«

»Wo denn?«

»In meiner Laube.«

»Brieftauben?«

Kleinert lächelte.

***

In der Laube war es stickig. Kleinert erklärte ihm alles über Tauben. Wie weit sie flogen, wie schnell sie waren. Wann sie zurückkehrten. Und dass man Preise mit ihnen gewinnen konnte. Kleinert hatte ihnen Namen gegeben. Die flinke Elsa. Der rasante Robert. Der flatternde Alfons.

Konrad waren die Tauben ziemlich egal. Ruckten in ihrem Verschlag mit den Köpfen, glotzten ihn gurrend an. Etwas anderes in der Laube fand er viel interessanter. Kleinert zeigte es ihm.

»Ist ein Erbstück«, sagte er. »Gehörte meinem Vater. Ist sehr wertvoll.«

Es war ein Jagdmesser, spitz und scharf. Blitzende Klinge. Blutrinne. Und ein edler Griff. Konrad fuhr mit dem Finger über die Schneide.

»Pass auf«, sagte Kleinert, »dass du dich nicht verletzt.«

Das Messer lag gut in der Hand. Konrad mochte es. Er fühlte sich mächtig damit. Stärker, als er eigentlich war.

»Gib es lieber wieder her«, sagte Kleinert. »Ist nur was für Erwachsene.«

Und Konrad hatte sich das Messer wegnehmen lassen. Aber er merkte sich genau, wo Kleinert es verstaut hatte. In der abgebeizten Kommode. Dritte Schublade von unten.

***

Drei Uhr morgens. Konrad lauschte bei Kleinert an der Tür. Bei ihm klingeln? Ihn aus dem Bett reißen? Ihn fragen, ob er sein Messer vermisste?

Wozu sollte das gut sein? Zu viel Vergangenheit. Er hätte nicht herkommen sollen. Die Brücken abbrechen, so wie er sich als junger Mann davongemacht hatte. Wenn Vater nicht sterbenskrank wäre, hätte er nicht zugesagt. Unfassbare Wut auf alles, was damals passiert war. Erneut diese Enge in der Brust. Er konnte kaum atmen.

Lief die Stufen wieder hinauf. Sechs Stufen. Absatz. Sechs Stufen. Zweiter Stock. Sechs Stufen. Absatz. Sechs Stufen. Dritter Stock, dann schob er sich durch die angelehnte Wohnungstür bei Vater und schlich sich zurück in sein Jugendzimmer.

Ob das Messer noch da war? Er hatte es Kleinert geklaut. Einfach in die Hosentasche gesteckt und mitgehen lassen.

Er war auf einmal der Held, hatte die Mannschaft vor der Niederlage gerettet. Aber immer war er der Letzte nach dem Training gewesen.

»Bleib noch ein bisschen«, hatte Trainer Meuser gesagt. »Du hast Talent, du kriegst ein Extratraining. Kannst es weit bringen, Junge, ein rechter Verteidiger, der auch Tore schießt, so einen braucht der Verein.«

Konrad schwitzte. Er suchte die Stelle in seinem Zimmer ab. Da war die Tapete locker. Er ruckelte das Bett ab, leise, damit Vater nicht aufwachte. Hinter der Tapete eine Stelle im Mauerwerk, er hatte den Putz weggekratzt als Jugendlicher, immer weiter gebohrt, bis es eine kleine Vertiefung gab. Hatte das Jagdmesser dort deponiert. Nur zur Sicherheit.

Das schöne scharfe Jagdmesser von Kleinert, da war es. Konrad nahm es in die Hand.

Wie oft er sich vorgestellt hatte, es zu nehmen und zuzustechen, sich endlich zu wehren. Wie oft er die scharfe Klinge berührt hatte. Scharf bis aufs Blut.

***

Am nächsten Morgen schaffte es Vater nicht aus dem Bett.

Konrad war ratlos. »Soll ich einen Arzt rufen?«

»Lass mal.«

»Aber ich kann dich hier nicht so liegen lassen.«

Ein Gesichtsausdruck, als hätte er längst mit allem abgeschlossen. »Bin froh, dass du da bist. So haben wir uns wenigstens noch mal gesehen.«

»Ist es wirklich so schlimm?«

»Die Lunge will nicht mehr.«

Konrad setzte sich zu ihm. Zögernd griff er nach der Hand des Vaters.

»Damals beim Fußball«, sagte er. »Erinnerst du dich an meinen Trainer?«

Vater runzelte die Stirn.

»Ich war rechter Verteidiger. Drei Jahre lang. Und ich war ziemlich gut.«

»Stimmt. Du hast mal von einer Profikarriere geträumt.«

»Mein Trainer. Erinnerst du dich an seinen Namen?«

»Hast ihn mal erwähnt.«

»Meuser. So heißt der.«

Vater nickte. »Richtig. Der war begeistert von dir.«

»Hat mir Extratrainingseinheiten gewährt.«

»Bist manchmal länger geblieben, ja.«

»Manchmal? Bei jedem Training. Immer eine Extrastunde.«

»Und wie kommst du jetzt darauf?«

»Sind nur Erinnerungen«, sagte Konrad. »Ich hätte dir und Mutter mehr von ihm erzählen sollen.«

»Von dem Meuser?«

»Ja.«

»Was war denn mit dem?«

»Ist nicht so wichtig, Vater. Ich mach mich auf den Weg.«

»Wo willst du hin?«

»Ich hab Meusers Adresse rausgefunden. Will ihm Guten Tag sagen. Vielleicht erinnert er sich an mich.«

»Ist dir das so wichtig?«

»Ich hätte es schon damals tun müssen.«

»Was tun?«

»Vielleicht wäre ich ein anderer Mensch geworden. Weißt du, Vater, es ist so, ich krieg manchmal keine Luft. Aber meine Lunge ist gesund, im Gegensatz zu deiner. Auch mein Herz ist in Ordnung. Neulich hat mir ein Arzt gesagt, ich hätte den Blutdruck des Jahres. Topfit. Nach wie vor in Höchstform, obwohl ich den ganzen Tag vorm Rechner sitze und Programme schreibe.«

»Fußball hast du aufgegeben.«

»Ja. Fußball hab ich aufgegeben. Guck mir kein einziges Spiel im Fernsehen an.«

»Warum nicht?«

»Gute Frage, Vater.« Er tätschelte ihm die Hand. »Ich schaue heute Abend noch mal vorbei. Dann erzähle ich dir von Meuser. Vielleicht.«

Sein Vater richtete sich auf. Das Gesicht verzog sich vor Schmerzen. »Was ist denn mit dem Meuser?«

Konrad stand auf. »Zu spät, um darüber zu reden. Hab es in mich reingefressen, mich geschämt. Mutter wollte ich es sagen. Kurz darauf wurde sie krank. Und ich wollte euch nicht belasten. Ihr hattet es beide schwer. Immer nur Arbeit und immer zu wenig Geld.«

»Junge, wir können doch …«

»Nein, Vater. Du darfst dich nicht aufregen. Deine Lunge ist zu schwach. Ich bin dem Kleinert dankbar.«

»Nachbar Kleinert?«

»Ja. Der hatte was in seiner Schublade, das hat mich damals beschützt. Ich wusste, zur Not kann ich darauf zurückgreifen. Und jetzt ist es so weit. Jetzt hab ich den Mut dafür, weißt du?«

»Ich verstehe nicht, wovon du sprichst.«

Konrad wandte sich zur Tür.

Schon war er im Treppenhaus. Sechs Stufen bis zum Absatz. Und wieder sechs Stufen. Drei Stockwerke. Sechs mal sechs Stufen.

***

Als er zur Bushaltestelle lief, wehte ihm von der Raffinerie ein beißender Geruch in die Nase. Sein Brustkorb zog sich enger zusammen, obwohl er sowieso schon drückte. Konrad drehte sich um und sah, dass drüben abgefackelt wurde.

Vom Rathaus Buer aus nahm er dieses Mal die Straßenbahn 301. Höhe Darler Heide stieg er auf der Hauptgeschäftsstraße des Viertels aus, an deren Namen er sich nicht mehr erinnerte. Er hatte den Stadtteil Erle gemieden, manchmal ging es nicht anders, da auch Vaters Schwester hier gewohnt hatte.

Die lange, breite Straße hatte sich zu ihrem Vorteil verändert, vieles schien renoviert, gar neu, aber Woolworth gegenüber der Kirche neben der Stadtteilbücherei gab es noch. Konrad blickte sich um, um sich zu orientieren. Bald wusste er, wohin er sich wenden musste.

Meuser wohnte in einer Achtziger-Jahre-Siedlung nah der Gesamtschule Berger Feld. Ein Einfamilienhaus. Konrad klingelte. Es war Sonntagvormittag. Bestimmt war er daheim. Dennoch geschah lange nichts, bis sich die Tür einen Spalt öffnete.

Es war eine Frau in den Vierzigern. Blond. Adrett. Schlank.

»Ja bitte?«

»Ist Ihr Mann da?«

»Wer sind Sie?«

»Sagen Sie ihm, Konrad ist zurück.«

»Ich verstehe nicht.«

»Ihr Mann wird es begreifen.«

»Einen Moment.«

Die Tür wurde geschlossen. Nach einer Weile vernahm Konrad Gemurmel dahinter. Schließlich wurde sie erneut geöffnet.

Meuser hatte sich kaum verändert. Breite Schultern. Muskulöse Oberarme. Hohe Stirn. Tief liegende Augen.

»Was wollen Sie von mir?«

»C-Jugend«, sagte Konrad. »Jeden Donnerstagabend. Extratraining. Und danach unter die Dusche. Es war keiner mehr auf dem Trainingsgelände außer uns. Soll ich es deiner Frau sagen?«

Meuser erbleichte.

»Du hast Kinder. Zwei Mädchen. Das hab ich rausgefunden. Wissen die davon?«

Meuser schwieg.

»Noch immer Jugendtrainer? Noch immer Extratraining?«

»Halt den Mund«, zischte er.

»Nein, ich halte nicht den Mund. Nicht mehr.«

Meuser packte ihn am Arm und schob ihn zum Carport, außer Sicht- und Hörweite von seiner Familie. »Was willst du? Brauchst du Geld?«

»Nein. Ich will nur wieder atmen können. Ich will wieder unter der Dusche stehen können, ohne an dich denken zu müssen.«

»Das ist eine Ewigkeit her.«

»Für mich nicht. Mir kommt es vor wie gestern. Ich hab mir das Knie zertrümmern lassen, nur um nicht mehr zum Training zu müssen.«

»Jetzt hab dich mal nicht so. Das war alles freiwillig.«

»War es nicht. Und ich war ein Kind. Meine Frau hat mich gefragt, warum ich so distanziert bin. Sie hat sich von mir scheiden lassen. Wegen meiner inneren Kälte. Und weißt du, woher die kommt?«

»Ich verstehe nicht, was du meinst«, sagte Meuser.

»Gleich wirst du es verstehen.«

Konrad zog das Messer hervor. Sechs mal sechs Stufen, runter zum Training. Sechs mal sechs Stufen, zurück in die Wohnung. Sich aufs Bett werfen und die Augen schließen. Versuchen durchzuatmen.

Sechs mal sechs. Und noch mal sechs mal sechs.

Zwölf mal sechs Stufen für jedes Training. Und jede Flucht nach Hause.

Machte zweiundsiebzig Stiche.

Konrad rammte die Klinge in Meusers Bauch. Er zog sie heraus, stach wieder zu. Und wieder. Und wieder.

Erst als die Polizei eintraf, ließ er das Jagdmesser fallen. Er dachte an Kleinerts Taubenschlag. Eigentlich wollte er noch zu ihm, in die Laube, um die Vögel freizulassen. Sie sollten ins Freie entweichen, am Himmel kreisen wie die Mauersegler.

Dazu kam es nicht mehr. Die Handschellen klickten, Konrad wurde abgeführt.

In seinen Lungen war endlich mehr Luft.

Andreas Gruber

Was in Unna nicht passt, wird passend gemacht

Wenn man in einem Ort mit hundertzwanzig Einwohnern lebt wie in Westhemmerde in der Kreisstadt Unna und noch dazu mit dem Namen Regine Tschüssikovsky geboren wurde, hat man nur zwei Möglichkeiten: Entweder man zieht fluchtartig vom Ruhrpott in eine andere Gegend, in der Tschüssikovsky nach einem völlig normalen Namen klingt, oder man legt sich ein dickes Fell zu.

Ich entschied mich für Letzteres, machte nach dem Abitur als Kriminalkommissaranwärterin den Bachelor-Studiengang in Köln, absolvierte währenddessen die Praktika in den Polizeischulen Neuss und Brühl und kehrte nach der Ausbildung Jahre später als Kriminalkommissarin nach Unna zurück.

Damals hatte ich gedacht, die Welt hätte nur darauf gewartet, dass Regine Tschüssikovsky zur Kripo ging, aber mittlerweile wusste ich, wie der Hase lief. Inzwischen war ich sechsunddreißig, Kriminalhauptkommissarin und arbeitete bereits seit zwölf Jahren in Unna. Der Job war nicht langweilig, allerdings auch nicht so mitreißend, wie man es aus Filmen kannte.

Der Grund, warum ich Polizistin werden wollte, hatte vermutlich mit der Westhemmerde-Legende aus dem Jahr 1388 zu tun, in der sich ein vierzehnjähriges Mädchen aus Liebeskummer von einem Schlossturm in den Tod stürzte, weil ein Ritter sie verschmähte. Seitdem spukt sie als weiße Jungfrau, als sogenannte Witte Juffer, nachts im Nebel über die Äcker des Orts. Gesehen habe ich sie nie, diese Geschichte hatte mich jedoch schon als Kind fasziniert, und in meinen Augen war das der erste richtige True-Crime-Cold-Case in Unna gewesen.

Danach hatte einige Zeit Ruhe geherrscht, doch aktuell gab es in Unna innerhalb einer Woche drei schreckliche Morde. Im Moment saßen die Verdächtigen zwar in U-Haft, aber ich hatte die Ermittlungen noch lange nicht abgeschlossen. Das kümmerte unsere Bürgermeisterin Carola von Dieken kein bisschen. Sie wollte die Normalität so rasch wie möglich wiederherstellen, deshalb fand soeben eine Pressekonferenz statt, in der unsere total wichtige Polizeipressesprecherin Dr. Eva Döhring-Kaufmann der Öffentlichkeit mitteilte, dass bereits alles so gut wie aufgeklärt war.

Weil diese drei schrecklichen Morde allerdings medial so groß waren, wurde die Konferenz nicht wie üblich in der Polizeihauptwache Unna abgehalten, sondern im Kreishaus in der Stadt. Journalisten und Fotografen des Hellweger Anzeiger, der Westfälischen Rundschau und der Bild-Zeitung waren ebenso erschienen wie die Radiomoderatoren von Antenne Unna und die Reporter von RTL und WDR.

»Alles begann exakt vor einer Woche Samstagnacht«, sagte Dr. Eva Döhring-Kaufmann, während das Blitzlichtgewitter losbrach. Sie bog das Mikrofon am Rednerpult zu sich hinauf. »Das erste Opfer, ein Unnaer Politiker, wurde am Alten Marktplatz inmitten der Fußgängerzone beim Eselsbrunnen tot aufgefunden.«

Ich stand mit verschränkten Armen abseits in der Nähe des Notausgangs und hörte zu. Was Frau Dr. Döhring-Kaufmann nicht erwähnte, war, dass der Mann offenbar von seinem Mörder gezwungen worden war, auf der Eselsskulptur zu balancieren, dabei ausrutschte und mit seinem massigen Oberkörper auf die spitzen Ohren des Esels fiel, die seinen Leib durchbohrten. Laut Obduktion war er erst eine Viertelstunde später tot gewesen, nachdem sein Blut schon das Wasser des Brunnens rot gefärbt hatte.

Wahrscheinlich verschwieg Dr. Döhring-Kaufmann dieses total unwichtige Detail gegenüber der Presse auf Anraten der

Bürgermeisterin, da der Esel seit 1950 das Wahrzeichen von Unna war, als die Stadt damals ihr siebenhundertjähriges Bestehen mit einem großen Fest gefeiert hatte. Seitdem wurde der Esel mit allen möglichen Merchandisingprodukten vermarktet, und im »i-Punkt«, dem Shop neben unserer großen Stadtbibliothek, war der süße Stoffesel mit dem roten Halstuch sogar der Verkaufsschlager.

»Der zweite brutale Mord wurde zwei Tage später an einem Unnaer Studenten verübt, der offenbar während der Recherchen für seine Dissertation über Unna im Hellweg-Museum erschlagen aufgefunden wurde«, fuhr Dr. Döhring-Kaufmann fort.

Und zwar mit einem Ausstellungsstück, ergänzte ich in Gedanken. Genauer gesagt, mit einem antiken Hufeisen.

»Und der dritte Mord fand schließlich weitere zwei Tage darauf an einem angesehenen Unnaer Musiker in der Kirche St. Katharina statt«, vollendete Dr. Döhring-Kaufmann die Aufzählung.

Ich hörte mir die Details an, und diesmal vergaß sie zu erwähnen, dass der Mann, der sonntags manchmal die Orgel in der Kirche gespielt hatte, von seinem Mörder die schmale Steintreppe im rechten Glockenturm bis zu der im Freien liegenden Balustrade hinaufgescheucht worden war. Dort hatte der Mörder das Sicherheitsnetz aus Seilen durchgeschnitten, damit er sein Opfer auf das Sims der Balustrade stoßen konnte, wo die Stahlspikes, die zur Taubenabwehr dienten, seinen Hals durchbohrten. Zehn Minuten später war der Musiker tot gewesen. Die ersten Passanten, die im Morgengrauen über den Platz gelaufen waren, hatten ihn dort oben über der Balustrade gebeugt hängen sehen.

Allesamt Details, die wohlweislich verschwiegen wurden, weil sie zweifellos den Ruf der Stadt beschädigt hätten.

»Ich freue mich, Ihnen heute an dieser Stelle berichten zu können, dass wir die Mordfälle so gut wie gelöst haben.«

»Wer ist der Täter?«, rief eine Journalistin von der Bild.

»*Die* Täter!«, korrigierte Dr. Döhring-Kaufmann. »Die Taten wurden von drei verschiedenen Personen begangen, einer Frau und zwei Männern, deren Identität wir geheim halten, solange sie sich in U-Haft befinden und zum Tathergang vernommen werden. Die jeweiligen Motive der Taten sind zurzeit noch unklar, aber Staatsanwältin Hagedorn und ich gehen davon aus, dass die mutmaßlichen Mörder ihre Tat innerhalb der nächsten achtundvierzig Stunden gestehen werden.«

Staatsanwältin Hagedorn – pah! Die hatte im Moment fast genauso wenig Ahnung von der Sache wie unsere Pressesprecherin und unsere Bürgermeisterin, doch alle drei Damen ließen sich bereits für die bevorstehende Lösung der Mordfälle feiern.

»Wie konnten die Täter überführt werden?«, fragte der Moderator von Antenne Unna.

»Aufgrund von DNA-Spuren«, erklärte Dr. Döhring-Kaufmann.

»Und diese Beweise sind zu hundert Prozent sicher?«, hakte eine Reporterin des WDR nach.

»Wir konnten sowohl Hautpartikel als auch Blutspuren unter den Fingernägeln der Opfer finden.«

»Wie kamen die dorthin?«

»Es hat in allen drei Fällen einen Kampf gegeben – niemand stirbt freiwillig. Die Opfer haben sich gewehrt.«

Dr. Döhring-Kaufmann sprach zwar ständig von einem kollektiven Wir, das den Fall gelöst hatte, tatsächlich hatte sie vor einer Stunde noch gar keinen Schimmer von den Zusammenhängen gehabt. Ich hatte die Spuren an den Tatorten und Opfern mit Wattestieltupfern gesichert und war danach zum Landeskriminalamt in Düsseldorf gefahren. Da es sich um brutale Mordfälle handelte, hatte ich ordentlich Druck gemacht, damit die Analysen priorisiert behandelt wurden.

Am nächsten Tag lag schon das jeweilige Ergebnis vor, das die Düsseldorfer Kollegen ins System einstellten, wo die Proben zum Abgleich durch die Datenbank liefen. Und ich hatte Glück. Es gab zu jeder Probe einen Treffer im Archiv. Die mutmaßlichen Täter waren eine stadtbekannte Kleptomanin, die unendlich reich war und dennoch ständig in Shops Kleinigkeiten klaute, ein gestylter Drogenkurier, von dem wir wussten, dass er seit Jahren seinen Stoff am Bahnhof vertickte, ihm aber nie etwas nachweisen konnten, und schließlich ein Heiratsschwindler, Hochstapler, Kreditkarten- und Internetbetrüger. Obwohl alle drei mehrfach vorbestraft waren, hatten sie bei ihren Taten keine Handschuhe getragen. Dummheit stirbt eben nie aus – und das war unser Glück.

Da die Taten zwischen zwei und vier Uhr früh stattgefunden hatten, konnten die Verdächtigen kein Alibi vorweisen. Am Motiv mussten wir noch arbeiten, doch das würde sich in den Vernehmungen der folgenden Tage herausstellen, wenn sie bei der Befragung endlich einknickten.

Nachdem Dr. Döhring-Kaufmann eine Handvoll weiterer Fragen der Presse beantwortet hatte, trat sie von der Bühne und überließ das Rednerpult dem Leitenden Polizeidirektor, Staatsanwältin Hagedorn und Bürgermeisterin von Dieken, die anschließend reden würden. Mit erhobenem Kopf ging sie in ihrem grau gestreiften Hosenanzug von Ralph Lauren an mir vorbei.

»Sie haben vergessen zu erwähnen, *wer* die Mordfälle gelöst hat«, bemerkte ich mit gesenkter Stimme.

Sie sah mich von oben herab an. »Interessiert das irgendjemanden?«

»Sie hätten zumindest …«

»Ja, hätte ich, habe ich aber nicht, und jetzt sollten Sie Feierabend machen, während die wichtigen Leute noch etwas zu besprechen haben«, sie winkte Richtung Tür, »Tschüssikovsky.« Dann begab sie sich nach hinten zu den Kameraleuten.

Bitch!

Ich hatte die Nase voll von der Pressekonferenz, schnappte meinen Rucksack und verließ das Kreishaus vorzeitig. Meines Erachtens war diese Konferenz sowieso viel zu früh angesetzt worden, und das aus einem einfachen Grund. Obwohl es drei verschiedene Tötungsarten und drei verschiedene Herangehensweisen gewesen waren, die Opfer in keiner Verbindung zueinander standen und auch die drei unterschiedlichen Täter nicht das Geringste miteinander zu tun hatten, gab es dennoch einen Umstand, den diese Taten gemein hatten. Und dieser Umstand bereitete mir seit Tagen Kopfzerbrechen. Die Morde waren innerhalb einer Woche passiert. Und das lag gewiss nicht am Vollmond – oder an einem Zufall. Daran glaubte ich nicht.

Außerdem verbanden ein oder zwei weitere Punkte die drei Fälle miteinander. Ich spürte es in den Eingeweiden. Bisher hatte ich sie nicht finden können, wusste jedoch, dass ich mehr Licht in die Sache bringen konnte, wenn ich zumindest einen Punkt finden würde.

Für heute hatte ich genug. Es war kurz vor 20 Uhr, während ich durch die Fußgängerzone zum Marktplatz lief. Am Brunnen mit der Eselsskulptur marschierte ich langsamer vorbei und wollte in die Massener Straße einbiegen, wo mein Auto im Parkhaus stand. Am Brunnen hielt ich an. Zum Glück erinnerte nichts mehr an den schrecklichen Mord. Ein Mädchen saß auf dem Esel, packte ihn an den Ohren und ritt darauf.

»Iah! Iah!«, rief es.

Josef Baron, der Künstler, der die Bronzeskulptur des sturen Esels gemacht hatte, stammte aus Hemmerde – aus ebenjener Gegend, in der ich aufgewachsen war und auch jetzt noch wohnte. So gesehen verband mich etwas mit diesem Esel.

Außerdem fand ich dieses Tier wirklich süß, das eigentlich gar nicht stur, sondern in Wirklichkeit schlauer war als der zornige Kerl, der es gegen seinen Willen wegziehen wollte. Denn Esel blieben sofort stehen, wenn sie eine Gefahr witterten.

»Du musst den Esel füttern, dann läuft er weiter!«, rief ich dem Kind zu und ging die Fußgängerzone weiter hinauf Richtung Parkhaus.

Kurz bevor der »Senfladen« schloss, kaufte ich mir bei Madame Mustard, wie sie mittlerweile genannt wurde, ein Brötchen in der Tüte, mein Abendessen, das ich unterwegs verdrückte.

Ein paar Meter weiter kam ich am Kino vorbei. Davor standen die vier großen blauen Säulen. Kaum jemand in Unna wusste, dass der frühere Kinobetreiber ein großer James-Bond-Fan gewesen war. Deshalb hatte er in diesen Säulen die ersten vier Töne der James-Bond-Filmmusik versteckt. Ich schlug mit dem Ring an meinem Finger gegen die Säulen und war sofort in James-Bond-Stimmung. Eine alte Macke von mir, um mich zu motivieren, an einem Fall dranzubleiben.

Im Kinorama lief an diesem Abend gerade die »Unna-Trilogie«, wie die Plakate verrieten, eine Retrospektive der drei Peter-Thorwarth-Filme, die in Unna spielten. Mir wurde gerade klar, dass der erste Film »Bang Boom Bang« aus dem Jahr 1999 stammte und dieses Jahr sein fünfundzwanzigjähriges Jubiläum feierte.

Das alles war in der letzten Woche sang- und klanglos an mir vorübergegangen, obwohl ich ein Fan dieser Filme war. »Bang Boom Bang« war bereits um 18 Uhr gelaufen, um 20:30 Uhr startete »Was nicht passt, wird passend gemacht«, und um 23 Uhr würde »Goldene Zeiten« folgen. Alle liefen im Kinosaal 6, in den etwa zweihundert Besucher passten.

Ich konnte mich noch gut an die Verleihung beim Christian-Tasche-Filmpreis vor sieben Jahren erinnern, als ein roter

Teppich vor dem Kinorama ausgerollt, alles in festlich blaurote Beleuchtung getaucht und die Straße abgesperrt worden war, Presse und Schauspieler hier gewesen waren und ein Moderator die Stargäste angekündigt hatte.

Sogar Regisseur Peter Thorwarth war damals als Schirmherr des Festivals dabei. Ich hätte an jenem Tag gern kurz mit ihm geplaudert und ihn gefragt, ob er sich noch an mich erinnern konnte. Schließlich hatte ich seinerzeit 2002 als junges Mädchen in seinem Film »Was nicht passt, wird passend gemacht« als Komparsin mitgespielt. Ich war bei dem Festival nicht in seine Nähe gekommen, und so war diese Chance verflogen.

Als ich jetzt in die Seitengasse neben dem Kino einbog, um die Papiertüte des Brötchens in den Mülleimer zu werfen, bemerkte ich, wie die Tür des Notausgangs beim Saal 6 offen stand. Anscheinend war gerade Pause vor der nächsten Vorstellung. Jemand lehnte in dem Gitterkäfig vor dem Notausgang, mit einem Bein auf den Stufen, die aufs Straßenniveau hinaufführten, und telefonierte.

»… ja sicher, ich schicke dir das Drehbuch«, sagte der Mann und beendete das Telefonat.

»Hat Hollywood angerufen?«, scherzte ich und leckte mir den Senf von den Fingern.

Der Mann sah auf. Für einen Moment blieb mir die Spucke weg. Im Licht der Straßenlaterne stand Peter Thorwarth.

»Ja, vielleicht«, murmelte er.

»Freut mich.« Ich lächelte.

»Kennen wir uns?«, fragte er.

»Nein … obwohl, eigentlich schon. Ich hatte in Ihrem zweiten Kinofilm eine Statistenrolle. War damals vierzehn. Tschüssikovsky.«

»Wie bitte?«

»Tschüssikovsky, Regine Tschüssikovsky«, erklärte ich, doch bei ihm fiel der Groschen offenbar nicht.

»In dem Film spielt gar kein so junges Mädchen mit«, stellte er fest.

»In der Szene mit dem Krankenwagen – klein, dünn, lange blonde Haare«, konterte ich, »wurde später rausgeschnitten.«

»Sorry, tut mir leid.« Er schien sich wieder dunkel an mich erinnern zu können.

»Macht nichts, mit meiner Karriere beim Film hat es sowieso nicht geklappt. Mittlerweile arbeite ich bei der Kripo.«

»Oh!« Er hob die Brauen. »Schauen Sie sich die Filme an?«

»Würde ich gern, hab aber leider keine Zeit.« Entschuldigend hob ich die Schultern. »Ich ermittle gerade an einem Mordfall, eigentlich an *drei* Fällen. Sind zwar schon offiziell gelöst, wie gerade bei einer Pressekonferenz verkündet wird, aber meiner Meinung nach sind sie das noch lange nicht.«

»Worum geht es denn?«

»Kann ich nicht sagen, ist eine laufende Ermittlung. Obwohl alles offensichtlich zusammenpasst, wirkt es trotzdem sehr konstruiert, und da komme ich nicht weiter.«

Er grinste. »Was nicht passt, wird passend gemacht.«

»Wie meinen Sie das? Oh!« Ich schlug mir mit der flachen Hand auf die Stirn und deutete lachend zum Kinosaal. »Verstehe.«

»Vielleicht hat jemand Ihre Morde so gedreht, dass alles perfekt zusammenpasst.«

Ich nickte. »Ja, möglicherweise.« Aber wie? Und vor allem wer?

»Ich muss wieder rein«, sagte er.

»Klar, viel Erfolg noch und Gruß an Hollywood.«

Er streckte den Daumen hoch, verschwand im Kinosaal und schloss die Tür. Was für ein Moment! Da hatte ich mich vor vielen Jahren stundenlang angestellt, um einen Blick auf Peter Thorwarth zu werfen, und nun hatten wir völlig unkompliziert dieses Gespräch geführt.

Mit einem Grinsen und der James-Bond-Melodie im Ohr

ging ich weiter zur Garage und passierte kurz davor den Schornstein der ehemaligen Lindenbrauerei mit der außen angebrachten Fibonacci-Zahlenreihe. In diesem Moment fiel der Strom aus, und die Reihe lag für ein paar Sekunden in völliger Dunkelheit.

Der italienische Künstler Mario Merz hatte an diesem über fünfzig Meter hohen Schornstein der ehemaligen Lindenbrauerei die Fibonacci-Zahlenfolge 1 bis 987 in blauen Neonröhren in Form seiner eigenen geschwungenen Handschrift installiert. Die Reihe fing unten an und lief in den Himmel. Jetzt war das Licht erloschen.

Nach einem kurzen Stromausfall sprangen die Lichter an, und die Zahlen leuchteten von unten nach oben wieder. Möglicherweise hatte der Direktor des Zentrums für Internationale Lichtkunst, das es hier am Platz gab, das absichtlich so inszeniert, um die Aufmerksamkeit der Fußgänger darauf zu lenken, denn gerade nachts sah das Kunstwerk besonders beeindruckend aus.

Ich hielt inne und starrte nach oben. Die mathematische Zahlenreihe begann mit 1 und setzte sich progressiv fort, indem sich die nächste Zahl jeweils aus der Summe der beiden vorherigen ergab. Diese Reihe hatte sowohl etwas mit dem Goldenen Schnitt in der Kunst als auch mit dem Wachstum der Kaninchenpopulation zu tun – Dinge, die mir zu hoch waren, da ich weder Künstlerin noch Tierzüchterin war. Für mich lautete die simple Erkenntnis, dass eines zum anderen führte und eines auf dem anderen aufbaute.

Hatte Thorwarth recht und jemand hatte etwas passend gemacht? Hatte jemand Spuren gestreut und so platziert, damit alles Weitere darauf aufbaute? So wie bei dieser Zahlenreihe?

Fuck, es musste so sein!

Ich setzte mich gegenüber der Fibonacci-Reihe auf die Bank bei der Bushaltestelle und kramte mein Tablet aus dem Rucksack. Ich hatte alle Unterlagen der Mordfälle online über das Polizeinetzwerk zur Verfügung und scrollte im Licht der Straßenlaterne durch die Seiten.

Außer mir stand niemand an der Haltestelle, und die wenigen Passanten hatten nur Augen für das Zentrum für Internationale Lichtkunst oder die Filmretrospektive, die sich wenige Meter neben mir abspielte.

Ich musste einen wichtigen Punkt übersehen haben, und so blätterte ich durch die Obduktionsbefunde, die Zeugenaussagen und die Berichte der Spurensicherung. Möglicherweise war ich von völlig falschen Voraussetzungen ausgegangen und hatte den Esel von der falschen Seite aufgezäumt.

Den Esel?

Ich musste über mich selbst schmunzeln. Ja, so ticken wir Unnaer. Wir zäumten nicht das Pferd auf, sondern unser Lieblingstier, den Esel.

Der Esel, klar!

Mir rieselte ein Schauer über den Rücken. Der Politiker war auf den Ohren der Eselsskulptur aufgespießt, der Student im Museum mit einem vierhundert Jahre alten Mauleselhufeisen aus dem Dreißigjährigen Krieg erschlagen und der Orgelspieler im rechten Glockenturm der Kirche getötet worden, wo sich an der Außenwand ein Relief im Stein verbarg. Das zeigte den sturen Unnaer Esel, der keinen Schritt tun wollte.

Ich erinnerte mich an die entsprechende Legende aus der Schulzeit, die besagte, dass dieses Tier den kämpferischen Pfarrer Stratmann symbolisierte, der die Kirche im Jahr 1933 gegen den Willen der Nationalsozialisten mit Geldern aus Berlin erbauen ließ. Ein unbekannter Künstler hatte damals dieses Relief mit dem Esel erschaffen.

Ich starrte in die Nacht. Das war es gewesen, das die ganze Zeit in meinem Unterbewusstsein geschlummert hatte! Die mysteriöse Symbolik des Esels war das Verbindungsglied der drei Morde. Und deshalb konnten es auch gar keine drei verschiedenen Täter sein. Das war zwar nur ein ziemlich wackeliges Indiz, aber wo es *eine* Gemeinsamkeit gab, musste es weitere geben.

Wer war der Mörder, der hinter allem steckte und der Polizei drei Bauernopfer als Täter servierte?

Unter diesem neuen Aspekt ging ich noch einmal sämtliche Unterlagen durch. Alle drei Mordopfer waren Hundebesitzer gewesen. Okay, das war nicht gerade spektakulär, doch ich fand auch eine Gemeinsamkeit unter den Tätern.

Die reiche Kleptomanin hatte ausgesagt, dass sie am Tag, als der Mord im Hellweg-Museum passiert war, gar nicht in der Nähe des Museums gewesen war, sondern nur im Nagelstudio bei der Maniküre und danach den Rest des Tages und die Nacht zu Hause verbracht hatte.

Der Drogendealer, ein gelackter Dandy, hatte mich bei der Vernehmung gefragt, ob ich denn tatsächlich glaubte, dass er sich die Hände mit einem Mord schmutzig machen würde, und mir danach seine fein manikürten Fingernägel gezeigt.

Und beim Heiratsschwindler und Trickbetrüger hatte ich ständig das Gefühl gehabt, ihn von irgendwoher zu kennen. Jetzt wusste ich auch, woher. Er war Kunde in Mona Wieczoreks Nagelstudio, in das ich selbst ging. Und ich hatte ihn eines Tages, nachdem ich dort gezahlt hatte, wartend im Vorraum gesehen.

Ich sprang von der Bank auf und stopfte das Tablet in den Rucksack. Während ich zu Monas Studio lief, telefonierte ich mit Cordula, meiner Kollegin im Kommissariat, die Nachtdienst hatte und unsere drei U-Häftlinge bewachte. Sie musste ein paar Dinge für mich herausfinden.

Als ich zehn Minuten später Mona Wieczoreks Nagelstudio im Nicolaiviertel erreichte, hatte ich bereits die Bestätigung von Cordula. Sowohl die Kleptomanin als auch der Drogendealer und der Heiratsschwindler waren Monas Kunden.

Obwohl es mittlerweile nach 21 Uhr war, läutete ich Mona

aus dem Haus. Sie wohnte in derselben Etage, in der sich ihr Studio befand.

»Hallo, Mona, darf ich reinkommen?« Ohne mir die Schuhe auszuziehen, ging ich in den Vorraum und bemerkte, dass die Tür zum Nagelstudio offen stand und dort noch Licht brannte.

»Ist dir ein Fingernagel abgebrochen?«, fragte Mona sarkastisch und strich sich die langen schwarzen Haare hinters Ohr.

Ich betrat wortlos das Studio. Sie hatte keinen Kunden, aber der PC lief, und auf dem Schreibtisch lagen neben dem Handy jede Menge Tüten aus Klarsichtfolie.

»Das Studio ist geschlossen!«, fuhr Mona mich an, und in diesem Moment wusste ich, dass ich auf der richtigen Spur war.

Sie wollte zum PC laufen und den Monitor ausschalten, doch ich hinderte sie daran.

»Du verwendest den Tor-Browser«, stellte ich fest und sah, dass sie im Darknet war.

»Hast du einen Durchsuchungsbeschluss?«, rief Mona schrill.

»Brauche ich einen?«, fragte ich seelenruhig und betrachtete die kleinen Tüten, in denen sich weißes Pulver befand. Mir war sofort klar, dass das keine Drogen waren, sondern Abfälle von Monas Arbeit. Und mir war auch klar, dass ich nur mit einem richterlichen Beschluss zu verwertbaren Beweisen gelangen würde.

»Ich habe dich schon lange in Verdacht«, log ich daher aufs Geratewohl, »dass du Hautpartikel, Fingernägel und Blutspuren aus dem Nagelbett, die du mit dem Tupfer wegwischst, im Darknet verkaufst.«

»So ein ausgemachter Bullshit!«, entfuhr es Mona.

Ich blieb ruhig. »Die Forensik hat Fotos im Darknet gefunden, wie jemand ein Päckchen mit fremder DNA in der

Hand hält und zum Verkauf anbietet«, log ich, dass sich die Balken bogen.

»Und da seid ihr ausgerechnet auf mich gekommen?«, fragte Mona.

»Ja, denn wir haben die Fingerabdrücke von dem Foto gescannt und erkannt, dass es deine sind«, log ich weiter.

Mona grinste. »Bullshit! Woher habt ihr denn meine Fingerabdrücke?«

»Letzte Woche hast du mir ein Nagellackfläschchen verkauft.«

Diesmal war es die Wahrheit. Und das zeigte Wirkung, denn Mona lief plötzlich rot an und wurde verdammt ruhig.

»Du verkaufst die DNA-Spuren deiner Kunden! Weißt du eigentlich, was du da tust? Drei davon sitzen deswegen in U-Haft!«

»Ich verkaufe nur DNA-Spuren von Arschlöchern«, sagte sie kleinlaut. »Von Typen, die damit prahlen, was sie alles geklaut haben, wie viel Geld sie mit Drogendeals machen und wen sie schon alles hereingelegt haben. Während die hier sitzen und sich von mir behandeln lassen, werden sie gesprächig, labern mich voll und geben damit an, wie großartig sie sind.«

O Gott! Die Rache der kleinen Frau.

Ich wusste, dass ich wegen meines Schwindels und des Beweismittelverwertungsverbots nichts von alldem verwenden durfte, was ich gerade erfahren hatte, also trat ich die Flucht nach vorne an. »Wer ist dein Abnehmer?«

»Das verrate ich nicht.«

»Mona, du kommst wegen Beihilfe zum Mord dran«, drohte ich ihr. »Aber ich kann dir Straffreiheit versprechen, wenn du jetzt den Mund aufmachst.«

Sie sah mich mit großen Augen an. »Mein Name landet nicht in deinem Polizeibericht?«

»Ich schwöre«, sagte ich. »Los, spuck den Namen schon aus!«

Sie zögerte.

»Mona, du machst es nur schlimmer …« Mir war klar, dass Monas Abnehmer die drei Morde begangen und von ihr willkürlich drei verschiedene DNA-Spuren gekauft hatte, um die Taten diesen drei Unschuldigen in die Schuhe zu schieben. Bestimmt hatte Monas Abnehmer nicht damit gerechnet, dass die DNA ihrer Kunden in der Datenbank des LKA Düsseldorf registriert war, da Mona nur Spuren von Kleinganoven vertickte, denen sie eins auswischen wollte.

Plötzlich steckte Monas Hund, ein träger alter Beagle, den Kopf zur Tür herein, gab ein heiseres »Wuff« von sich, und da erinnerte ich mich wieder daran, dass die drei Mordopfer allesamt Hundebesitzer gewesen waren. Anscheinend wollte jemand drei Hundebesitzer loswerden.

Plötzlich hatte ich einen Verdacht. Ich kannte jemanden, der Hunde wie die Pest hasste.

»War es diese Person?« Ich beugte mich zum Schreibtisch und schrieb die Initialen meines Verdächtigen auf ein Blatt Papier.

EDK

Mona sah darauf und starrte mich dann an. »Woher weißt du das?«

»Ist es diese Person?«

Sie nickte.

»Danke.« Ich verließ ihr Studio, und während ich zurück zum Kreishaus lief, telefonierte ich mit den Hinterbliebenen der Mordopfer. Als ich endlich im Kreishaus eintraf, war die Pressekonferenz bereits vorbei, die letzten Kamerateams verließen gerade das Gebäude.

Bürgermeisterin, Staatsanwältin, Polizeidirektor, Pressesprecherin, ein paar Kollegen vom Kommissariat und einige Angestellte der Stadtverwaltung standen noch dicht gedrängt um einen Stehtisch herum und tranken aus Sektflöten. Abgehetzt erreichte ich den Tisch.

»Was machen Sie hier, Tschüssikovsky?«, fragte Dr. Eva Döhring-Kaufmann spitz. »Dachte, Sie wären im Feierabend.«

»War ich auch …«, keuchte ich, »aber ich muss noch eine Verhaftung vornehmen.«

Sie lächelte amüsiert. »An wem?«

»An unserem Dreifachmörder«, sagte ich. »Mittlerweile weiß ich, dass sich die Runden, die unsere Mordopfer mit ihren Hunden gedreht haben, an einer Stelle überschnitten haben. Und dort pissten und kackten die Hunde immer vor eine bestimmte Haustür und die angrenzende Garagenausfahrt – ohne dass ihre Besitzer den Kot wegräumten. Jahrelang.«

Dr. Döhring-Kaufmann wurde rot und lachte peinlich berührt. »Sie fantasieren, Tschüssikovsky!«

»Ich nehme Sie fest wegen Dreifachmord und Fälschung von Beweismitteln. Sie haben das Recht zu schweigen. Alles, was Sie sagen … Ach, pfeif drauf, ich mache es kurz.« Ich dachte an ihre Initialen. »EDK – Ende der Karriere.«

Jan Beck

Die Elstern von Bergkamen

1

Bergkamen lag verschlafen unter den nächtlichen Resten einer Nebeldecke, als eine Elster ihre Flügel in den Wind streckte und sich in die Lüfte erhob. Sie hatte viel zu tun. Schließlich galt es, das Nest zu bereiten, aus dem ihr der Nachwuchs schon bald die hungrigen Schnäbel entgegenstrecken würde – so seine Partnerin auch in diesem Jahr geneigt war, sich auf die Paarung einzulassen, wozu es, wie jede Elster wusste, nicht nur ein stabiles Nest, sondern auch funkelndes Glitzerzeug brauchte, wie man es nur in einer Stadt bekam.

Die Elster liebte Bergkamen. Sie wusste nichts von der Vergangenheit, von Steinkohle und Zukunft, geschweige denn vom Zusammenschluss mehrerer einst eigenständiger Orte zu einer einzigen Stadt und der Herausforderung, sie tatsächlich zusammenwachsen zu lassen. Die Elster kannte Bergkamen nur so, wie es heute war – funkelnd und leuchtend, mit jeder Menge Platz, an dem sich das Leben entfalten konnte, und so manchen Dingen, die es nirgendwo sonst gab. Besonders die vier bunten, illuminierten Maßstäbe an den Kreisverkehren rund um die Stadtmitte hatten es ihr angetan, aber auch die pulsierenden Lichter auf der Halde Großes Holz und in der Marina Rünthe. Egal wo man sich gerade herumtrieb und wie schlecht das Tageslicht und die Witterung sein mochten, nach Bergkamen fand man immer zurück.

Nun flog die Elster über die Dächer der Stadt, vorbei am Rathaus mit seinem schicken ART-HAUS-Graffitischatten, hinein in den von der Hubert-Biernat-Straße entzweiten Park mit den alten, beinahe vergessenen Soldatengräbern, im Zickzack durch diesen hindurch und dann Richtung Süden, um schließlich, angezogen von feinem Glitzerfunkeln, auf dem Bürgersteig vor Emmas Café in der Landwehrstraße zu landen.

Was dort so schön schimmerte, stellte sich schnell als unerreichbar heraus, festgebacken im Asphalt.

Sie richtete die Flügel in den Wind und wollte weiterfliegen, als sie gerade noch den Schatten bemerkte, der sich schnell von hinten näherte. Nur ein waghalsiger Sprung zur Seite konnte sie vor dem sicheren Tod bewahren. Verschreckt flog die Elster ein paar Meter fort, landete wieder und schaute neugierig, welches Ungetüm ihr da fast den Garaus gemacht hätte.

Karl Brackmann stieg von seinem Elektromobil, das er wie jeden Tag dicht an der Wand vor Emmas Café abstellte, was er weniger aus Nettigkeit denn zum Ausschluss von Haftungsrisiken tat. Es hätte ihm noch gefehlt, wenn irgendein Nichtsnutz ihn dafür belangt hätte, nicht ordentlich geparkt zu haben.

Er blickte zur Elster hinüber, die so sehr mit ihrem Kram beschäftigt gewesen war, dass sie ihn völlig übersehen hatte. Er gluckste amüsiert. Ein bisschen Spaß musste sein, schließlich war der Alltag im Seniorenzentrum »Haus am Nordberg« denkbar langweilig und Brackmanns Leben unter all den senilen Greisen und dämlichen Angestellten so deprimierend, dass selbst ein unachtsamer Vogel zur willkommenen Abwechslung wurde.

Er klopfte seine Taschen ab und fand ein altes, zusammengedrücktes Bonbonpapier, das er herauszog und dem Vogel leicht nach vorne gebeugt entgegenhielt, in der Absicht, es vor dem Schnabel wegzuziehen. Er wartete eine Weile, doch die Elster blieb auf Abstand.

»Dann eben nicht, du Mistvieh«, raunte er, ließ das Papier fallen und mühte sich in Emmas Café hinein.

Die kleine Glocke über der Tür klingelte. Nicht dass ein akustisches Signal nötig gewesen wäre, schließlich tauchte er jeden Tag um die gleiche Uhrzeit auf, wie jeden Tag war er der einzige Gast im Laden, und Emma stand auf ihrem Posten am Tresen, von dem aus sie jeden Eintretenden sofort sehen konnte.

Brackmann und Emma grüßten einander mit einem Kopfnicken. Er zog den Mantel aus, warf ihn über den altertümlichen Ständer, griff sich im Vorbeigehen die Tageszeitung und steuerte denselben Platz an wie immer, ganz hinten im Lokal, wo er alles im Blick hatte.

Leise stöhnend ließ er sich nieder und schaute auf die Straße hinaus. Die Elster näherte sich dem Bonbonpapier, umkreiste es einmal, nahm es in den Schnabel, tänzelte damit um die eigene Achse und flog schließlich, sichtlich angetan von ihrer Beute, mit einem Satz davon.

»Erstick dran!«, murrte Brackmann, faltete die Zeitung auf und beobachtete Emma über den Rand seiner Lesebrille, wie sie seinen Kaffee zubereitete. Ihre Bewegungen waren zaghaft und die Schönheit verblasst, obwohl man noch erkennen konnte, dass sie einst eine attraktive Frau gewesen war.

Doch Brackmann hatte kein Interesse an Emma. Er bevorzugte kluge Frauen, und dieses Prädikat traf eindeutig nicht auf Emma zu. Sie war bestenfalls treuherzig und von einer besonderen Portion Sturheit getrieben, die man schon fast missionarisch nennen konnte. Jahrein, jahraus stand sie in ihrem Café ohne Gäste, nur um das Erbe ihres verstorbenen Ehemanns Armin fortzuführen, mit eiserner Disziplin, was bewundernswert war, aber auch einfältig und dumm, wenn man Brackmann fragte. Denn Geld hatte Emma mehr als genug. Wie sonst war es zu erklären, dass sie das Café über Wasser halten konnte, obwohl sie kaum Gäste hatte?

Von der Gestaltung des Innenraums und der Qualität des Angebots wollte Brackmann gar nicht erst reden – beides war weit unter seiner Würde. Das Einzige, was seinen Aufenthalt hier erträglich machte, waren die kostenlose Tageszeitung und seine Sitzbank, deren himmlische, mit rötlichem Nappaleder bezogene Polsterung jedem Sturm der Zeit trotzte. Brackmann konnte stundenlang hier sitzen, ohne die Rache seines Rückens befürchten zu müssen, was ihm auf keinem anderen ihm bekannten Sitzmöbel vergönnt war.

»Ihr Kaffee«, sagte Emma und stellte ihm die Porzellantasse hin.

Er nickte und ignorierte das Verschüttete, das die Tasse umgab. Emma zitterte, was ihn zunehmend besorgte. Sie musste noch ein wenig durchhalten. Zumindest so lange, bis die Sache erledigt war und er endlich aus Bergkamen verschwinden konnte.

»Schönes Wetter heute«, versuchte er sich in Small Talk, er wollte ja kein Unmensch sein.

»Ist das so?«, fragte sie und schaute nach draußen.

»Durchaus angenehm. Könnte einiges los sein.«

Sie schüttelte unmerklich den Kopf. »Etwas dazu? Eine Schaumrolle?«

»Lieber nicht«, sagte Brackmann. »Der Zucker.« In Wahrheit hätte er niemals etwas von dem alten Zeug angerührt, das in Emmas Kuchenvitrine langsam verrottete.

»Der Zucker«, wiederholte sie und starrte zum Streuer auf dem Tisch, bevor sie sich abwandte und zum Tresen zurückging.

So lief es jeden Tag: ein belangloser Kaffee, belanglose Worte und belanglose Stunden im verlassenen Café in der Landwehrstraße.

Doch an diesem Tag geschah noch etwas anderes. Etwas, an das Brackmann fast schon nicht mehr zu glauben gewagt hatte …

Zunächst nahm er das Klingeln der Glocke über der Eingangstür nur am Rande wahr und schenkte ihm keine Aufmerksamkeit. Erst als er ein Murmeln hörte, hob Brackmann den Blick – und sah ihn.

Den Mann um die siebzig, in einem grauen Trenchcoat mit aufgestelltem Kragen. Er trug einen grauen Herrenhut, was ihm die Erscheinung eines Besuchers aus einer anderen Zeit verlieh.

Es könnte passen, dachte Brackmann, und seine Aufregung wuchs.

Unwillkürlich richtete er sich auf. Der Mann stand dicht bei Emma und redete mit ihr. Das wenige, was Brackmann von ihm erkennen konnte, reichte nicht aus, um ihn zu identifizieren. Es war Jahre her, dass er einen der drei zu Gesicht bekommen hatte, und aktuelle Fotos gab es nicht.

Spätestens der kurze, angespannte Seitenblick Emmas zu Brackmann hin war es, der seine Aufmerksamkeit endgültig an sich riss. Emma redete auf den Mann ein. Sie wollte ihn zum Gehen überreden oder auf später vertrösten, doch der ließ sich nicht abspeisen. Ihre Stimmen wurden lauter, dennoch konnte Brackmann sie weiterhin nicht verstehen. Wie sollte er auch, mit seinen Ohren, die nicht viel besser waren als seine Beine.

Schließlich senkte Emma die Augen und schaute erneut zu Brackmann. Auf naive Weise verschüchtert, wandte sie sich ab und verschwand in der Küche.

Der Mann blickte ihr nach und drehte langsam den Kopf zu Brackmann. Er konnte sich gerade rechtzeitig hinter der Zeitung verstecken.

Wenig später hörte er, wie Emma zurückkehrte, und linste am oberen Rand der Zeitung vorbei nach vorne.

Emma gab dem Mann etwas, so wie man in Hotels Trinkgelder reichte, unter der Hand, um bloß nicht aufzufallen und dadurch erst recht aufzufallen. Es war unfassbar, wie ungeschickt Emma war. Brackmann war sich jetzt vollkommen sicher, dass hier eine wichtige Information den Besitzer gewechselt hatte.

Er spürte ein Fieber in sich, von dem er nicht geahnt hatte, dass es noch entfacht werden konnte. Endlich geriet die Sache ins Rollen, und zwar genau so, wie er es sich immer ausgemalt hatte …

Der Mann im Trenchcoat starrte Emma ein paar Sekunden an, bevor er sich von ihr abwandte und das Café verließ.

Brackmann wartete nur so lange, wie es dauerte, um keinen Verdacht zu erregen. Dann richtete er sich auf, humpelte zum Tresen, legte ihr einen Fünfer hin und sagte mit gespielter Gleichgültigkeit: »Stimmt so. Ich muss dann mal früher, heute ist Bingo.«

»Bingo«, wiederholte Emma bloß.

Draußen setzte sich Brackmann auf sein Elektromobil und gab ihm die Sporen.

2

Auch am nächsten Tag war die Elster früh aus den Federn. Heute musste sie besonders vorsichtig sein, denn es stürmte. Die Bäume bogen sich unter dem Wind, und Blätter wirbelten herum. Eines davon klatschte der Elster auf dem Werksgelände von Bayer – wo so einiges herumstand, aber fast keine Bäume –, gegen den Kopf. Es nahm ihr für einen Moment die Orientierung und ließ sie beinahe mit dem riesigen Schornstein kollidieren, der nun wirklich nicht zu übersehen war.

Ausgerechnet.

Peinlich berührt von ihrem neuerlichen Beinaheende, das in der Elsterncommunity bestimmt für jede Menge Schackerei gesorgt hätte, trat sie den Rückzug an und ließ sich vom Nordwind südwärts treiben. Hoch über den Baumkronen überflog sie den angrenzenden Park, schoss tiefer über den Marktplatz, auf dem donnerstags der Wochenmarkt mit Stoffen, Textilien und allerlei Leckereien und funkelndem Zeug war, und hätte schon wieder Lust gehabt, die riesigen, kunstvoll bemalten Säulen am Eingangstor für einen gewagten Slalom zu nutzen, als sie eine noch spannendere Entdeckung machte. Da fuhr doch tatsächlich das Ungetüm durch die Ebertstraße, das sie seit gestern mit fabelhaftem Glitzerzeug assoziierte.

Sie drehte eine steile Kurve und legte die Flügel an, um wie ein Pfeil gegen den Sturm darauf zuzuschießen. Kurz vor dem Boden fing sie den Sturzflug ab und landete in sicherem Abstand. Mit gespannter Erwartung fixierte sie den Steuermann des Ungetüms, der abstieg und sie bemerkte.

»Du schon wieder«, sagte Karl Brackmann genervt. Er hatte keine Lust, sich mit den banalen Dingen einer Elster auseinanderzusetzen. Also ließ er sie links liegen und lief zur Tür.

Die Stimmung in der Stadt bereitete ihm Sorgen. Gruppen von Leuten standen beisammen und sprachen miteinander, mit ernsten, manche mit ungläubigen Mienen. Selbst im Seniorenzentrum war eine Hektik ausgebrochen, die für Bergkamen im Allgemeinen und das Wohnheim im Speziellen ungewöhnlich war.

Brackmann betrat das Café, in dem Emma stand, wo sie immer stand, und dreinsah, wie sie immer dreinsah. Er hörte das lästige Glöckchen über der Tür und nickte Emma wie immer zu. Er zog seinen Mantel aus, hängte ihn über den Ständer, griff nach der Tageszeitung und mühte sich zu jener Bank, die mit der Zeit zu seinem Stammplatz geworden war, mit diesem wunderbaren Sitzgefühl.

Ein Blick nach draußen verriet Brackmann, dass er die Elster wohl kaum loswerden würde. Es war ein Fehler gewesen, ihr etwas überlassen zu haben. Er beobachtete mit Argusaugen, wie sie sein Elektromobil umkreiste und dann auch noch auf den Sitz sprang, auf der Suche nach irgendwelchem Glitzerkram. Ein Zischen lag auf seinen Lippen, als sie mit ihrem spitzen Schnabel am Zündschloss herumpickte und den Lenker abmarschierte, als wäre es die Brücke eines Kreuzfahrtdampfers. Schließlich hob der Vogel seine Schwingen, und der Sturm trug ihn fort.

Kopfschüttelnd wandte sich Brackmann Emma zu, die mit den gleichen Handgriffen wie immer seinen Kaffee bereitete. Als sie ihn brachte, hielt sie auch einen Teller mit einem Stück Torte in der Hand.

»Geht aufs Haus«, sagte sie und stellte ihm beides hin.

Brackmann spürte, wie ihm die Hitze ins Gesicht stieg. »Aber der Zucker …«

»Ach, lassen Sie den Zucker heute mal Zucker sein«, sagte Emma und ging zurück an ihren Platz an der Theke.

Brackmann starrte ungläubig auf die Käsesahne. Noch nie hatte Emma ihm etwas geschenkt, und noch nie hatte ein Kuchen aus ihrer Kuchenvitrine vorzüglicher ausgesehen. Makellos und ohne den geringsten Anschein, schon eine Woche dringestanden zu haben. War es mehr als eine Aufmerksamkeit?

War es ein Zeichen?

Brackmanns Verunsicherung wuchs. Was wusste sie? In jedem Fall mehr, als ihm lieb sein konnte. Und wenn Emma etwas wusste, was wussten dann erst die Leute da draußen?

Mit zitternden Händen faltete er die Tageszeitung auf und las, was auf der Titelseite geschrieben stand.

Mysteriöser Mordfall erschüttert Bergkamen

Bergkamen. In der beschaulichen Stadt am Hellweg ereignete sich kurz vor Redaktionsschluss ein schockierender Kriminalfall. Ein bislang Unbekannter wurde tot im Römerpark gefunden.

Der Fundort am Fuß der 2006 rekonstruierten Holz-Erde-Mauer wurde noch in der Nacht zum Schauplatz intensiver polizeilicher Ermittlungen. Der Tote ist männlich, trug Trenchcoat und Hut und zeigte ein-

deutige Spuren eines Gewaltverbrechens. Vor seinem Tod schien der Mann mit Grabungsarbeiten beschäftigt gewesen zu sein.
Bereits jetzt ersuchen die Ermittlungsbehörden die Bevölkerung um Mithilfe und bitten Zeugen, die gestern Nachmittag und abends verdächtige Beobachtungen im Bereich des Römerparks gemacht haben, sich zu melden.

3

Nass und kalt war der Morgen, als sich die Elster erneut auf die Suche nach wertvollen Schätzen begab. Es hatte die ganze Nacht über geregnet, und selbst das vorzügliche Nest hatte sie nicht ausreichend vor der Witterung schützen können, sodass sie sich erst mal etwas warmfliegen musste.

Anschließend begab sie sich auf die Suche nach dem Ungetüm. Sie wusste inzwischen genau, wann und wo sie danach Ausschau halten musste. Und so entdeckte sie es bereits kurz nach dem Aufbruch.

Aber die Elster ließ sich Zeit. Sie setzte sich mal auf einen Kaminsims, mal aufs Dach des Hallenbads Bergkamen, wo sie sich im Winter gerne an der entweichenden Luft wärmte, und ließ das Ungetüm mehrmals unter sich passieren, wissend, wo es bald rasten würde. Und genauso kam es auch. Der Steuermann hielt vor demselben Gebäude wie immer, quälte sich herunter, drückte seinen Rücken durch – und just, als er hineingehen wollte, landete die Elster elegant vor seinen Füßen.

»Verschwinde, du dämlicher Plagegeist!«, schimpfte Karl Brackmann und trat nach der Elster, wobei er sie verfehlte und sich einen Hexenschuss einhandelte, der ihn aufstöhnen ließ.

Seine Laune war im Keller. Er hatte das Gefühl, dass ihm

die Kontrolle entglitt. Über alles. Doch er musste es durchziehen. Gute Miene zum bösen Spiel machen, wie die ganzen Jahre schon.

Er atmete tief durch und überspielte seinen Schmerz, als er Emmas Café betrat, das lästige Glöckchen hörte und Emma zunickte. Dümmlich und einfältig nickte sie zurück. Nein, sie konnte nichts wissen. Die Käsesahne hatte nichts zu bedeuten gehabt. Ein Zufall, nicht mehr.

Er hängte seinen nassen Mantel auf, schnappte sich die Tageszeitung und ließ sich auf seinem Platz nieder. Gleich darauf spürte er ein Knacken im Rücken, das ihn spontan von seinem Hexenschuss erlöste. Die Heilkräfte dieser Bank waren wirklich unglaublich. Schlagartig besser gelaunt, schaute er zu Emma, die die Kaffeemaschine bediente und ihm schließlich das Getränk brachte – nur das Getränk und außerdem verschüttet, so wie sich das gehörte.

Beruhigt las Brackmann die Tageszeitung, die sich nach wie vor mit dem Mord in Bergkamen beschäftigte. Dass die Polizei im Trüben fischte, überraschte ihn nicht. Er hatte lange genug für den Verein gearbeitet, um zu wissen, dass die meisten Polizisten unfähige Dummköpfe waren, was im Übrigen auch für die Kriminellen galt. Leute wie Emmas Mann und dessen zwei Gefährten zum Beispiel …

Ein Zischen und Tuscheln holte Brackmann aus den Gedanken. Als er den Blick hob, sah er eine Gestalt bei Emma stehen, leicht untersetzt, in einem knallgelben Regenmantel. Emma gab dem Mann gerade etwas, wieder unter der Hand.

In einem einzigen Schwall drängten sich Fragen auf, die Brackmann kalt erwischten. Wieso hatte er nicht mitbekommen, dass jemand eingetreten war? Und wer war dieser Mann, der so energisch mit Emma sprach? Etwa der letzte von den dreien?

Noch ehe Brackmann Antworten hätte finden können, ging der Mann auch schon.

Dieses Mal wartete er nicht mehr mit dem Aufstehen. Sollte Emma nur denken, was sie wollte, viel konnte das ohnehin nicht sein.

Im Vorbeigehen warf er ihr den üblichen Fünfer hin, murmelte etwas, und Emma murmelte etwas zurück, das Brackmann erst verstand, als er auf seinem Elektromobil saß und dem Typen im gelben Ölmantel hinterherfuhr.

»Bingo.«

4

Der folgende Tag begann für die Elster mit einem Mysterium. Sie wurde von einem Leuchten und Schimmern wach, das man sonst nur im süßesten aller Träume vermuten würde.

Ganz in der Nähe ihres Nests, am Kurt-Schumacher-Platz bei der strahlend schönen Skulptur »Mutter mit Kind«, flackerte ein Meer aus blauen Lichtern, und helles Scheinwerferlicht wurde immer wieder von hektisch davor herumgehenden Menschenbeinen unterbrochen. Eine riesengroße Lichtkugel schwebte über allem und erinnerte die Elster an den Mond, doch der Mond hier war heller als der hellste Vollmond. Neugierig hob die Elster ihre Schwingen und stahl sich aus dem Nest, während die Partnerin noch schlief.

Im Nu war die Elster auf einem Ast direkt über dem Geschehen. Da lag ein Mann in einem knallgelben Mantel, mit einem kreisrunden schwarzen Loch in der Stirn, jeder Menge Blut im Gesicht – und einer Schaufel neben sich.

Weil es hier allerdings nichts zu holen gab – jeder halbwegs intelligente Vogel wusste, dass Menschen es gar nicht mochten, wenn man Aufläufe dieser Art störte oder sich gar an den sterblichen Überresten ihrer Artgenossen labte –, stieg die Elster zu einer Kontrollrunde auf und konnte ihr Glück kaum fassen, das Ungetüm zu erblicken, das an diesem Tag früher als sonst unterwegs war.

Karl Brackmann hatte das Lichtermeer bemerkt, das von den Häuserfassaden hinter dem Seniorenzentrum widerschien. Mit einer dunklen Vorahnung fuhr er die paar Meter zum Platz hinüber und sah bereits von Weitem den knallgelben Regenmantel, um den sich Polizisten und Forensiker versammelt hatten.

Es musste der Kerl sein, den er tags zuvor nach wenigen Metern aus den Augen verloren hatte, so wie es ihm mit dem anderen Besucher Emmas passiert war. Beide hatten ihn und sein Elektromobil mühelos abgehängt – als hätten sie gewusst, dass er ihnen folgen würde.

Jetzt waren sie tot.

Sofort fuhr Brackmann zu Emmas Café weiter. Das Schackern der dämlichen Elster begleitete ihn auf den letzten Metern. Er hätte den Vogel einfach plattwalzen sollen, als er ihm zum ersten Mal in die Quere gekommen war.

Achtlos sprang er von seinem Gefährt und drückte die Nase an die Tür. Er sah nichts. Kein Licht, keine Emma, obwohl das Café schon geöffnet sein sollte und Emma immer pünktlich war.

»Wo ist die dämliche Kuh?«, schimpfte Brackmann und rüttelte am Türgriff.

Es war offen.

»Emma?«, rief er wütend und trat ein. Doch er hörte nur den Widerhall seiner eigenen Stimme.

Emma war nicht da. Und beide Männer, die sie besucht hatten, waren tot, kurz nachdem Emma ihnen eine Notiz übergeben hatte und Brackmann ihnen hinterhergefahren war …

Er glaubte, den Boden unter den Füßen zu verlieren. Mit letzter Kraft schaffte er es zu seinem Stammplatz, ließ sich darauffallen und stöhnte vor Schmerzen auf. Da war keine himmlische Polsterung mehr, nur noch das Leder auf hartem Holz.

»Was zum Teufel?«, fluchte er, griff hin und merkte, dass die Polsterung seiner Sitzbank vorne aufgeschnitten war. Die Schmerzen in Kauf nehmend, bückte er sich, streckte die Hand zwischen Leder und Holz und fuhr tief hinein, bis er etwas zu fassen bekam – eine Art Papier, nein, einen ganzen Ballen davon.

Ungläubig zog Brackmann es heraus und starrte die zusammengeknüllten Fünfhunderteuroscheine an, von denen er augenblicklich wusste, woher sie stammten: Es war ein kleiner Rest der Beute aus einem Banküberfall, für den Emmas Mann genauso eingesessen hatte wie dessen zwei Gefährten.

Die Beute, …

… die sich auf mehrere Millionen Euro belief,

… die niemals sichergestellt worden war,

… von der Brackmann als Sachbearbeiter im LKA erfahren hatte und deren Faszination ihn in den letzten Jahren nicht losgelassen hatte.

Die Beute, …

… die Brackmann von Anfang an bei Emmas Mann als Drahtzieher des Überfalls verortet hatte,

… von der Brackmann wusste, dass die überlebenden Täter sie zweifellos beanspruchen würden, sobald sie auf freiem Fuß waren und ausreichend Gras über die Sache gewachsen war,

… und mit der sich Brackmann einen schönen Lebensabend machen wollte, fernab von der Stadt, die er nicht mochte, und von Deutschland, das er verachtete. Das Geld wäre die Entschädigung für all die Zumutung, Herablassung und Geringschätzung gewesen, die er zeitlebens erfahren hatte.

Aber jetzt? Brackmann wurde heiß und kalt zugleich, als ihm bewusst wurde: Die Beute, die er jahrelang gesucht hatte, war in der Polsterung der Sitzmöbel von Emmas Café versteckt gewesen. Er hatte, nicht nur sprichwörtlich, darauf gesessen.

Was Brackmann auf zwei nicht unwesentliche Fragen brachte. Wer war ihm zuvorgekommen? Und was hatte dieser Jemand mit der dummen Emma angestellt?

Brackmann kam nicht mehr dazu, nach einer Antwort zu suchen. Er hörte die Polizeisirene im selben Moment, wie er das Blaulicht bemerkte. Er begriff sofort, dass es nicht gut für ihn aussah. Man würde in Emmas Café die Reste der Beute sicherstellen. Es würde Menschen geben, die wussten, dass Brackmann tagtäglich hier gewesen war. Und nicht zuletzt waren zwei Männer tot, kurz nachdem sie im Café gewesen und von ihm verfolgt worden waren …

Irgendwer sah immer etwas.

Brackmann musste verschwinden. Er konnte es schaffen, schließlich kannte er die Schleichwege und Verstecke in der ganzen Umgebung. So schnell er konnte, humpelte er aus dem Café, sprang auf sein Elektromobil, tastete in seinen Taschen – und fand den verdammten Schlüssel nicht.

»Die Hände nach oben!«, hörte er.

Im Scheinwerferlicht des Streifenwagens sah er seinen eigenen Schatten an der kahlen Wand von Emmas Café und dann zwei Schattenmänner, die links und rechts an seine Seite traten.

Und wenn es ihn nicht täuschte, so flog auch noch ein Vogel durch dieses Schattenbild.

Die Elster drehte eine triumphale Ehrenrunde über halb Bergkamen und landete schließlich in ihrem Nest am Kurt-Schumacher-Platz. Sie konnte sich der Zuneigung ihrer Partnerin sicher sein. Denn das Ding, das sie erbeutet hatte, war in jeder Hinsicht ein Schatz. Schließlich schaute es nicht nur super aus, sondern war auch dazu fähig, das Ungetüm zum Leben zu erwecken …

Es war der Schlüssel von Karl Brackmanns Elektromobil.

Zweihundert Kilometer weiter südlich saß Emma am Steuer eines alten Kleintransporters, der für den Export bestimmt war. Emma hatte den Zwischenhändler, einen alten Freund der Familie, gebeten, diesen Export eigenhändig durchführen zu dürfen, und ihm versprochen, das Fahrzeug pünktlich an seinen neuen Besitzer in Tripolis zu übergeben. Wie es von dort an für sie weiterging, würde das Schicksal weisen.

In einem Spalt des Armaturenbretts steckte das Foto ihres Mannes Armin, der nur wenige Monate nach seiner Verurteilung im Gefängnis gestorben war – unter unklaren Umständen, wie es hieß.

Emma waren die Umstände durchaus klar. Sie hatte von Armins Zellengenossen erfahren, dass die anderen beiden für seinen Tod verantwortlich waren. Sie hatte immer gewusst, dass die zwei eines Tages bei ihr auftauchen würden, um sich die Beute zu holen.

Emma hätte schon damals verschwinden können. Doch sie hatte geduldig auf die treulosen Gefährten gewartet. Genau wie ihr Stammgast, den sie gleich am allerersten Tag als Polizisten in Rente enttarnt und in ihren Racheplan integriert hatte. Dass der mürrische Alte sie offensichtlich für dumm hielt, hatte es ihr nur leichter gemacht.

Die Polizei würde in seinem Zimmer im Altersheim eine Pistole mit Schalldämpfer finden. Außerdem war da jetzt Blut an seiner Kleidung, das zu Emma passte.

»Was hat er wohl mit mir angestellt?«, fragte sie das Porträt ihres Mannes, hob die Mundwinkel und drückte das Gaspedal durch.

Peter Godazgar

Rummel mortale in Lünen

Heute wird es passieren. Heute *muss* es passieren. Er spürt es. Er spürt es ganz deutlich.

In den vergangenen Wochen sind sie sich bei jeder Begegnung ein bisschen nähergekommen. Beim ersten Mal trafen sie sich nachmittags im Café Kleinschmidt und saßen bei schönstem Sonnenschein draußen vorm Lokal in der Goldstraße. Sie: Zitronen-Mango-Torte und Latte macchiato. Er: Schwarzwälder Kirsch und Cappuccino. Beim zweiten Mal war es schon ein Abendessen im Restaurant Riepe – Kerze auf dem Tisch, die Gespräche tiefgründiger, zum Abschied Wangenküsse rechts-links-rechts, und er dachte: Man kann bei Tinder also auch mal Glück haben.

Beim dritten Mal machten sie einen Ausflug. Mit dem Fahrrad am Datteln-Hamm-Kanal entlang, inklusive Abstecher zur Kommunistenkurve, dieser Kuriosität auf dem Gelände des Seeparks. Zu seiner Freude hatte sie noch nie was gehört von diesem schrägen Friedhof für Büsten alter Sowjethelden. »Was du alles kennst«, staunte sie. Später Einkehr im Café Seepark am Horstmarer See. Und ihre entscheidende Frage: »Wollen wir am Wochenende zusammen auf die Lünsche Mess, haste Lust?« Ob er Lust hatte? Na, und ob! Und nicht nur auf die Lünsche Mess.

Neben aller Vorfreude ist ihm nun allerdings etwas mulmig. Klar, eine Kirmes ist eigentlich ein guter Ort, um sich näherzukommen. Um sich *noch* näherzukommen. Bei dem Gedränge bleibt das ja nicht aus – und weil's so laut ist, kann man so tun, als ob man nichts versteht, und sich ganz nah zum anderen beugen.

Es gibt leider ein Problem: Er hasst Karussells. Nicht die

Fahrgeschäfte als solche. Er mag bloß nicht mitfahren. Und Hass ist auch das falsche Wort. Korrekter wäre zu sagen: Er hat Angst. Ihm wird nämlich schlecht auf diesen Dingern. Aber weil er ihr das am Horstmarer See nicht sagen konnte, steht er nun hier auf dem berühmtem Stadtfest von Lünen und kauft zwei Karten für den Schwanenflieger.

***

Er ist Profi. Einer der besten. Mehrfach preisgekrönter Auftragskiller. Oder besser, Auftragskillender, wie es neuerdings heißt. Das hat diese Neue bei der letzten Jahreshauptversammlung der Innung durchgesetzt. Blöde Emanze.

Na ja, alles ändert sich, die Welt wird immer bekloppter, warum sollte ausgerechnet die Auftragskillerbranche nicht von diesem Trend betroffen sein? Pardon, die Auftragskillendenbranche.

Ihm ist das egal. Er erledigt seinen Job. Nun halt als Auftragskillender. Er hat bei der ganzen elendig langen Debatte auf der Jahreshauptversammlung gar nicht richtig zugehört. Er geht sowieso bald in Rente. Dann können die Jungspunde – und Jungspundinnen! – übernehmen, die stets alles besser wissen. Die achtsam auftragskillen wollen. Zu dem Thema sind ja inzwischen bereits Bestseller geschrieben worden.

Pah, sollen sie ruhig machen. Er konzentriert sich auf seinen aktuellen Job. Und der wird kein Problem. Er weiß sogar schon, wo er zuschlagen wird. Auf der Lünschen Mess. Dort hat sich das Zielobjekt verabredet. Er weiß das, weil er das Zielobjekt seit Tagen beobachtet und belauscht hat. Ja, er saß sowohl vor dem Café Kleinschmidt als auch im Restaurant Riepe am Nachbartisch. Und am Horstmarer See ebenso. Er überlässt nun mal nichts dem Zufall.

Auf der Lünschen Mess wird es also geschehen. Mitten im

Trubel. Irgendwann wird das Zielobjekt zu Boden sinken. Riesenaufregung. Perfekt, um in der Masse unterzutauchen. Nirgendwo kann man sich besser verstecken als in Menschenmengen.

Er könnte die Sache sofort erledigen. Er sitzt nämlich direkt hinter dem Zielobjekt. Im Schwanenflieger. Aber er hat einen anderen Plan.

***

Ganz toll, ihm ist jetzt schon übel. Dabei ist der Schwanenflieger kein großes Ding, die Fahrt geht nur im Kreis herum. Und die Fliehkräfte drücken seine Begleiterin nah an ihn heran. Leider kann er das nicht genießen. Obwohl sie sensationell aussieht an diesem schönen Spätsommerabend: kurzärmeliges Kleid mit Blümchenmuster und tiefem V-Ausschnitt. Natürlich kriegt er mit, wie viele Typen sich nach ihr umdrehen.

Aber statt in ihren V-Ausschnitt zu starren, starrt er auf die Kettenglieder des Schwanenfliegers, in ständiger Erwartung, dass irgendwas reißt.

Außerdem ist ihm übel, wie gesagt.

Sie plappert die ganze Zeit irgendwelches Zeug, aber er kann nicht zuhören, er muss sich konzentrieren. Sie lehnt so dicht an ihm, dass er ihr Parfüm riecht. Im Restaurant hatte es ihm noch gefallen, nun findet er den Geruch ziemlich aufdringlich.

Wann er Kirmes am liebsten mag? Am frühen Morgen. Wenn der Müll weggeräumt ist. Wenn die Fahrgeschäfte und die Buden aussehen wie abgeschminkte Models.

Und wenn sich nichts dreht.

Er versucht, cool zu bleiben, als sie ihm nach der Fahrt vorschlägt, gleich noch den Breakdancer zu probieren. »Klar, warum nicht?«

»Danach können wir ja was essen«, sagt sie fröhlich. Vorher jedenfalls nie und nimmer.

***

Er muss schmunzeln, als er beobachtet, wie die beiden aus der Schwanengondel klettern. Der Kerl sieht nicht so glücklich aus, wie er aussehen sollte mit solch einer Frau an der Seite. Warum bloß? Hat er die Fahrt nicht vertragen? Ein einfaches Sich-im-Kreis-Drehen? Auweia. Dann muss er sich aber zusammenreißen, denn die Schönheit im Sommerkleid zieht ihn über den Pfarrer-Bremer-Parkplatz. Direktemang zum Breakdancer.

Warum er auf das Zielobjekt angesetzt ist, weiß er übrigens nicht. Er vermutet irgendein Fremdgehding. Er weiß, dass das Zielobjekt verheiratet ist – und zwar nicht mit seiner aktuellen Begleitung.

***

Sie quiekt neben ihm, die Musik wummert, der Typ hinter dem Mikro quatscht sinnloses Zeug, das auch noch mit einem Echoeffekt unterlegt wird. »Aufgehtsaufgehtsaaauuufgeeeht's!«

Nach einer gefühlten halben Stunde lässt ein tiefer Signalton die Innereien vibrieren und kündigt das Ende der Fahrt an.

Hinterher hakt sie sich lachend bei ihm unter. »Kaufste mir ein paar gebrannte Mandeln?«

»Klar«, sagt er und unterdrückt einen Rülpser.

***

Der Typ kann einem fast leidtun, er scheint Karussells wirklich nicht so gut zu vertragen. Der Rundgang hat gerade erst be-

gonnen, und der Ärmste sieht aus wie nach einer dreistündigen Kutterfahrt bei Windstärke zwölf. Na gut, der Breakdancer ist nicht ohne. Gleich sechs Einflussfaktoren wirken sich auf die Gondelbewegung aus: Geschwindigkeit der Drehscheibe, Geschwindigkeit der Gondelkreuze, Gewicht und Lage der Fahrgäste, Schwung der Gondel, Wechsel der Geschwindigkeiten, Position auf der Drehscheibe. Hat er alles bei Wikipedia gelesen. Und auch, dass die Drehscheibe um sieben Grad geneigt ist. Das wäre mal eine Herausforderung, das Zielobjekt bei voller Fahrt zu erwischen.

Inzwischen steht das Paar an einer Fressalienbude. Der Typ kauft gebrannte Mandeln.

Selbstredend bin ich auch auf diese Möglichkeit vorbereitet, denkt er zufrieden. In seiner Hosentasche befinden sich zwei ganz spezielle gebrannte Mandeln. Es wäre ein Leichtes, sie in dem Trubel dem Paar in die Tüte zu stecken. Die Menschen sind ja so unvorsichtig, dabei wird doch immer und überall vor Gaunern gewarnt.

Vor Gaunerinnen eher nicht, oder? Wie ungerecht. Müssten das nicht Gaunernde sein? Er muss über seine eigenen Gedanken kichern und kauft sich ebenfalls eine Mandeltüte, ohne das Pärchen aus den Augen zu lassen.

Nanu, wieso biegen die beiden wieder nach links Richtung Lange Straße ab anstatt nach rechts zum Festgelände vor dem Heinz-Hilpert-Theater?

Ein paar Minuten später kennt er die Antwort. Ah, okay, sie wollen noch mehr futtern.

***

Unglaublich, was eine so zierliche Person alles in sich reinstopfen kann! Reibekuchen, Zwiebelkuchen, Pommes – und auf dem Weg von einer Fressbude zur nächsten hat sie die gebrannten Mandeln weggeschrotet. Ein paar musste er mitessen, sie hatte sie ihm mit laszivem Blick in den Mund gesteckt, was hätte er denn da sagen sollen? Sorry, aber ich hab 'ne Mandelallergie. Wie bescheuert klingt das denn? Die Reibekuchen haben sie sich ebenfalls geteilt. Und den Zwiebelkuchen. Und die Pommes. Irgendwie war das ja auch schön. Sie haben sich gegenseitig die fettigen Kartoffelstäbchen in den Mund geschoben und dabei tief in die Augen geblickt.

Am schönsten war allerdings, dass sich die Bierbänke, auf denen sie saßen, überhaupt nicht bewegt haben.

Jetzt fragt er sie, ob sie mal zur Bühne schauen sollen, da trete gleich ein Comedian auf, bestimmt lustig, den könne man sich doch anhören. Sagt's und denkt: Und ich müsste nicht in Karussells, sondern könnte schön auf einer sich nicht drehenden Bank sitzen.

»Och nö«, sagt sie. »Ich würde lieber noch ein bisschen fahren. Lass uns zum Riesenrad gehen, und anschließend schlendern wir an der Lippe entlang. Ich kenne da ein schönes Plätzchen.«

Sie zwinkert, und er spürt, wie er rot wird. Er hofft, dass es in dem Lichtermeer nicht auffällt.

***

Jetzt rutscht ihm aber das Herz in die Hose. Er hat das Zielobjekt aus den Augen verloren! Ein echter Anfängerfehler.

Anfängerinnen- und Anfängerfehler.

Anfangendenfehler!

Er hat sich tatsächlich ablenken lassen von einer feierwütigen Gruppe, die Jungs in einem Ganzkörper-Hotdog-Kostüm, die Mädels als Bienen verkleidet und mit schwarz-gelb geschminkten Gesichtern. Vor allem zwei Bienen haben ihn in ablenkender Weise, nun ja, umsummt, echt peinlich, dass ihm das passiert ist.

Wo ist das Zielobjekt? Er überlegt hektisch. So elend, wie der Typ aussieht, wird er versuchen, seine Begleiterin von den Fahrgeschäften weg- und auf die andere Flussseite zur Hauptbühne am Tobiaspark zu locken. Ja, so muss es sein, er würde es jedenfalls so machen.

Über die roten Pflastersteine der Fußgängerzone eilt er zur Lippebrücke, schlängelt sich zwischen den Menschen hindurch, ohne die anderen anzurempeln, er will ja nicht auffallen. Zwischendurch blickt er immer wieder zurück, scannt die Seitenstraßen und die Leute, die an den Verkaufsständen stehen.

Moment, da hinten, sind sie das? Er dreht sich um. Nein. Mist! Als er wieder nach vorne schaut, läuft er in ein Paar hinein. Die Frau im geblümten Sommerkleid lacht ihn fröhlich an und ruft: »Nix passiert!«, der Typ guckt missmutig und murmelt irgendwas Unverständliches. Schon sind die beiden ein paar Schritte weiter. Aus dem Mund der Frau schnappt er noch das Wort »Popcorn« auf.

Er lässt ihnen einige Meter Vorsprung, dann nimmt er erleichtert die Verfolgung auf.

***

Popcorn, sie will Popcorn. Er kauft einen großen Beutel, und gemeinsam stopfen sie das Zeug in sich hinein.

Sie biegen wieder in die Stadttorstraße ab, laufen unter der Bundesstraßenbrücke auf das große Festgelände. Der Weg zum Riesenrad ist gepflastert mit weiteren Fahrgeschäften. Sie fahren zwei Runden mit dem Autoscooter, was fast okay ist, abgesehen von den Frontalcrashs, die seinen Magen hart unter Druck setzen. Sie fahren eine Runde mit der Amazonasbahn, und in diesem Höllenteil wird sie durch die Fliehkräfte noch viel fester an ihn gepresst, was er noch viel weniger genießen kann. Er muss den Kopf abwenden, um diesem stinkigen Parfüm zu entgehen. Was ist das bloß? Penetrance N° 5?

Und als er denkt, schlimmer kann's nicht mehr werden, sagt sie: »Kaufste mir Zuckerwatte?«

»Zuckerwatte. Na klar«, presst er hervor.

Sie hakt sich bei ihm unter und kommt ganz nah an sein Ohr. »Ich liebe Zuckerwatte!«, ruft sie. Und zusätzlich zu ihrem unfassbar aufdringlichen Eau de Plumpscloisette schlägt ihm eine Atemwolke entgegen, die ein bizarres Gemisch aus all den ungesunden Sachen ist, die sie in den vergangenen Stunden vertilgt haben.

Und ich hasse Zuckerwatte, denkt er. Ich hasse sie noch mehr als Karussellfahrten.

***

Jetzt also Zuckerwatte. Junge, Junge, die Frau ist unersättlich. Andererseits, das ist am heutigen Abend vermutlich das kalorienärmste Produkt, das die beiden zu sich nehmen. Vierzig Kalorien hat eine Portion Zuckerwatte nur. Klar, ist ja vor allem Luft.

Zuckerwatte, darauf hat er sich ebenfalls vorbereitet. Und gestaunt, als er las, dass es ausgerechnet ein Zahnarzt war, der dieses Naschwerk erfunden hat. William Morrison hieß der Mann – und gemeinsam mit einem Konditor namens John C. Wharton hatte er im Jahr 1897 die »elektrische Zuckermaschine« patentieren lassen, eine Metallschüssel mit einer Zentrifuge, die Kristallzucker enthielt und mit winzigen Löchern perforiert war.

Das Prinzip ist bis heute dasselbe. In der Zentrifuge wird der Zucker zu Sirup geschmolzen. Die Zentrifugalkraft drückt die Flüssigkeit durch die winzigen Löcher. Wenn der Sirup aus den Löchern spritzt, verfestigt er sich in Sekundenschnelle zu dünnen Strängen, deren Durchmesser etwa fünfzig Mikrometer beträgt.

Merke: Nicht nur reisen, sondern auch morden bildet.

Der Typ ist offenbar kein Zuckerwattenfan. Er sieht geradezu angeekelt aus, versucht aber, sich nichts anmerken zu lassen.

***

Anschließend tapern sie gemeinsam durch die Verrückte Farm, was immerhin eine leichte Beruhigung für seinen Magen darstellt und zu dem Nebeneffekt führt, dass sie ihm zweimal lachend in die Arme fällt, als sie auf den im Boden eingelassenen Rollen ins Stolpern gerät. Beim zweiten Mal schaut sie ihm tief in die Augen – und küsst ihn! Er muss die Luft anhalten, denn es ist ein Kuss, der nach gebrannten Mandeln schmeckt und nach Popcorn und Zwiebeln, nach Pommes Schranke, Reibekuchen und nach klebriger Zuckerwatte.

Und schließlich sitzen sie im Steamer, diesem nächsten Höllenteil, das sich vom höllenteiligen Breakdancer unter anderem dadurch unterscheidet, dass die Fahrscheibe bis auf einen Fünfzig-Grad-Winkel emporsteigt.

Sie krallt sich mit ihren zuckerwatteverklebten Fingern an seinem Arm fest, und er muss sich zusammenreißen, um ihre Hände nicht wegzuschlagen.

Im nächsten Moment ruft der Einpeitscher hinterm Mikro: »Wie ist denn die Stimmung! Alle Hände hoch! Alle Hände hoooch!«

Und während sie herumwirbeln, reißt sie die Arme in die Höhe, und zum Duft dieses absolut ekelhaften, widerwärtigen, abstoßenden Parfüms und der Popcorn-Pommes-Reibekuchen-Zwiebelkuchen-Mandel-Geruchswolke aus ihrem Mund mischt sich der Achselschweiß …

Und er spürt, wie ihm alles hochkommt.

***

Er beobachtet die wilde Fahrt auf dem Steamer und denkt: Alter Verwalter, das geht nicht gut aus. Er weiß, Mitgefühl ist selbstverständlich keine Option in seinem Job, aber er kann nicht anders. Langsam tut ihm der Kerl leid.

***

Er weiß nicht, wie, doch er schafft es, sich zusammenzureißen, bis die Fahrt zu Ende ist. Er stürmt aus der Gondel, stolpert die Treppen hinunter, taumelt hinter den Steamer und entlässt all das, was er verspachtelt hat, auf den Asphalt des Parkplatzes.

Vornübergebeugt steht er da und würgt. Er erschrickt, als er ihre Hand an seinem Kopf spürt.

»Alles okay?«, hört er sie fragen.

»Geht schon«, zischt er. Er würde am liebsten weglaufen. Allein – er hat keine Kraft mehr.

»Ach, das find ich süß, wenn sich Männer auch verletzlich zeigen«, sagt sie.

Er atmet schwer.

Und hört sie sagen: »Riesenrad fahren wir aber noch, oder?«

Er schaut in ihre begeisterten Augen und denkt: Gute Idee, wenn ich oben bin, kann ich mich in die Tiefe stürzen. Fünfundfünfzig Meter müssten reichen. Und dieser Horrorabend findet endlich ein Ende.

***

Er steht hinter dem Zielobjekt in der Schlange vor der Kasse des Riesenrads. Er wollte eigentlich noch etwas warten, aber nun ist der richtige Moment gekommen. So wie es aussieht, wäre es geradezu eine Erlösung.

Wie zufällig stolpert er einen Schritt nach vorne, eine win-

zige Berührung reicht für den kleinen Stich, er murmelt eine Entschuldigung. Nach ein paar Sekunden sackt die Zielperson zusammen. Es geschieht, was er vorausgesehen hat. Unruhe breitet sich unter den Umstehenden aus, als die Frau im geblümten Sommerkleid zusammenbricht.

Der Mann neben ihr versucht, sie zu halten, er schaut sich hektisch um. Und dann treffen sich ihre Blicke, und im Gesicht des Mannes ist zu lesen, dass er sofort verstanden hat, was geschehen ist.

Ich muss weg, denkt er, doch da hat der Mann ihn schon gepackt, mit beiden Händen hält er ihn am Hemd fest und zieht ihn nah an sein Gesicht heran. Der Geruch von Erbrochenem schlägt ihm entgegen. Der Mann kommt näher.

Er will sich losreißen, da flüstert der Mann: »Danke!«

Der Kerl lässt ihn wieder los und beugt sich zu der Zielperson, neben der inzwischen ein weiterer Kirmesbesucher kniet.

Er dreht sich um und wird in der Menschenmenge unsichtbar.

Langsam beruhigt sich sein Puls – und sein Herzschlag ist längst wieder auf Normalniveau, als er eine der Bienenfrauen trifft, die inzwischen schwere Schlagseite hat. Ihre Freundinnen und die Hotdog-Kerle sind verschwunden. Er lässt sich noch einmal umsummen, schließlich torkelt die Biene lachend weiter.

Jetzt sitzt er nahe der Lippebrücke auf den Treppenstufen zum Fluss, knabbert gebrannte Mandeln und lässt diesen verrückten Abend Revue passieren.

Knapp war's, verdammt knapp, man darf halt nie zu selbstsicher werden. Aber er hat es immer noch drauf. Das macht den Profi aus.

Das Vorletzte, was er sieht, bevor er das Bewusstsein verliert, ist eine Frau im Bienenkostüm. Sie lehnt am Geländer des Flanierwegs auf der anderen Seite des Flusses und blickt freundlich lächelnd zu ihm herüber. Ich kenne dich, überlegt er. Nur woher? Grübelnd starrt er in die fast leere Mandeltüte. Und als Letztes geht ihm ein Licht auf. Verdammt … ist das nicht … die junge … Kollegin … von der Jahreshauptvers…

Isabella Archan

Fröndenberger Fäden

Sie versuchte, die Gedanken einzufädeln. Doch jeder Faden, den sie sich imaginierte, rutschte am Nadelöhr der Gegenwart vorbei.

Was machte sie hier in diesem hohen Raum mit der gewölbten Decke? Wo war hier und zu welcher Zeit?

Loslassen, dachte sie. Ich muss loslassen, um einen Anker zu finden.

Mit Blinzeln konzentrierte sie ihren Blick auf das herrliche Glasfenster hinter dem Altar.

Eine Kirche – natürlich, sie saß in der Kirche.

Die leeren Bankreihen vor ihr waren aus altem Holz, an den Seiten mit Haltern für echte Kerzen ausgestattet. Bei einem Gottesdienst am Abend würde das Flackern einen Hauch von Heiligkeit verströmen. Und dazu dieses wunderschöne Fenster, es erstrahlte förmlich in Blau und Gelb.

Aber immer noch fehlten ihr Einzelinformationen, um ein Gesamtbild zu ihrem Aufenthaltsort zu erhalten.

Den Mund öffnen und einfach reden, ohne zu grübeln. Damit war sie bisher meist weitergekommen. Ein Automatismus, der half.

»Der Künstler Andreas Felger hat im Rahmen der Komplettrenovierung wirklich etwas Einmaliges erschaffen, finde ich. Jedes Kirchenfenster erzählt uns als Betrachtern eine Geschichte. In unserer Dorfkirche im Stadtteil Bausenhagen sind es sieben Motive. Sieben.« Dass sie sich selbst ihren Standort erklärte, wurde ihr erst während des Sprechens bewusst. »Ach ja, was man in Fröndenberg alles wortwörtlich erschauen kann – toll!«

»Hauptsache, es ist kühler hier drinnen. Obwohl Ihnen die

Hitze draußen nichts auszumachen scheint. Echt zäh sind Sie, Lady.« Die Stimme hinter ihr klang ungeduldig. »Trotzdem sollten wir bald aufbrechen. Ihre gewünschte Tagestourliste ist elend lang.«

Sie drehte sich um und erstarrte. Ein grellroter Faden zeigte sich auf dem löchrigen Tuch ihres Denkens.

Er war es.

Stand mit verschränkten Armen an der halb geöffneten Tür. Der Sonnenschein vor dem Eingang bewirkte, dass seine Gesichtszüge im Schatten lagen. Sie hätte nicht sagen können, ob er sie wiedererkannt hatte oder nicht.

Panik klammerte sich an ihr Herz, gefolgt von einem tiefen Sturz in die Verzweiflung. Wenn sie nicht einmal wusste, wie sie hierhergekommen war, wie sollte sie es schaffen, ihn herauszufordern?

Andererseits, dass sie in Bausenhagen gelandet waren, hieß, sie waren bereits länger unterwegs. Bisher hatte er sie nicht verletzt, überfallen oder getötet. Nein, sie weilte definitiv noch unter den Lebenden.

Loslassen, wieder dieses Wort. Sich widerstandslos fallen lassen in den Abgrund einer beängstigenden Verlorenheit. Am Boden auf dem tiefen Grund wuchsen wie Unkraut die Details, die sie brauchte. So lief es meistens, zum Glück auch jetzt. Sie sammelte und setzte zusammen.

»Lady, wir fahren weiter.« An seinem gelangweilten Ton erkannte sie, dass er tatsächlich keinen Verdacht schöpfte oder schlicht keine Reue empfand.

Warum hätte er sich auch fürchten sollen, selbst wenn er ahnte, wer ihn den ganzen Tag gebucht hatte? Sie war eine alte Frau, die mehr und mehr die Orientierung im Alltag verlor, er ein kräftiger Kerl, der mühelos eine Existenz auslöschen konnte.

Der Mann hinter ihr war gefährlich. Mehr noch, er war ein Mörder, einer, der sich den Tod wie ein Halstuch umband, das man bei Bedarf um die Kehle einer anderen Person schlingen konnte.

Sommer, fiel ihr dazu ein. Es war wieder einmal August. Grausam und doch so schön.

Sie öffnete die Handtasche und kramte nach einem Taschentuch. Dabei berührte sie einen Gegenstand – schmal, hart und dreißig Zentimeter lang.

Die Länge würde reichen.

Er räusperte sich. Wenn sie sich nicht sofort ein Herz fasste, würde sie sitzen bleiben, die Gelegenheit verstreichen lassen und langsam wie Schokolade in der Sonne schmelzen. Wie ihre Fähigkeit, klar zu denken und zu handeln. Gerade darauf kam es an.

»Danke, dass Sie den Umweg gemacht haben«, hauchte sie mit einem Timbre, das sie früher bei ihrem Vater angewandt hatte, wenn sie sich etwas inniglich wünschte. Wie das Schaukelpferd, das als Dekoration im alten Rathaus ausgestellt gewesen war. Wie der Vater es geschafft hatte, es der Gemeinde abzuluchsen, hatte er nie erzählt, aber es stand eines Morgens im Vorgarten. Braun und rot und weiß war es gewesen, anders als das Auferstehungsfenster in leuchtend Blau und strahlend Gelb.

»Zwei Rathäuser haben wir in Fröndenberg. Zwei«, erklärte sie wieder laut, um sich zu orientieren, und erhob sich.

In dieser Stadt war sie. Lebte sie. Immer noch. Ihr Zuhause, ihre Heimat, ihr Faden, den sie mit Freude ergriff. Sie wohnte in der Seniorenresidenz »Haus an der Ruhr« in der Alleestraße, ihr Vater war seit Jahrzehnten verstorben. Vor dem Heim befand sich eine Bushaltestelle. Bis zum Markt war es auch zu Fuß nur eine knappe Viertelstunde. Sie lief gerne, doch nicht heute.

Heute war sie mit dem Mörder von Klara auf einer Stadtrundfahrt durch Fröndenberg.

»Zwei Rathäuser«, echote er mit einem Auflachen und

trommelte mit den Fingern gegen ein Holzregal, in dem sich Prospekte stapelten. »Die beiden sollen durch einen Zwischentrakt verbunden werden, hab ich in einem Artikel gelesen. Lächerlich. Das erleben wir beide nicht, haha.«

Sie verließen die Dorfkirche. Ja, es war heiß und drückend. Vielleicht würde es abends gewittern.

Erst am Taxi sah sie ihn das erste Mal direkt an. Oder das tausendste Mal, genau konnte sie es nicht bestimmen. Auch er war älter, durchaus. An den Schläfen grau, Falten um die Augen. Aber die Muskeln unter seinem T-Shirt wölbten sich wie eh und je. Das Hanteltraining hatte er offenbar nicht aufgegeben.

»Probleme? Wünsche? Anregungen, Lady? Bloß weil Sie mich so anstarren.«

»Nichts dergleichen. Ich bin bereit.«

Lady, er sprach es mit einem sarkastischen Unterton aus.

Die Bezeichnung passte nicht zu ihr, das wussten sie beide. Sie war eine alte Schachtel, die sich an ihrem Geburtstag eine Fahrt durch Fröndenberg leistete. Diese Geschichte hatte sie ihm erzählt, kurz nach dem Einsteigen. Dass sich zumindest der Rückblick an das Gespräch mühelos auftat, erleichterte sie ein wenig.

Ihr Ehrentag war es zwar nicht, dabei hatte sie gelogen. Hingegen einmal noch Lieblingsorte erkunden, bevor der Sensenmann sie holte, entsprach der Wahrheit. Oder ging der nicht schon neben ihr?

Sollte er sich doch erinnern, was er augenscheinlich nicht tat, war sie geliefert. So einfach und brutal musste man es sagen. Er würde sie eiskalt beseitigen und einen Weg finden, straffrei davonzukommen. Was bereits funktioniert hatte, war in der Wiederholung sicher ein Stück leichter zu bewerkstelligen. Klara war nicht sein einziges Opfer gewesen.

»Jetzt direkt zum Himmelmannpark, Lady?«

Sie drehte den Kopf nach links, als er fragte. Auf dem Rücksitz neben ihr entdeckte sie Klara. Blond, wunderschön und absolut lebendig. Keinen Tag älter als dreißig. Heute war ihr runder Geburtstag. So war es. Heute würde Klara, nebenbei bemerkt, auch sterben.

Der lose Faden mit der hübschen Klara, der Freundin, ja, der Geliebten schwebte im luftleeren Raum. Die Jahre ihrer Beziehung fielen wie Sternschnuppen von einem blau-gelben Himmel. Glücklich bis zum Finale. Das war schrecklich still gewesen. Klara hatte nicht mehr schreien können.

Die Schlagzeilen brannten danach lichterloh: *Frauenleiche an der Ruhr entdeckt! – Wer ist die Unbekannte, die erdrosselt wurde? – Der Mörder muss von außerhalb kommen, stellt die Polizei klar.*

Ja, eine Frau war am Ufer der Ruhr gefunden worden, erdrosselt. Kein sexueller Übergriff, doch mit einem Halstuch war dem Opfer die Sauerstoffzufuhr entzogen worden, wie der zuständige Kommissar es den nächsten Angehörigen der Verstorbenen und ihr mit erhobenem Zeigefinger mitteilte. Dabei hatte er vor allem sie abschätzend gemustert, zu den Zeiten war es nicht leicht gewesen, mit einer anderen Frau offen zusammenzuleben.

Und ja, bei der Toten handelte es sich um Klara. Unverwechselbar sie. Nicht nur den Atem hatte ihr jemand genommen, sondern auch das Lächeln, die Liebe, das Licht und den Sommer.

Aber nein, der Mörder stammte nicht von außerhalb. Sie, die Lebensgefährtin, die trauernde Freundin, ahnte es. Es konnte bloß der Chauffeur der Firma gewesen sein. Aussage gegen Aussage. Es stimmte, er war in die charmante Gruppenchefin im Büro verknallt, inzwischen längst besessen von ihr. Es stimmte auch, dass Klara ihn mehrfach abgewiesen und er sich dazu aggressiv geäußert hatte. Am Ende besiegelte jedoch ein Alibi, das ihm seine damalige Verlobte für die Tatzeit gab, seine Unschuld. Niemand wunderte sich, dass diese Verlobte keine drei Monate nach dem Verbrechen weggezogen war. Aus Gründen wohl, die keinen mehr interessierten.

Sie war geblieben.

Fröndenberg war ihre Heimat. Bis zur Rente arbeitete sie in einer Schneiderei, es gefiel ihr. Die Stadt konnte nichts für diesen einen, der Leben auslöschte wie Kerzen. In den darauffolgenden Jahren geschahen zwei weitere Verbrechen, eines in Unna und eines in Bönen, ähnlich dem Mord an Klara. Strangulationen mit Fundort Fluss. Frauen, die in Firmen tätig gewesen waren, in denen er ebenfalls für kurze Zeit eine Anstellung hatte.

Es war wie ein Fluch, dass niemandem außer ihr der Zusammenhang auffallen mochte. Briefe an die Polizei schickte sie, vorformulierte Antworten, dass man ihren Angaben nachgehen werde, kamen zurück.

Sommer verstrichen, heiß, verregnet, gewittrig, stürmisch, mild.

Ihr Leben drehte sich um diese Jahreszeit und um ihn. Sie behielt ihn im Auge. Anfangs, um den Schmerz in ihrem entleerten Herzen mit der Obsession zu bekämpfen. Jede zufällige Begegnung ein Schrecken.

Erst als sie ins Altenheim umgezogen war und sich ihre Gedanken mehr und mehr in Fäden auflösten wie eine schlecht genähte Naht an einem Kleidungsstück, erkannte sie, was tatsächlich zu tun war: ein Leben gegen ein anderes aufzurechnen. Möglicherweise fand sie dabei selbst den Tod. Ohnehin nur etwas früher als vorbestimmt. Gerechtigkeit war das Wort, das an allen Ecken hervorlugte und sie antrieb.

Dass das Taxiunternehmen, bei dem er seit Kurzem jobbte, ausgerechnet Fahrdienste für ihre Seniorenresidenz anbot, schien Schicksal.

Doch die Zeit lief gegen sie und ihren Verstand. Jetzt oder nie, war ihr Kampfmotto, um die Furcht zu verringern. Denn Angst erfasste sie, wenn sie an ihn und ihr Vorhaben dachte.

Gott, sie war alt und zerbrechlich, eine ehemalige Schneiderin mit zu großem Trauerkleid über dem Herzen.

Klara auf dem Rücksitz löste sich mit einem Seufzen auf, ein längst vergessener Duft schwebte ein paar Sekunden länger im Wageninneren.

»Hallo? Ich würde gerne davor zum Hof Sümmermann fahren.« Wieder öffnete sie die Handtasche. Diesmal, um nach ihrer Geldbörse zu greifen und mit einem Schein zu wedeln. »Ich kann Sie bezahlen, auch wenn es länger dauert.« Ihr Lachen dabei klang derart aufgesetzt, dass sie sich dafür schämte.

Mit einem Augenzwinkern trat er aufs Gas. »Sie haben den Fahrservice den ganzen Tag, Lady. Für ein gutes Trinkgeld obendrauf bringe ich Sie, wohin Sie wollen. Nicht das erste Mal mit mir unterwegs, nicht wahr?«

Ihre Befürchtungen erhielten Nahrung. Seine Nachfrage ließ all ihre Muskeln zittern.

In höchster Not plapperte sie, um ihn abzulenken. »Hof Sümmermann. Der jetzige Hofherr Karl-Heinrich Sümmermann hat den Betrieb vor gut zwanzig Jahren von seinem Vater übernommen. Da gab es noch jede Menge Tiere. In jedem Winkel des Hofs hatte man mit Kühen, Schafen, Hühnern zu tun. Stroh und Heu und natürlich Mist. Auch Pferde. Heute machen elegante Läden, Kunsthandwerk, feines Essen den Hof aus. Ich will das Fotoatelier von Michael Abraham besuchen, mir die Borowski Galerie ansehen. Glaskunstwerke vom Feinsten. Sie könnten derweil im Hofcafé, in dem früher übrigens die Schweine gehalten wurden, einen Kaffee trinken, sich einen Kuchen dazubestellen. Ich lade Sie ein.«

»Lady, das ist ein Deal. Koffein, Zucker und Blut.« Sein grölendes Lachen füllte den Wagen aus.

Hatte er Blut gesagt? Sie drückte auf den Knopf, um die Seitenscheibe hinunterzulassen, aber die war längst offen. Der Fahrtwind bauschte ihre Haare hoch, riss an ihrer Bluse. Sie war ihm ausgeliefert. Keine Gerechtigkeit, stattdessen ihr eigener Tod, erstickt, erwürgt, erdrosselt in einem Waldstück, noch bevor sie den Hof erreichten. Ihr kam es vor, als würde sie von einer Klippe in ein Meer aus ungeordneten Gedankenwogen stürzen.

Ein Auf und Ab folgte.

Sie sah sich selbst durch den Gang der Galerie wandeln. Die Beleuchtung verlieh der Borowski-Ausstellung eine magische Note. Tierwesen aus buntem Glas, eine durchsichtige Schnecke, drei Schildkröten, die in blauen, lilafarbenen und gelben Panzern eine Konferenz hielten. Bekannte Persönlichkeiten aus Glas, für die Ewigkeit nachgeformt.

Klara war neben ihr, stieß eine der Kostbarkeiten um, sie zerbrach in Millionen von Scherben.

Nein, Klara war auf einem der Fotos von Michael Abraham. Lehnte an einem blühenden Baum und blickte nachdenklich zu ihr von der anderen Seite der Realität. Der Mund öffnete sich, Klara wollte etwas sagen, ihr Wichtiges mitteilen. Eine Warnung mochte es sein oder eine Aufforderung, den Tag nicht zu Ende gehen zu lassen, bevor sie den Mann, den Täter, den Mörder bloßgestellt hatte.

Sie würde es tun, versprochen, aller Todesfurcht zum Trotz.

Von einer Sekunde zur anderen war sie nicht mehr auf dem Hof, sondern stand vor der Sammlung an guten Gedanken und positiven Sprüchen auf Postkarten mitten in der Fahrradkirche.

Wann waren sie an diesem Ort eingetroffen? Wieso nach dem Hofbesuch gerade diese nächste Kirche? Sinnlose Fäden-Fragen, die am Nadelöhr vorbeiglitten.

Musik erklang. Sie drehte sich um. Der hohe Kirchenraum erglühte in einem Wechsel von Farben. Digitale Andachten waren die zwei Zauberworte, die diese Kirche einmalig machten. Vorne im Altarbereich parkte ein geschmücktes Fahrrad als Dekoration. Eine friedliche Atmosphäre, die ihresgleichen suchte.

»Die Drahtesel müssen draußen bleiben, haha.« Sein abfälliges Lachen neben ihr riss ein Loch ins Wohlgefühl. »Blockieren die Picknicktische und den Zugang zum Männerklo. Aber mein Geschäft erledige ich, bevor es weitergeht. Wozu gibt es Wände?«

Ihr Blick rutschte von seinem Gesicht zu seinem Hals. Das Tuch, das er trug, war farblos, ausgebleicht. Vielleicht vom vielen Waschen. Niemals würde es wieder ganz sauber, wie aus Toten bloß Geister wurden. In den Häusern verweilten sie, in den heiligen Städten wie in der Kunstkirche.

Also hielten sie sich jetzt in der Kunstkirche auf und hatten die Fahrradkirche längst wieder verlassen? Auf ihren Wunsch hin? Es musste wohl so sein.

Auch war sein Hals nackt, kein Tuch, ein T-Shirt reichte bei den Temperaturen. Seines war unter den Achseln feucht.

An Ort und Stelle ebenfalls bunte Fenster, ein Altar. Aber keine Gottesdienste mehr. Der Kunstverein und der Kirchenvorstand belebten das Gebäude mit Ausstellungen unterschiedlichster Künstler der Malerei, Bildhauerei und Fotografie. Und Orgelkonzerte, ja selbst Literaturlesungen wurden angeboten. Der weiße Turm sah von außen wie ein Fingernagel aus. Der Nagel eines Engels, der mahnend in den Himmel zeigte. Vergeltung, schien er zu flüstern.

Erneut ein Sprung in der Zeit und rund um den Bismarckturm brannte die Nachmittagssonne gnadenlos herunter. Kein Schatten und der Eingang zur Aussichtsplattform geschlossen.

Trotzdem verharrte sie und ließ die Weite der Landschaft einmal mehr auf sich wirken. Fröndenbergs Umgebung war eine Mischung aus Wald und freien Flächen, die Hügel in der Ferne wölbten sich sanft. Zuneigung erfasste sie zu niemand Bestimmtem, zur Heimat im Allgemeinen. Dankbarkeit tauchte auf, dass es ihr vergönnt gewesen war, mit Klara hier zu leben und zu lieben. Ließ man das Ende weg, ein Stück Glück.

Das Hupen erzeugte einen schrillen Ton in ihrem Ohr, er wartete.

Wohin zog es sie noch?

Der Panoramablick auf die Stiftskirche und die Marienkirche von der Innenstadt aus war ebenfalls beeindruckend. Die Treppe hochzusteigen, vorbei am ältesten Wohnhaus – »Es ist das Bernsteinhaus, wissen Sie, gebaut 1607, wenn ich mich nicht irre« –, erzeugte ein erhebendes Gefühl. Die gelbe Fassade mit dem weißen Stuck an den Fenstern, das überspringende dunkle Dach. Dort zu leben, müsse aufregend sein, hatte Klara früher geschwärmt.

Wann früher?

Öffne die Tasche, und tu endlich, wozu du ihn herbestellt hast, sagte Klara in dem Moment schlecht gelaunt.

»Ich schwitze aus allen Poren«, antwortete sie der Geliebten. »Schweiß wie Tränen.«

»Ja, es ist verdammt heiß«, fuhr er dazwischen. »Wollen Sie wirklich noch ins Kettenschmiedemuseum, Lady? Die Kulturschmiede inklusive Museum könnten Sie morgen aufsuchen. Gleiche Uhrzeit, gleiche Stelle hole ich Sie ab. Ins Museum begleite ich Sie. Ich mag das Rasseln der Ketten, das Feuer, das für die Besucher zur Demonstration entfacht wird. Wäre ich damals geboren, wäre ich Schmied geworden.«

Er spannte seine Muskeln an. Sie würde keine Chance haben, wenn er ihr den Hals zudrückte.

Abgesehen davon, morgen war zu spät. Morgen konnte es sein, dass sie nicht einmal mehr ihren Namen wusste, geschweige denn sich an die mörderische Katastrophe erinnern konnte, die sie und Klara entzweigerissen hatte. Waschkörbe voll hatte sie geweint. Müllsäcke mit Hass gefüllt. Selbsthass freilich, weil sie an Klaras Todestag nicht mitgekommen war zum abendlichen Spaziergang am Fluss.

Deutlich jedoch wie ihr Vorhaben war ihr das Gespräch vor einer Woche mit der Ärztin gegenwärtig. Der verblüffte

Gesichtsausdruck bei den Fragen, die sie stellte und die nichts mit der rasch fortschreitenden Auflösung ihres Verstands zu tun hatten. Aber die Ärztin lieferte Antworten, wenn auch nur, um die »nette alte Dame« nicht weiter zu verunsichern.

Hinterher war sie auf die Toilette gestürzt und hatte alles notiert. Den Zettel trug sie jetzt bei sich. *Für Klara*, stand da als Überschrift, als wären die Informationen ein Musikstück.

Ein Monument an Emotionen, riesig wie der Trichter, an dem sie nun lehnte.

»Ursprünglich ist das vierzehn Meter hohe Bauwerk zur Filterung von Abwasser der Papierfabrik genutzt worden«, erläuterte sie erneut als eigene Orientierungshilfe Richtung untergehende Sonne. »Nach der Schließung im Jahr 1982 wandelte er sich zum Wahrzeichen und Touristenmagnet. So ist es gewesen, genau so.«

Ihr Kopf war in den Nacken gelegt, es knackte. Kinder kletterten auf der Seilkonstruktion des Spielplatzes, riefen und johlten, ihnen machte die Schwüle des Abends nichts aus. Kein Gewitter, windstilles Brüten. Über dem Trichter eine Schar von Vögeln, laut krächzend und im Flug elegant.

»Ich für meinen Teil würde Sie gleich an der Residenz absetzen, Lady, mir eine kalte Feierabenddusche gönnen mit einem Bierchen. Unter meinen Achseln müffelt es, haha.«

Sie senkte den Kopf. Er lebte ja noch. Genoss Dusche und Bier. Klara war diejenige, deren Zukunft er gestohlen hatte.

»Und danke, Lady, für die Essenseinladung. Zum Markgrafen ist ein uriges Restaurant, finden Sie nicht? Mein Schnitzel samt Bratkartoffeln war zum Niederknien.« Er sah auf seine Uhr. »Aber Ihr gebuchter Tag und Ihr Fahrservice sind längst abgelaufen. Genug ist genug.«

Essen? Sie hatte mit dem Mörder an einem Tisch gesessen und gegessen? Nun ja, sie war ja auch mit dem Mörderlein den ganzen Tag durch die Gegend gefahren. Hatte sich und die Handtasche herumkutschieren lassen. Was lag noch mal zuunterst und war lang und schmal, dafür hart wie der Stahl des Trichters? Spitz und dreißig – was?

Klara, hilf mir doch!, schrie sie innerlich. Nein!, brüllte sie in ihrem Kopf. Das stumme Kreischen füllte die Lücken auf, nähte die Ränder zusammen, zumindest für den Augenblick.

Sie wandte sich ihm zu und bettelte, wie es eines der Kinder auf dem Spielplatz für ein Eis getan hätte. »Bitte, noch nicht. Wenn Sie mich bis zum Ruhrbalkon an den Fluss begleiten, mich dort auf ein Bänkchen setzen, wäre ich zufrieden. Zurück finde ich allein. Nur hin wär's netter mit Ihnen. Ich verdopple das Trinkgeld.«

Er kratzte sich an der hohen Stirn. Ein ganzes Stück älter ist er geworden, dachte sie unvermittelt. Die Muskeln passten nicht zu den Falten, sein lässiges Auftreten nicht zu der halben Glatze.

Ein Blitz der Erkenntnis durchfuhr sie. Wenn er in die Jahre gekommen war, dann war sie eine Oma. So wahr, wie es stimmte, dass sie in der Seniorenresidenz wohnte und geplant war, dass sie demnächst eine Ganztagsbetreuung erhalten würde. Ihre demenzbedingten Aussetzer wurden häufiger, manchmal verlor sie Minuten, manchmal Stunden, manchmal das Denken selbst.

Irgendwann würde sie auch Klara vergessen haben. Deshalb ihr letztes eigenständiges Vorhaben, deshalb dieser Tag, diese Fahrt, dieses Ende der Geschichte, das allerdings erst erfolgreich stattzufinden hatte.

Feierabend. Und der letzte Faden. Ihn musste sie einfädeln, um abschließen zu können.

Die Natur in den Ruhrauen war voller Leben. Vögel, Insekten, durch das Unterholz huschende kleine Tiere. Die Sicht auf den Fluss wahrlich idyllisch. Alles fließt. Nichts kehrt zurück. Zum Verzweifeln, zum Beklagen, aber zu akzeptieren.

Er hatte sich inzwischen auf eine Bank gesetzt, deren Holz in der einsetzenden Dämmerung schwarz wirkte. Die Lehne fehlte, dieses Detail blieb in ihrem Kopf mit einer unerwarteten Konkretheit haften, weil es wichtig war. Die Stechmücken erwachten und umschwirrten ihn und sie, unterschieden nicht zwischen Hinterbliebener und Mörder.

»Mir wird's zu viel, Lady. Wir kehren um. Sie wollen doch nicht wirklich hier hocken. Allein. Im Heim haben Sie es viel gemütlicher.«

»Eine Minute noch. Bitte!«

Sie hatte die Bank umrundet. Die Handtasche stand offen auf einem der Holzbretter. Er hatte nicht bemerkt, dass sie daraus den untersten Gegenstand entnommen hatte.

»Wozu? Lady, Sie öden mich an. Das macht selbst die Kohle nicht wett.«

Ärgerlich hörte er sich an. Wie würde seine Stimmung erst kippen, wenn sie ihm den Grund für ihr Beisammensein eröffnete?

»Lady, verdammt, was machen Sie da hinter mir? Es reicht. Hier stechen uns bloß die beschissenen Mücken.«

Ihr Stichwort. Sie zog rasch den Kragen seines T-Shirts am Nacken ein Stück hoch, entblößte seinen unteren Rücken. Ihre Linke schlang sie um seine Schulter, eine feste Umarmung von hinten.

Der Widerstand, den das Fleisch bieten würde, war vorher schwer einzukalkulieren gewesen. Wenn sie versagte, war er verletzt und sicher gefährlicher als ohnehin schon.

»Sie haben vor genau vierzig Jahren meine Lebensgefährtin erdrosselt. An diesem Ort. Am Ufer der Ruhr. An einem Sommerabend wie heute. Klara war ihr Name. Klara.«

Sein Ohr nahm ihr Flüstern auf. Sein Oberkörper verkrampfte sich leicht unter ihrem Griff. »Was?«

Ihre größte Befürchtung war gewesen, dass er hochspringen und direkt aggressiv werden würde. Die Sorge nahm er ihr, indem er reglos verharrte. Sie konnte sein Herz trommeln hören. Er starrte auf den Fluss, musste das eben Vernommene anscheinend verdauen. Trotzdem blieben ihr höchstens ein paar Sekunden.

Sie umfasste seine Schulter kräftiger, die lebenslange Arbeit mit den Händen und Fingern hatte doch noch ihr Gutes. Zugleich bohrte sie den Gegenstand aus ihrer Handtasche tief in die rechte untere Seite seines Rückens. In die Stelle, an der eine der Nieren saß. Nicht ganz die dreißig Zentimeter, das Ende hielt sie mit Faust und Fingern umklammert, um gleichzeitig mit Kraft zu stechen und zu pressen und gewaltsam hineinzutreiben. Sie meinte, ihre Fingergelenke wie vorhin ihren Nacken knacken zu hören.

Noch ein Stückchen tiefer, dann ließ sie los, beugte sich vornüber und schnappte sich die Handtasche.

»Was?«, keuchte er, sich offenbar noch immer nicht bewusst, was ihm gerade geschehen war. »Was haben …? Was haben Sie …?«

Sie rannte. Pumpte Luft aus ihren alten Lungen. Das Ufer hoch, den Pfad Richtung Kulturzentrum. Am Kettenschmiedemuseum vorbei und weiter, immer weiter. Erst an der Bahnschranke hielt sie an.

Das Gefühl, sich übergeben zu müssen, setzte ein. Ein Rauschen in ihren Ohren, eine Enge in ihrer Brust. Das Einatmen brannte, das Ausatmen ein einziger heller Schmerz.

»Um Gottes willen!« Eine Frauenstimme. »Geht es Ihnen nicht gut?«

Ein Blick nach hinten, keine Spur von ihm.

Ihre Mundwinkel zogen sich entgegen ihres Zustands nach oben, sie musste einmal mehr japsend plappern. Die Fakten auf dem Notizzettel von letzter Woche – *Für Klara*, die Überschrift – tropften dabei mit über ihre Lippen. »Wissen Sie, wenn ein gut durchblutetes Organ von einer langen Nadel getroffen wird … einer Matratzennadel von dreißig Zentimetern … wie zum Beispiel die Leber oder eine der Nieren, gibt es einen Blutverlust nach innen … also in die Brust- oder

Bauchhöhle. Man stirbt nicht sofort. Man erkennt sogar recht spät, was einem zugestoßen ist. Viel zu spät. Aber alles für die Gerechtigkeit … Meinen Sie nicht?«

»Was reden Sie da?« Die Frauenstimme wurde hysterisch. »Ich rufe den Notarzt.«

Lärm über ihnen. Krächzen. Die Vögel am Himmel, der ein dunkles Blau angenommen hatte, bildeten einen Kreis. Die Vögel sahen auf Fröndenberg herab. Auf sie und ihr Werk.

Sie war zufrieden. Mehr noch, glücklich.

»Klara, lass uns nach Hause gehen. Es ist alles in Ordnung.«

Klara nickte ihr zu.

Loslassen!

Arno Strobel

Hau mich vom Hocker in Schwerte

»Der Worte sind genug gesprochen.«

Verleger Georg Binswein griff nach dem dreißig Zentimeter hohen blauen Ding, das vor ihm auf dem Rednerpult stand und von dem Kai nicht den Hauch einer Ahnung hatte, was es darstellen sollte.

»Lieber ... Kai ... Kümmert.« Binswein machte zwischen jedem Wort eine künstliche Pause, wohl um den feierlichen Anlass zu unterstreichen. »Hiermit überreiche ich dir voller Stolz und Dankbarkeit diesen eigens für dich kreierten Preis unseres Verlagshauses, den wir sinnigerweise ›Die MIO‹ getauft haben, für«, Binswein schüttelte den Kopf, als könnte er selbst nicht glauben, was er gleich sagen würde, »für unfassbare und doch reale *eine Million* in Deutschland verkaufte Exemplare deines Krimis ›Das Auge im Zentrum‹, und das innerhalb von nur sechs Monaten. In derselben Zeit wurden zweiunddreißig Auslandslizenzen und die Filmrechte verkauft. Letzteres – man höre und staune – nach Hollywood.«

Tosender Applaus brandete unter den rund zweihundert Gästen im Festsaal auf, als der Verleger Kai das blaue Ding hinhielt, das aus der Nähe betrachtet entfernt an eine oben abgeknickte Blumenvase erinnerte. Kai nahm »Die MIO« entgegen, die leichter war, als er gedacht hatte, und hob sie in die Höhe, während er sich strahlend dem Publikum zuwandte. Umgehend stieg der Applaus noch weiter an, und von allen Seiten waren laute Bravorufe zu hören.

Kai wartete lange, bis sich der Beifall etwas gelegt hatte, bevor er ans Mikrofon trat.

»Kurz und knapp: Danke von Herzen!« Drei, vier Sekunden verstrichen, bevor er weitersprach. »Sorry, mehr kann ich aus Zeitgründen nicht sagen. Ich muss leider bald aufbrechen und schreiben. Mein Verleger macht extremen Druck wegen des neuen Manuskripts.«

Lautes Gelächter, erneuter Beifall, dann verließ Kai die Bühne und ging zu seinem Tisch zurück, wo der Führungsstab des Verlags ihm überschwänglich gratulierte und mit ihm auf seinen Erfolg anstieß. Für einen Moment betrachtete er den freien Stuhl, auf dem jetzt Eva sitzen würde, wenn sie ihn begleitet hätte.

Wenig später verabschiedete sich Kai von den wichtigsten Gästen und atmete draußen die frische, kalte Januarluft ein.

Eine Million verkaufte Bücher in sechs Monaten. Übersetzungen in über dreißig Sprachen – es klang wie ein Märchen. Und dennoch war es Wirklichkeit. Er hatte in den vergangenen sechs Monaten mehr Geld verdient, als er es in seinem alten Beruf als Journalist in zwanzig Jahren gekonnt hätte. Mit einem Lächeln begab er sich auf den Weg zu seinem Hotel, das nur ein paar Hundert Meter vom Veranstaltungsort entfernt lag.

Er war erst wenige Schritte weit gekommen, als hinter ihm eine Stimme sagte: »Meinen Glückwunsch, Herr Kümmert.«

Kai wandte sich um und sah sich einer Frau gegenüber, deren Alter er auf Anfang fünfzig schätzte. Die blonden Haare waren zu einem modernen Kurzhaarschnitt gestutzt. Kai glaubte sich zu erinnern, sie auf der Feier gesehen zu haben.

»Vielen Dank, Frau …«

»Steinmetz«, entgegnete sie und machte mit ausgestreckter Hand zwei Schritte auf Kai zu. »Elke Steinmetz. Ich bin Mitinitiatorin eines international bekannten Krimifestivals.«

Kai ergriff die Hand und schüttelte sie. »Ah, okay, Ihr Name ist mir natürlich geläufig. Freut mich. Sie waren da drinnen dabei, nicht wahr?«

»Ja, richtig.« Sie nickte mehrmals. »Sehr beeindruckend.«

»Danke.«

»Ich wollte Sie vorhin nicht stören und Sie Ihren Ruhm in Ruhe genießen lassen. Deshalb dachte ich, ich spreche Sie jetzt an.«

Kai zuckte mit den Schultern. »Kein Problem, worum geht's?«

Es schien, als suchte Steinmetz nach den richtigen Worten. »Sie werden für die diesjährige Anthologie zum Festival einen Kurzkrimi beisteuern, und zwar einen, der so gut ist, dass er mich vom Hocker haut.«

»Oh!«, entfuhr es Kai. Ihn wunderte weniger das Angebot als die Art, wie die Frau es an ihn herangetragen hatte. »Es freut mich sehr, dass Sie mir zutrauen, eine Story zu schreiben, die Sie vom Hocker haut, leider muss ich ablehnen. So wie ich alle Angebote ablehne, die ich gerade fast täglich erhalte. Was ich vorhin etwas scherzhaft gesagt habe, stimmt tatsächlich. Gerade wegen des großen Erfolgs meines Romans drückt der Verlag …«

Steinmetz winkte ab. »Ja, ja, ja. Geschenkt. Ich weiß, dass alle Sie haben wollen und Sie alles ablehnen. Nur wenn Sie gerade zugehört haben, wird Ihnen aufgefallen sein, dass das keine Bitte war. Eine Ablehnung kommt nicht infrage.«

»Was? Ich …« Kai war selten um eine Entgegnung verlegen, doch Steinmetz hatte es geschafft, ihn für einen Moment sprachlos zu machen. Er lachte auf. »Nochmals danke, aber nein danke.«

Steinmetz senkte den Blick und zog dabei die Mundwinkel bewundernswert tief nach unten. Als sie schließlich wieder aufsah, war ihr Gesicht versteinert. Mit einem schnellen Schritt war sie so nah an Kai heran, dass ihre Nasenspitzen keine zwanzig Zentimeter mehr voneinander entfernt waren.

»Nun hör mir mal gut zu, du Fatzke«, zischte sie, und es klang nach irgendwas zwischen gefährlich und lächerlich. »Das ist mein letztes Festival, danach übernehme ich andere

Aufgaben. Ich habe vor, mich mit einer spektakulären Anthologie und noch spektakuläreren Veranstaltungen zu verabschieden. Und gerade weil im Moment absolut niemand sonst dich für das eine oder das andere engagieren kann, wirst du spuren, klar?«

»Okay, das reicht. Ich möchte wohlwollend annehmen, dass Sie da drin ein paar Gläschen zu viel getrunken haben. Schönen Abend noch.«

»Stopp!«, rief Steinmetz, als Kai schon im Begriff war, sich abzuwenden. »Schau mal, was ich hier habe.« Mit einem Griff in den Innenteil ihres Mantels förderte sie ein kleines, dünnes Buch mit einem braunen Cover zutage, mit dem sie vor Kais Nase herumwedelte. »Na, erkennst du das?«

Kai brauchte nur einen Blick, um zu wissen, um welches Buch es sich handelte. Eine Faust bohrte sich in seinen Magen.

»Hans-Peter Vogelsang«, säuselte Steinmetz auf eine geradezu teuflische Art, die ausdrückte, wie viel Freude es ihr bereitete, was sie nun sagen würde. »Ein relativ unbekannter Schriftsteller, seit dreißig Jahren tot. Das«, erneut fuchtelte sie mit dem Büchlein herum, »ist eines von nur zwei veröffentlichten Werken von ihm. Sein zweites Buch lief halbwegs, aber das hier, sein Erstling von 1979, ein Krimi, gerade mal hundertsiebzig Seiten lang und wahrscheinlich keine fünfhundertmal verkauft. Kaum jemand kennt ihn.« Steinmetz betrachtete das Cover, als müsste sie den Titel ablesen. »›Das grüne Auge‹.«

»Woher, zum Teufel …?«, hörte sich Kai selbst heiser sagen. »Haben Sie das von Eva?«

»Eva? Ich kenne keine Eva. Ich habe es vor Jahren durch Zufall in einem Antiquariat entdeckt und mitgenommen, weil der Klappentext recht ansprechend war. Es war wirklich gut. Schade, dass es so wenig Beachtung fand. Also, zumindest das Original von Vogelsang. Das Plagiat von dir ist ja im wahrsten

Wortsinn durch die Decke gegangen, nicht wahr?« Steinmetz grinste diabolisch.

»Was wollen Sie?«, krächzte Kai.

»Oh, ich dachte, ich hätte mich klar ausgedrückt. Du wirst mir den besten Kurzkrimi liefern, den sich je jemand für das Festival ausgedacht hat. Es ist mir scheißegal, von wem du ihn klaust. Du wirst mir natürlich unterschreiben, dass der Krimi dein geistiges Eigentum ist, womit meine Hände rein sind. Außerdem stehst du mir für alles zur Verfügung, wofür ich dich im Rahmen des Festivals benötige, verstanden?«

»Was? Und wie soll ich …?«

»Ach, und dein Krimi wird in Schwerte spielen, das ist meine Heimatstadt. Also, hau mich vom Hocker in Schwerte.«

Kai schüttelte den Kopf. Ihm war speiübel. »Hören Sie, ich … ich muss darüber nachdenken, okay?«

»Nein, das ist nicht okay, aber ich bin ja kein Unmensch. Ich gebe dir drei Tage, Kümmert, dann möchte ich die definitive Zusage von dir. Falls ich nach genau drei Tagen keine positive Antwort von dir habe, werde ich dieses kleine, schicke Büchlein an das größte Boulevardblatt Deutschlands senden.« Steinmetz griff in die Manteltasche und hielt Kai zwei Visitenkarten und einen Stift entgegen. »Hier, meine Karte. Schreib mir auf die Rückseite der anderen deine Telefonnummer. Genau drei Tage, keine Stunde mehr. Was es bedeutet, wenn herauskommt, dass dein Überfliegerkrimi nur ein billiges Plagiat ist, brauche ich dir ja nicht zu sagen.«

Kai zögerte, sah jedoch ein, dass es nichts brachte, dieser Frau seine Nummer zu verweigern.

Sie steckte die Karte ein und war wenig später hinter einer Wegbiegung in der Dunkelheit verschwunden.

Nein, niemand musste Kai sagen, dass er nicht nur jeden Euro zurückzahlen müsste, den er bisher erhalten hatte (und von denen bereits sehr viele ausgegeben waren), wenn sein Plagiat aufflöge, sondern er nie wieder auch nur einen einzigen Satz veröffentlichen würde. Tränen rannen über seine Wangen, und er wusste nicht, ob er sie aus Trauer oder aus Wut weinte.

Da Schwerte fast auf dem Weg von der Verlagsfeier in Dortmund zu seiner Wohnung in Wuppertal lag, machte Kai den kleinen Schlenker und stellte seinen Wagen am frühen Nachmittag des nächsten Tages im Parkhaus Citycentrum Schwerte ab. Er wollte sich die Stadt zumindest schon mal ein wenig angesehen haben, um vielleicht eine erste Idee zu bekommen, worum es in dem Kurzkrimi gehen könnte, der es schaffte, Elke Steinmetz vom Hocker zu hauen.

Während er die Brückstraße entlang der Beschilderung Richtung Altstadt folgte, wanderten seine Gedanken zurück zu dem Moment vor rund zwei Jahren, als ihm nach zermürbenden Wochen, in denen ihm einfach keine vernünftige Idee für einen guten Krimi einfallen wollte, auf einem Flohmarkt das Buch von Hans-Peter Vogelsang in die Hände geraten war.

Der Titel hatte sein Interesse geweckt, und nach den ersten Seiten merkte er, dass es sich um eine faszinierende Geschichte handelte. Das bewahrheitete sich beim Lesen schnell, und nachdem Kai im Internet nur wenige Informationen zu dem Buch hatte finden können, reifte irgendwann die Idee in ihm, Vogelsangs Werk als Grundlage für seinen eigenen Roman herzunehmen. Dass beim Schreiben mehr und mehr vom Originaltext in sein Manuskript einfloss, hatte er nicht vorgehabt, aber Vogelsangs Formulierungen waren auf eine derart ungewöhnliche Art faszinierend … Außerdem war Kai davon ausgegangen, dass es kaum jemanden gab, der Vogelsangs Büchlein kannte. Abgesehen davon, dass niemand auf die Idee verfallen würde, sein »Auge im Zentrum« könnte nicht ausschließlich aus seiner Feder stammen – bis Eva das Buch irgendwann gefunden hatte und ihn drängte, seinen

Schwindel zuzugeben. Mittlerweile, wo ihre Beziehung mehr und mehr den Bach runterging, drohte sie in Streitgesprächen sogar offen, ihn anzuschwärzen und damit zu ruinieren. Die dämliche Kuh. Und nun tauchte auch noch Elke Steinmetz auf.

Inzwischen hatte Kai die Altstadt erreicht und betrachtete die Fassade eines Hauses, auf der in Augenhöhe eine Markierung angebracht und mit dem Datum *17. Mai 1943* versehen war.

»Bis dahin hat das Wasser gestanden«, erklärte eine Frau hinter Kai und ließ ihn herumfahren.

»Hochwasser?«, fragte er.

Die Frau nickte. »Das war im Zweiten Weltkrieg. Die Engländer haben mit einer Spezialbombe aus einem Flugzeug den Damm der Möhnetalsperre gesprengt.«

»Oh!«, entfuhr es Kai. Er war jedoch nur halb bei der Sache, denn auch ihm stand das Wasser bis zum Hals.

Deswegen war er auch nicht unglücklich, als die Frau sagte: »Ich muss dann mal weiter. Viel Spaß noch in Schwerte.«

»Danke!« Kai nickte ihr zu.

Keine zwei Minuten später klingelte sein Smartphone. Es war Steinmetz.

»Wo sind Sie?«, blaffte die Festivalinitiatorin ins Telefon, ohne sich mit Höflichkeitsfloskeln aufzuhalten.

»Auf dem Weg nach Hause«, entgegnete Kai und registrierte dabei überflüssigerweise, dass Elke Steinmetz ihn nicht mehr duzte wie am Vorabend. »Warum wollen Sie das wissen?«

»Ich möchte, dass wir uns morgen in Schwerte treffen, um die Eckdaten Ihres Kurzkrimis zu besprechen.«

»Sie sagten doch, drei …«

»Ich weiß, was ich sagte. Jetzt sage ich, wir treffen uns morgen. Vierzehn Uhr in der Rohrmeisterei. Seien Sie pünktlich.«

Das Gespräch war beendet.

Kai drehte sich langsam auf dem Absatz um und behielt das Telefon dabei in der Hand. Rohrmeisterei – wenn er schon mal hier war, konnte es nicht schaden, sich das Gebäude anzuschauen. Vielleicht kam ihm dabei ja eine Idee. Er musste nur herausfinden, wo sich diese Rohrmeisterei befand.

Um zwei Minuten vor vierzehn Uhr am nächsten Tag betrat Kai das große Backsteingebäude mit dem charakteristischen Tonnendach. Elke Steinmetz wartete bereits an der Theke des Restaurantbereichs auf ihn.

»Sie sind pünktlich«, begrüßte sie ihn. »Sehr gut.« Sie deutete zu den Tischen hin. »Hunger?«

»Nein.« Kai sah sich um. »Es gibt hier sicher Bereiche, die nicht für die Öffentlichkeit zugänglich sind, oder?«

»Selbstverständlich.«

»Und? Haben Sie Zugang dazu? Oder sind Sie doch nur die Angeberin, für die ich Sie halte?«

Ein roter Schleier legte sich auf ihr Gesicht. »Wie reden Sie denn mit mir? Sind Sie verrückt geworden?«

»Wenn jemand verrückt ist, dann wohl zweifelsfrei Sie.« Kai sprach betont ruhig. »Verrückt und talentfrei. Sonst müssten Sie sich nicht verzweifelt an mich klammern.«

Der rote Schimmer in Steinmetz' Gesicht mutierte zu einem tiefen Dunkelrot.

»Nun reicht's aber!«, blaffte sie Kai so laut an, dass die Bedienungen und die wenigen Gäste des Restaurants teils irritiert, teils peinlich berührt zu ihnen herüberblickten.

»Ganz und gar nicht, Sie selbstgefällige Idiotin«, gab Kai leise zurück.

»Halten Sie den Mund, bevor etwas passiert, was mir später vielleicht leidtut. Mitkommen.«

Steinmetz packte Kai am Oberarm und zerrte ihn unter den Blicken der anderen Gäste an der Theke vorbei auf eine Tür zu, die in einen Lagerraum führte, und durch eine weitere

Tür in einen großen Bereich mit nur zum Teil aufgebauter, neu aussehender tribünenartiger Bestuhlung. Offenbar ein noch nicht ganz fertiggestellter Veranstaltungsraum.

Als Elke Steinmetz die Tür hinter ihnen geschlossen hatte, riss Kai seinen Arm mit einem Ruck los, der so heftig war, dass er mit dem Handrücken gegen ein hervorstehendes Eisenstück schlug und sich dabei eine blutende Wunde zuzog.

»Das kommt davon«, blaffte Steinmetz. »Zeigen Sie mal her. Ist es schlimm?«

»Nein, schon gut.« Kai drückte die unverletzte Hand auf die Wunde und schüttelte den Kopf. »Ich bin ja selbst schuld. Tut mir leid, dass ich gerade so seltsam war. Ich werde nur so selten erpresst.«

Steinmetz winkte ab. »Und? Haben Sie bereits eine Idee?«

Kai nickte. »Ja, aber ich kann Ihnen noch nicht viel dazu sagen. Das Ganze spielt hier in der Rohrmeisterei, und ich denke, der Plot wird Sie tatsächlich vom Hocker hauen.«

»Jetzt bin ich neugierig. Nun reden Sie endlich!«

Kai dachte einen Moment nach. »Also gut. Heute Abend. Ich möchte die entsprechende Atmosphäre, damit Sie die Story fühlen können.«

Elke Steinmetz sah Kai eine Weile in die Augen, dann lachte sie humorlos. »Meinetwegen. Wann?«

»Um Mitternacht. Draußen, hinter dem Gebäude.«

»Sie haben einen gehörigen Schaden. Ich hoffe für Sie, die Story ist so gut, dass sie den Aufwand wert ist.«

»Ich denke schon.« Kai wollte ein Stück zur Seite gehen, blieb jedoch mit dem Fuß an einer Unebenheit im Boden hängen und wäre gestürzt, wenn Steinmetz ihn nicht aufgefangen hätte.

»Sie scheinen etwas ungeschickt zu sein«, kommentierte die Festivalleiterin und wandte sich ab. »Wir sehen uns um Mitternacht.«

Als Elke Steinmetz die Augen aufschlug, brauchte sie ein paar Sekunden, um sich zu orientieren, dann registrierte sie, dass sie in ihrem Bett lag und jemand an der Haustür Sturm klingelte. Kurz darauf eilte ihr Mann ins Schlafzimmer.

»Da sind Leute von der Kriminalpolizei, die wollen dich sprechen«, erklärte er mit sorgenvollem Gesicht. »Und die durchsuchen unser Haus.«

»Was?«, stieß Steinmetz hervor, während sie die Decke zurückschlug und die Beine aus dem Bett schwang.

Als sie wenig später im Morgenmantel das Wohnzimmer betrat, sah sie sich mehreren Frauen und Männern gegenüber, die sich offenbar vorgenommen hatten, ihr gesamtes Mobiliar zu zerlegen. Keine Schublade, keine Schranktür, die nicht geöffnet, kein Fach, das nicht durchwühlt wurde.

»Was, zum Teufel, ist hier los?«, brüllte sie.

Ein Mann um die fünfzig kam auf sie zu. »Elke Steinmetz?«

»Ja, die bin ich, und ich frage noch einmal, was …?«

»Dieter Brill, Kripo Unna. Waren Sie diese Nacht gegen vierundzwanzig Uhr an der Rohrmeisterei?«

»Was? Wieso? Ja, verdammt.«

»Was haben Sie dort gemacht?«

»Ich …« Steinmetz' Gedanken rasten. »Ich wollte mich mit einem Autor treffen, der einen Kurzkrimi für das Krimifestival schreiben soll, das ich mitorganisiere.«

»Sie *wollten*?«

»Ja, der Kerl ist nicht aufgetaucht.«

»War dieser Autor Kai Kümmert?«

»Ja. Wenn Sie das wissen, warum fragen Sie mich danach? Und *woher* wissen Sie das überhaupt?«

»Vor ein paar Stunden ging ein Notruf …« Brill stockte und sah an ihr vorbei zu einer seiner Kolleginnen, die mit der grauen Jacke ins Zimmer trat, die Elke Steinmetz in der Nacht getragen hatte.

»Ist das Ihre?«, fragte sie.

Steinmetz nickte. »Ja, verdammt. Und?«

Sie zeigte auf einen dunklen Fleck am Arm, dann auf einen weiteren in Schulterhöhe. »Wissen Sie, was das ist?«

Elke Steinmetz zuckte mit den Schultern. »Keine Ahnung. Dreck.«

Die Polizistin roch an dem größten Fleck und hielt die Jacke Brill entgegen, der ebenfalls daran schnüffelte und Steinmetz ernst anschaute.

»Ich befürchte, das ist Blut. Wir werden das überprüfen.« Er nickte der Beamtin zu, bevor er sich wieder an Steinmetz wandte. »Wir haben diese Nacht einen Notruf von einem Kai Kümmert erhalten, der behauptete, man wolle ihn und seine Lebensgefährtin umbringen. Dabei fiel Ihr Name. Die Beamten vor Ort haben zwar Herrn Kümmert nicht angetroffen, dafür die Leiche einer Frau gefunden. Sie ist erdrosselt worden.«

»Was? Das … das ist absurd. Ich sagte schon, er war nicht da.«

Brill wiegte den Kopf hin und her. »Ein Zeuge, der mit seinem Hund spazieren war, hat jemanden dort beobachtet, der wie Kai Kümmert ausgesehen hat. Nun ist Herr Kümmert spurlos verschwunden. Dafür haben wir die Leiche einer Frau und Blutspuren in der Rohrmeisterei entdeckt. Und jetzt an Ihrer Jacke. Außerdem haben mehrere Zeugen ausgesagt, dass Sie sich gestern Nachmittag im Restaurant mit Herrn Kümmert gestritten und ihn mit Gewalt aus dem Raum gezerrt hätten.«

»Das ist doch …«

»Frau Steinmetz, wir werden alles überprüfen, auch die Flecken auf Ihrer Jacke. Ich nehme Sie vorläufig fest wegen des Verdachts des Mordes an Eva Uhlen und Kai Kümmert. Ziehen Sie sich bitte etwas an.«

Seit über einer Stunde saß Elke Steinmetz nun schon im Vernehmungszimmer, als die Tür geöffnet wurde und eine

Polizistin den Kopf hereinstreckte und ihr mitteilte, ihr Anwalt sei am Telefon. Steinmetz ging davon aus, dass ihr Mann Dr. Richter informiert hatte, und folgte der Frau, begleitet von zwei Uniformierten, in einen Nebenraum, wo sie das Gespräch annahm.

»Na, Elke? Wie gefällt dir mein Krimi? Hat er dich vom Hocker gehauen?«

»Was? Wer …?«, stotterte Steinmetz, obwohl sie genau wusste, wer am Apparat war. Und sie wusste, dass Gespräche mit dem angeblichen Anwalt nicht abgehört wurden.

»Hör zu, und sag nichts, sonst lege ich sofort auf, klar?«

»Ja.« Ihre Stimme klang heiser.

»Die Story ist wasserdicht. Dein Wutausbruch im Restaurant, mein Blut auf deiner Jacke und in der Rohrmeisterei, mein Notruf, deine Anwesenheit am Tatort – ich habe an alles gedacht und konnte mir als kleines Extra sogar Eva vom Hals schaffen und es dir in die Schuhe schieben. Ich habe von ihrem Handy aus eine Mail an ihre beste Freundin geschickt, in der steht, dass wir beide uns mit dir treffen und sie Angst vor dir hat, weil du aus irgendwelchen Gründen extrem wütend auf uns bist. Na, was sagst du? Ich wette, das ist die beste Geschichte, die du je bekommen hast, stimmt's? Ich habe genug Geld, um mir woanders ein sorgenfreies Leben zu gönnen, während du wegen Doppelmords im Knast versauerst. Und nun sag mir, Frau Festivalleiterin: Haut dich das vom Hocker in Schwerte?«

»Ja«, presste sie hervor, doch das hörte Kai Kümmert schon nicht mehr. Er hatte aufgelegt.

Tatjana Kruse

Goldfinger killt Dr. No im Nicolaiviertel Unna

»Geiles Licht!«

Kai und Lennart, Hobbyfotografen aus Leidenschaft, eben um die Ecke vom »Güldenen Trog« zur Nicolaistraße gebogen, knipsten, was das Zeug hielt. Nach dem Quasiweltuntergangssturm von gestern mit Regenfällen biblischen Ausmaßes zog sich jetzt im Schein der aufgehenden Morgensonne ein fantastischer Regenbogen über das Nicolaiviertel zu Unna, und zwar genau über dem Westfälischen Literaturbüro.

Sie fotografierten sich schrittweise den leicht ansteigenden Weg hinauf. Oben angekommen, entdeckten sie linker Hand etwas, das in diesem Licht noch viel mehr hermachte als das Naturschauspiel. Es saß auf der Bank an der Kastanie mit den regenbogenbunten Schirmen im Blätterwerk.

»Geiles Motiv!«, rief Lennart. »Der ist neu!«

Auf der Bank saß, vor eventuellen Taubenfäkalien durch die Schirme geschützt, eine Skulptur. Ein sitzender Mann, ganz aus Gold, nicht ganz in der Denkerpose von Rodin, aber fast. Und als Gesamtkunstwerk total beeindruckend, fanden Kai und Lennart. Ihr fotografischer Schwerpunkt waren historische Gebäude, und eigentlich hatten sie es nur auf die umliegenden Fachwerkhäuser, den Turm der evangelischen Stadtkirche und die immer noch feuchten Pflastersteine abgesehen, doch die im Morgenlicht golden strahlende Skulptur würde auf Instagram zweifellos mehr Likes erhalten.

»Ich hab neulich noch die Website von Unna gegoogelt – da war unter ›Kunst im öffentlichen Raum‹ keine Skulptur auf der Bank aufgeführt.«

»Die ist eben neu. Sieht ja auch wie frisch aus der Bildhauerwerkstatt aus. Vergoldete Bronze, glaub ich. Hammer! Ob das den Stadtprediger Philipp Nicolai darstellen soll?«

»Der, nach dem das Viertel benannt wurde?« Kai reckte den Kopf inspizierend nach vorne wie eine kurzsichtige Schildkröte, die aus ihrem Panzer lugte. »Nee, sieh mal, das ist keine historische Figur. Der hier hat eine Armbanduhr. Und da schaut ein Handy aus der Brusttasche. Und …« Er stockte.

Lennart hielt im Knipsen inne. »Was ist?«

Kai war zur stummen Salzsäule erstarrt.

Jetzt beugte sich auch Lennart vor. »Scheiße, ist der etwa …?«

Kai nickte. »Mann, ich glaube, der ist … echt.«

»Geil!«, raunte Lennart. »Eine Leiche, die mit Gold überzogen wurde.«

Die beiden sahen sich an.

»Wow, wie in so einem Bond-Film!«

***

Kriminalhauptkommissar Volker Brink war nicht glücklich. Das war er eigentlich nie, auch nicht an guten Tagen, aber heute war kein guter Tag. Es war ein ausnehmend schlechter Tag. Und warum war das so? Weil er es mit einer spektakulären Leiche zu tun hatte. Er konnte die Medienhyänen förmlich schnüffeln hören. Brink waren normale Mordopfer, im Affekt vom Geschäftspartner erschlagen oder aus Eifersucht von der Partnerin mit Abflussreiniger vergiftet, deutlich lieber.

»Wahnsinn!« Ludger Hülsebusch, Brinks rechte Hand, staunte ein wenig zu bewundernd. »Wer taucht einen Toten in Gold? Und vor allem wie?«

»Lassen Sie bloß nicht zu, dass Ihr analytisches Urteilsvermögen unter dem Showeffekt einschrumpelt, Hülsebusch«, mahnte Brink. »Für uns ist das ein Fall wie jeder andere.«

Was noch im selben Augenblick Lügen gestraft wurde,

weil ein Spurensicherer und ein Streifenbeamter Handyfotos schossen. Natürlich nur zu Privatzwecken, falls sie dereinst für allfällige Enkelkinder ihre Autobiografie schreiben sollten. Titel: »Die tollsten Fälle vom Opa«.

»He!«, brummte Brink. »Mehr Professionalität bitte!«

Er blickte sich um.

Hier im historischen Vorzeigeviertel von Unna herrschte stets buntes Treiben. Kunst, Literatur, Musik, Gourmetgenüsse. Es war eigentlich auszuschließen, dass sich jemand einer Leiche entledigen konnte, ohne gesehen zu werden, schon gar nicht einer güldenen Leiche.

»Okay, Hülsebusch, die Uhr tickt!«, rief Brink. »Anwohner befragen, Zeugen finden, Identität des Toten feststellen, Experten für Goldschmelzen auftreiben, Fall lösen!«

***

Vierundzwanzig Stunden zuvor

Julian Hase, zweiunddreißig, Goldschmied aus Berlin und erst seit sechs Monaten in Unna ansässig, kam gerade mit seiner Brötchentüte und dem Netz voller Gemüse die wenigen Meter vom Markt angeschlappt, als er das junge Pärchen vor seinem Schaufenster in der Morgenstraße 8 bemerkte, dort wo sich früher der »Knopf- und Bortenspezialist« befunden und danach eine Zeit lang Leerstand geherrscht hatte.

Nun residierte in diesen Geschäftsräumen »Schmuckwaren Hase«. Auf das Schaufenster war eine Sichtschutzfolie aufgeklebt, die den Anschein erweckte, als könnte man in seine Juwelierwerkstatt schauen, dabei war es nur eine Fotofolie.

Wie an der Glastür über den Eingangsstufen klebte da zusätzlich mittig – eigentlich unübersehbar – ein Zettel: *Termin nur nach Absprache.* Mit Handynummer.

Als er die Tür zum Laden aufschloss, sprachen sie ihn,

wie nicht anders zu erwarten, trotzdem an. »Dürfen wir uns einmal umsehen, sobald Sie geöffnet haben? Wir suchen einen ungewöhnlichen Verlobungsring.«

»Tut mir leid«, sagte Julian, dem es wirklich leidtat, weil Verlobungsringe immer seine Spezialität gewesen waren. »Heute ist geschlossen. Wegen, äh, Krankheit.«

Es zerriss Julian beinahe, das sagen zu müssen. Wie gerne hätte er für das Paar etwas zur Verlobung geschmiedet – diese Ring gewordene Hommage an die Liebe. In Wahrheit war nicht nur an diesem Tag geschlossen. Es war immer geschlossen. Wenn man die Handynummer anrief, hörte man entweder die Bandansage »Sie rufen außerhalb der Öffnungszeiten an«, oder es kam das Besetztzeichen. Das hatte System.

Julian Hase war zwar tatsächlich Goldschmied, aber leider auch ein pokersüchtiger Zocker. Eines Tages hatte ihm in seiner Berliner Werkstatt ein hagerer, hochgewachsener Mann einen Besuch abgestattet, der eine Sonnenbrille mit dunklen Gläsern trug, selbst in Innenräumen. Julian war ihm noch nie begegnet, wusste allerdings sofort, wer das war. Dr. Norbert Ott, von Insidern Dr. No genannt, Veranstalter von illegalen Pokerspielen und Kredithai, dem er einen sechsstelligen Betrag schuldete.

»Ich suche jemanden, der Gold für mich schmelzen kann«, sagte Dr. No. Das war keine Frage und auch kein freundlich geäußertes Ansinnen. Es war ein Angebot, das man nicht ablehnen konnte, ausgesprochen mit dem heiseren Raunen eines Marlon Brando.

Danach ging alles ganz schnell.

Schon tags darauf zogen die Hases nach Unna in die Morgenstraße, weil man als Ort für die Goldwäscherei eines Großkriminellen an New York, Zürich oder Amsterdam dachte, nicht jedoch an das Nicolaiviertel, dieses städtebauliche Juwel im Herzen von Unna. Dr. No wähnte sein Goldwäscheunternehmen hier in Sicherheit.

Im Hinterzimmer der Goldschmiede standen zwei portable Metallschmelzöfen aus robustem Edelstahl mit je zwölf Kilo Fassungsvermögen, die innerhalb von zehn Minuten bis zu tausendfünfhundert Grad Celsius erreichten. Ausreichend, um gestohlenen Goldschmuck in kürzester Zeit einzuschmelzen und in beliebige Fassungen einzufüllen, wobei dem Verbrecherboss Goldbarren am liebsten waren. Dafür brauchte er keinen auffälligen Panzerwagen. Für die üblichen vier bis fünf Goldbarren, die einer seiner Handlanger regelmäßig abzuholen pflegte, reichten lässig zwei Aktenkoffer. Oder ein Rucksack. Die Barren verkaufte Dr. No dann mit hohem Gewinn an Goldhändler in Dubai oder Lahore.

»Wie lange soll ich das noch für Sie machen?«, fragte Julian nach drei Monaten.

»Ich sage dir schon, wann du deine Schulden bei mir abgearbeitet hast.«

Und so wohnten Mutti Hase und Julian nun also seit einem halben Jahr im Nicolaiviertel. Sie hatten sich gut integriert. Julian schloss sich in Unna dem Arbeitskreis gegen Spielsucht an. Und Mutti Hase führte den Haushalt. Jeden Montagabend besuchte sie die Museumskneipe im Buhre-Haus, eine Gebäude gewordene Hommage an den Künstler Wolfgang Georg Buhre. Idealer Ort, um ihrer Liebe zur Kunst zu frönen und bei einem kühlen Bier Gleichgesinnte kennenzulernen.

Julian und Mutti Hase standen kurz davor, sich langfristig ein Leben in ihrem entzückenden Nicolaiviertel vorstellen zu können, da tauchte eines Morgens Dr. No bei ihnen auf, der hagere, hochgewachsene, Sonnenbrille tragende Fluch ihrer Existenz.

Mit zwei Holzkisten voller Goldmünzen, so schwer, dass vier Handlanger die Tragearbeit leisten mussten. Die leerten die Kisten im Hinterzimmer aus und packten sie wieder in den Lieferwagen mit der Lackierung und dem Logo eines großen Paketversenders. Zufällige Passanten hätten sich nichts dabei gedacht, aber die gab es nicht, denn mit rasanter Geschwindigkeit näherte sich eine Sturmfront dem Nicolaiviertel, Unna und dem kompletten Hellweg. Der Regen war schon da.

Die Handlanger fuhren zur Verwunderung von Julian und Mutti Hase sofort im Lieferwagen davon, ohne den Boss mitzunehmen.

»Meine Limousine holt mich später ab«, sagte Dr. No. »Einen Espresso«, bestellte er bei Mutti Hase, als wäre das hier eine Kaffeebar. Sie schaute ihn nur entgeistert an.

»Darf ich aus der Menge an Münzen schließen, dass das die letzte Lieferung ist und ich dann frei bin?« Ob es am Sturmtief lag, dass sich Julian diese Frage zu stellen traute?

Der Boss lachte gehässig auf. »Träum weiter, Jungchen.«

»Aber …«, warf Mutti Hase ein.

Dr. No beachtete sie gar nicht, bedachte nur Julian mit einem stechenden Laserblick. Also vermutlich, hinter den dunklen Gläsern sah man das nicht. »Ich sage dir schon, wenn du nicht mehr bei mir in der Pflicht stehst.«

»Mein Julian ist nicht Ihr …«

Leibeigener, wollte Mutti Hase sagen, doch da wirbelte Dr. No schon herum und versetzte ihr einen Schlag ins Gesicht. Sie taumelte.

»Das ist keine Diskussionsrunde!«, bellte Dr. No.

Julian, von Natur aus friedfertig und seinem Namen entsprechend tatsächlich eher ein niedliches Häschen als ein Killerbunny, machte automatisch einen Schritt auf den Boss zu. Der zog eine Waffe aus dem Holster unter seinem maßgeschneiderten Sakko und schoss.

Nicht auf Julian, den brauchte er noch.

Er wollte einfach nur ein Zeichen setzen und schoss daher auf ein gerahmtes Bild, das die Nachbarn von oben den Hases zum Einzug geschenkt hatten. Darauf gestickt der Spruch, der auch am Buhre-Haus zu finden war.

Weil jedes Teil das andre stützt,
konnt ich Jahrhundert steh'n,
wenn jeder so dem Ganzen nützt,
wird keiner untergeh'n.

Ein wirklich sinniger Sinnspruch, aber in diesem Fall nicht zutreffend, denn es ging etwas unter. Das Glas zerbarst, und das Bild fiel zu Boden. Aufgrund des Schalldämpfers hörte man allerdings nur das Splittern des Glases.

Julian erstarrte.

Nicht so Mutti Hase.

Eben hielt sie sich noch die brennende Wange, da erwachte in ihr die Grizzlybärin, die ihr Kleines schützen muss – koste es, was es wolle.

Sie packte das Nächstbeste, das sich in Reichweite befand, und schlug damit schwungvoll gegen die Schläfe von Dr. No.

Was sie da gegriffen hatte, war ein sogenannter Ringstretcher, mit dem man Ringe vergrößern konnte. Handlich und kompakt und deutlich härter als die Schläfe des Verbrecherbosses. Letztere gab nach.

Dr. No ging in die Knie, schaute dabei ungläubig, weil er das von der Alten mit der Rüschenbluse und den Stützstrümpfen nicht erwartet hatte, und hauchte gleich darauf sein Lebenslicht aus.

Julian und Mutti Hase sahen sich an. Der Mann war schon im Leben ein Problem gewesen und war es im Tod noch mehr.

»Ich rufe die Polizei und stelle mich. Ich sage, ich bin's gewesen.« Julian heulte beinahe.

»Das tust du nicht! Wegen so einem geht man nicht ins Gefängnis«, erklärte Mutti Hase mit Finalität in der Stimme.

Draußen heulte unterdessen der Wind immer lauter. Der Sturm kam näher.

Der Deutsche Wetterdienst hatte bereits eine Unwetterwarnung der Stufe drei für die Hellweg-Region ausgegeben.

»Aber was … was sollen wir stattdessen tun?«, stotterte Julian.

»Wirf die Schmelzöfen an!«, sagte Mutti Hase und krempelte die Ärmel ihrer Rüschenbluse hoch.

***

Das ist hier nicht Malen nach Zahlen. Es muss nicht erklärt werden, wie Mutti Hase eine feuerfeste Unterlage in die Badewanne legte und mithilfe einer Seifenhalterung den Toten so platzierte, dass er später als Goldskulptur eine sitzende Haltung einnehmen konnte. Es sei nur gesagt, dass Mutti Hase früher einmal als Bühnenbildnerin gearbeitet hatte und sich mit Installationen jedweder Art auskannte.

Während Julian im Laufe des Tages die Goldmünzen einschmolz und das flüssige Gold vorsichtig über den Toten goss, tobte sich draußen der Sturm über der Stadt und dem Viertel aus. Starkregen, Hagel, noch mehr Regen, Windböen. Wer nicht rausmusste, blieb drinnen.

Wegen des Sturms gab es einen Auffahrunfall auf der A 1, die daraufhin eine Weile komplett gesperrt wurde, und als die Limousine von Dr. No, mit dessen Lieblingsbrutaloschläger am Steuer, aus Richtung Dortmund kommend, in Höhe Holzwickede auf die Landstraße ausweichen wollte, geriet sie in einen Erdrutsch, weswegen sie erst kurz vor zwanzig Uhr in Unna eintraf.

Da war's im Nicolaiviertel sturmbedingt schon menschenleer und zappenduster. Die meisten Läden hatten außerplanmäßig geschlossen, die Büros hatten ihre Leute nach Hause geschickt.

So bekam auch keiner mit, wie Mutti Hase und Julian den frisch vergoldeten Dr. No zur Bank unter der Kastanie trugen.

»Na also«, sagte Mutti Hase. »Erledigt.«

»Der fällt doch auf«, meinte Julian.

»Natürlich, aber dann sind wir schon weg.«

Sie eilten die wenigen Meter zurück zur Morgenstraße, wie sie jedoch eben um die Ecke biegen wollten, packte Julian Mutti Hase am Arm und hielt sie zurück.

Vor der Goldschmiede stand der Lieblingsschläger des nunmehr vergoldeten Verbrecherbosses.

Den ganzen Tag über war Mutti Hase die Ruhe in Person gewesen, hatte die Koffer gepackt, beim Vergolden assistiert, die Wohnung gründlich endgereinigt. Es waren genug Goldmünzen übrig geblieben, um irgendwo weit weg ein neues Leben anzufangen. Jetzt war ihre Energie aufgebraucht. Es lag an Julian, sie beide in Sicherheit zu bringen.

»Da!«, flüsterte er und zeigte auf das beleuchtete Schaufenster in dem einzigen optisch ästhetisch suboptimalen Betonbau der Nicolaistraße. Es hing noch ein Schild mit der Aufschrift *Praxis für Körperpsychotherapie im Nicolai4tel* über dem Schaufenster, aber schon längst befanden sich darin die Escape Rooms Unna.

»Schnell!« Julian zog Mutti Hase hinein.

***

In der Empfangslobby der Escape Rooms Unna herrschte gähnende Leere.

Klaus, der Neue im Team – erst seit einem Monat angestellt, ein netter Kerl, der an einen Pufferfisch erinnerte und keine Schokoladenseite hatte, sondern von allen Seiten aussah wie Pudding – packte unten im Überwachungsraum gerade alles zusammen. Feierabend! Da hörte er oben die Tür gehen. So spät? Kopfschüttelnd wollte er sich auf den Weg zur Wendeltreppe machen, als ihm auch schon eine alte Frau und ein junger Mann auf den geschwungenen Stufen entgegenliefen.

»'n Abend. Haben Sie einen Termin?«, fragte Klaus, der genau wusste, dass die beiden keinen Termin hatten. Dann stutzte er. »Ach, ich kenne Sie, Sie sind von der Goldschmiede.«

Julian und Mutti Hase waren sofort im Bauch des Gebäudes verschwunden, damit der Schläger, falls er denn um die Ecke biegen sollte, sie nicht sehen konnte.

Jetzt knipste Julian sein Hundert-Watt-Entschuldigungslächeln an. »Wir haben das Licht bei euch gesehen. Meine Mutter hat eine … Sturmphobie. Ich dachte, das wäre hier die allerbeste Ablenkung. Wir zahlen auch extra.«

»Nee, schon okay. Der Acht-Uhr-Termin ist ohnehin frei.« Klaus hätte nicht so entgegenkommend sein müssen, doch er wollte sich beweisen. Wenn er die zwei jetzt bespaßte, wäre das seine dritte durchgehend ausgebuchte Woche. Rekord!

Klaus wollte »Nur herein« sagen, aber sie waren ja schon drin. Er winkte sie zu sich in den kleinen Arbeitsraum, zu dem Gäste eigentlich keinen Zutritt hatten. »Wollt ihr den ›Feuersturm 112‹ oder ›Das Verlies‹?«

»Da sind wir ganz offen.« Julian schaute nach oben. Hörte er Schritte? Nein, nur das Heulen des Windes.

Klaus empfahl das »Verlies«. Um aus dem »Feuersturm« zu entkommen, musste man sich bücken, und Mutti Hase sah nicht so aus, als ob ihr das mit ihrer Osteoporose möglich wäre.

Weil der offizielle Eingang zum »Verlies« auf der anderen Seite des Gebäudes lag, hätten sie das Haus verlassen müssen, bei dem Unwetter konnte er jedoch auch mal fünfe gerade sein lassen. »Mir nach.«

Klaus führte sie durch einen Raum voller Requisiten in den Spielraum mit zwei Gefängniszellen.

Es roch modrig. Ein Bett mit nackter Matratze, Staub, Kälte, ein blutiger Mantelhaken – kurzum, das perfekte Bühnenbild. Mutti Hase nickte anerkennend.

»Also, ihr seid politische Gefangene«, erklärte Klaus. »Und ihr habt sechzig Minuten Zeit, um von hier zu fliehen, sonst werdet ihr hingerichtet. Es sind überall Hinweise versteckt.

Ich kann euch durch die Kameras sehen und euch Hilfestellung geben. Okay?«

»Okay.« Julian nickte. Er hatte nicht vor, von hier zu fliehen. Das war seine Zuflucht.

Klaus sperrte sie in die Zellen und nahm seinen Platz im Kontrollraum ein. Auf einem der vier Monitore behielt er Julian und Mutti Hase im Auge. Sie schienen allerdings nicht gerade viele Anstalten zu machen, sich zu befreien.

Da hörte er oben erneut die Tür. Was war denn heute nur los?

»Hallo!«, brüllte eine Männerstimme ungeduldig.

Klaus eilte die Wendeltreppe hinauf. »Ja bitte?«

Im Eingangsbereich mit der Empfangstheke, wo sich eine Plastikpflanze neben dem Schild mit dem bisherigen Rekord im »Feuersturm 112« auf einer Tafel befand – fünfzig Minuten und siebzehn Sekunden – und an der Wand *Verschlusssache, Mission Rätselspaß* stand, stieß Klaus auf einen Fremden, einen schädelrasierten, kantigen Muskelmann, der wie ein enorm schlecht gelaunter Boxer aussah, mit mindestens zweimal gebrochener Nase und einer großen Narbe auf dem Kinn.

Hätte der Mann gefragt, ob Klaus die Hases gesehen hätte, dann hätte Klaus ihn sofort nach unten geführt. Klaus war ein Guter. Aber der Fremde bellte nur extrem unfreundlich, ob Klaus einen hageren Mann mit Sonnenbrille gesehen hatte. Das hatte Klaus nicht.

Und so stapfte der Brutaloschläger auf der Suche nach seinem Boss wieder hinaus in den Sturm.

***

Jetzt

Kriminalhauptkommissar Brink klopfte an die Glastür zur Goldschmiede.

Während die uniformierten Kollegen von Tür zu Tür zogen und die Anwohner befragten und Hülsebusch damit beschäftigt war, die Identität des Toten zu knacken, wollte er mit dem Offensichtlichen anfangen. Jemand hatte einen Toten in flüssiges Gold getunkt, da wies doch alles auf die nächstliegende Goldschmiede.

Mutti Hase öffnete die Tür nur einen Spaltbreit. »Wir haben geschlossen.«

Der Kommissar wies sich aus. »Sie haben sicher gemerkt, dass es im Viertel ein Tötungsdelikt gab.«

Mutti Hase äußerte sich dazu lieber nicht. Wer schwieg, konnte schon nichts Falsches sagen.

»Darf ich hereinkommen und Ihnen ein paar Fragen stellen?«

Hinter ihr tauchte ein junger Mann auf.

»Mein Name ist Hase«, sagte Julian. »Bitte treten Sie ein.«

Er schob die Frau zur Seite und öffnete die Tür.

Eine Goldschmiede hatte sich der Kommissar anders vorgestellt. Weniger leer, mit deutlich mehr Verkaufsauslagen.

»Spartanisches Angebot«, kommentierte er.

»Äh, ich ... ich muss leider schließen«, stammelte Julian. »Wir ... wir konnten uns auf dem hiesigen Markt nicht durchsetzen.«

Brink nickte. »Haben Sie zufällig gestern oder im Laufe der Nacht draußen ungewöhnliche Aktivitäten bemerkt?«

»Nein.« Mutti Hase verschränkte die Arme.

»Es war ja Sturm«, erklärte Julian und guckte schuldbewusst.

»Jemand wurde vom Scheitel bis zum Hallux in Gold getaucht.« Brink stellte das mal so in den Raum. »Sie als Fachmann können mir sicher erklären, wie man so etwas durchführen könnte.«

Julian atmete mehrmals rasch aus.

»Nein!«, erklärte Mutti Hase und nahm ihren Kleinen in den Arm.

Brink hatte vor Jahren eine Fortbildung bei einem FBI-Mann belegt, wie man erkannte, ob Menschen etwas zu verbergen hatten. Hase und seine Mutter hätten als Paradebeispiel dienen können.

»Darf ich mich umsehen?«, fragte Brink.

Julian versagte die Stimme, er nickte nur.

Mutti Hase und er hatten gegen halb zehn im Escape Room kapituliert – Klaus sagte ihnen nicht, dass noch nie jemand so schlecht abgeschnitten hatte wie sie –, anschließend hatten sie die ganze Nacht Spuren beseitigt. Die Metallmatte mit dem flüssigen Gold, das an dem Toten vorbeigetropft war, befand sich ebenso wie der Rest der Goldmünzen in Julians VW Golf, der auf dem Parkplatz in der Lüningstraße stand, bereit zur Flucht.

Brink schlenderte durch den Laden. Plötzlich blieb er stehen.

»Ah, da liegt etwas«, sagte er und ging auf den Ringstretcher zu, der unter die Arbeitsplatte gerollt war.

Mutti Hase und Julian schnappten nach Luft. Sie hatten beim Großreinemachen die Mordwaffe übersehen!

Julian wäre beinahe in Ohnmacht gefallen. Mutti Hase presste die Lippen zusammen.

Brink beugte sich vor und …

… in diesem Augenblick wurde die Eingangstür aufgestoßen.

Hülsebusch winkte seinen Vorgesetzten aufgeregt zu sich. »Chef!«

Der Kommissar richtete sich wieder auf. »Was ist denn?«

Hülsebusch zeigte mit dem Kinn nach draußen und stieg die Eingangsstufen hinunter.

Brink folgte ihm.

Mutti Hase und Julian näherten sich unauffällig der Tür, die immer noch offen stand.

»Chef, ein Herr Patzkowsky vom Buhre-Haus hat gestern Abend auf seiner letzten Runde durchs Gebäude einen Mann in den Escape Room gehen sehen«, hörten sie Hülsebusch sagen. »Er konnte ihn beschreiben. Dann habe ich den Mitarbeiter vom Escape-Team einbestellt, der gestern Dienst hatte. Der wohnt in der Nähe, war kein Thema. Und der hat den Fremden genauso beschrieben wie Herr Patzkowsky. Kantiger Schlägertyp, Narbe am Kinn. Chef, wir hatten diesen Typen in der Datenbank. Das ist Torsten Volp, von Interpol gesuchter Berufskiller für das Berliner Verbrecherkartell eines gewissen Dr. Norbert Ott!«

»Aha!«, rief Brink. Zum ersten Mal, seit Hülsebusch seinen Chef kannte, lächelte der. »Na, wer sagt's denn? Wenn's nur immer so schnell gehen würde«, freute sich Brink.

***

Julian und Mutti Hase würden das Nicolaiviertel vermissen. Die Literatur-Sommerfeste, die Kunstaktionen, die leckeren Tapas, die Aura von Geschichte. Ja, es würde ihnen fehlen, ganz ehrlich. Aber zu ihrer eigenen Sicherheit mussten sie mit den übrig gebliebenen Goldmünzen auswandern. Irgendwohin, am liebsten auf eine Insel ohne Auslieferungsvertrag, wo Mutti Hase eine Strandbar eröffnen und Julian endlich, endlich Verlobungsringe schmieden konnte …

Zoë Beck

Schmutzige Deals in Hamm

Eine Sache kann Darren wirklich nicht leiden: wenn man ihn beim Essen stört. Er sitzt, wie jeden Abend, als letzter Gast bei seinem Lieblingschinesen in der wie ausgestorbenen Fußgängerzone vor seiner Orangenente, als draußen das Geplärr losgeht. Zugedröhnte Kids, denkt Darren, oder irgendwas in der Art, jedenfalls nicht sein Problem, er will in Ruhe essen. Zwei Tische weiter sitzt, wie jeden Abend, Kaiwen und blättert gewissenhaft die Tageszeitung durch. Ein Anachronismus, den sie sich mit Hingabe leistet. Sie macht sich bei manchen Artikeln sogar kleine Randnotizen mit Kugelschreiber. Sie hebt gar nicht erst den Blick, schüttelt nur den Kopf und murmelt vor sich hin.

Die Fußgängerzone ist nicht sonderlich einladend, seit alle wichtigen Geschäfte ins Allee-Center gezogen sind, schon gar nicht im Januar, wenn es früh dunkel ist und nieselt, schon gar nicht, wenn fast alles bereits um achtzehn Uhr dichtmacht. Die Leute haben im Januar kein Geld, sagt Kaiwen jedes Jahr, und jedes Jahr, seit er in Hamm wohnt und regelmäßig abends hier isst, nickt Darren, wenn sie das sagt. Sie spricht besser Deutsch als er, aber er holt langsam auf, er gibt sich Mühe. Du musst jeden Tag die Zeitung lesen, sagt sie ihm, auch da nickt er seit Jahren. Sie spricht mit jedem Deutsch, selbst mit ihrem Mann Tian, der auf Kantonesisch antwortet.

Das Geschrei draußen hört nicht auf, es kommt immer näher. Es gibt einen dumpfen Schlag gegen die Glasscheibe, hinter der Darren sitzt. Er schließt kurz die Augen, um tief durchzuatmen, dann dreht er den Kopf zur Seite, um sich das Elend anzuschauen. Zwei Typen, ineinander verkeilt, aber sie sehen nicht wie die Jugendlichen aus, die er erwartet hätte. Sie tragen schicke dunkle Wollmäntel und teure Lederschuhe, so viel kann er erkennen, und sie sind eher in einem Alter, in dem man um diese Uhrzeit bestenfalls mit dem Hund rausgeht.

Noch bevor er sich Gedanken darüber machen kann, was wohl zwei gestandene Herren in dieser Garderobe dazu bringen könnte, sich mitten in der Fußgängerzone zu prügeln, ertönt ein Knall, der eine prallt gegen die Scheibe, dreht sich so um, dass er Darren anzustarren scheint, Mund weit aufgerissen, Augen weit aufgerissen, Hände rechts und links vom Körper ans Glas gepresst, dann rutscht er in Zeitlupe runter. Darren sieht erst jetzt, dass Blut aus dem Bauch des Mannes quillt. Die Schleifspur saut sein weißes Hemd ein. Das Gesicht des Mannes kommt ihm irgendwie bekannt vor.

Kaiwen steht neben ihm, er hat sie gar nicht bemerkt. Sie flucht, nicht gerade leise, und will rausgehen. Darren hält sie fest. Keine gute Idee, jetzt rauszugehen, erklärt er ihr, was sie zwar versteht, aber unterm Strich nicht richtig findet, schließlich ist es ihre Scheibe.

Darren zieht sie von der Fensterfront weg und will, dass das Licht ausgeschaltet wird, damit sie nicht auf dem Präsentierteller hier drin hocken, während draußen jemand herumballert, die Scheiben werden ja wohl kein Panzerglas sein, oder? Jedenfalls klopft in dem Moment jemand gegen die Eingangstür, die um diese Zeit schon abgeschlossen ist, und dieser Jemand ruft auch noch Darrens Namen und fuchtelt wild herum, Pistole in der Hand.

»Kennst du den?«, fragt Kaiwen und klingt wie die Mutter eines Teenagers, dem ein Drogendealer am Bahnhof zuzwinkert.

Darren nickt. Der Mann mit der Knarre heißt Matthias und ist sein Chef.

Na ja, Chef. Nicht offiziell. Offiziell ist Darren so eine Art freiberuflicher Gärtner, wenn das Finanzamt fragt. Er schreibt jedes Quartal gerade so viele Rechnungen, dass es nicht zu viel und nicht zu wenig ist. Nicht zu wenig, weil er sich um die deutsche Staatsbürgerschaft bewerben will, nicht zu viel, weil er sich in seiner Sozialwohnung ganz wohlfühlt (dazu später mehr). Dann wäre da noch die Sache mit der Scheinselbstständigkeit, anfangs war das alles nicht leicht für ihn zu durchschauen, aber die Buchhalterin – und zufällig Ehefrau – des Chefs, Karin, erklärte es ihm geduldig, und jetzt kann er selbst seine Rechnungen fälschen, die ihm Karin von verschiedenen Konten überweist. Alle Ämter zufrieden, Chef zufrieden, Darren zufrieden. Darren ist sogar richtig glücklich, er hat noch nie im Leben so viel verdient, hatte noch nie eine so schöne Wohnung und einen so entspannten Alltag.

Es ist nämlich so: Matthias macht in Geldwäsche. Er hat eine Immobilienfirma, oder eigentlich fünf, und/oder ein paar Baufirmen, manche gehören ihm ganz, manche ein bisschen, die Einzige, die es genau weiß, ist Karin. Sie lenkt die Dinge und hat den Überblick, wann wo Insolvenz angemeldet werden kann, damit welche Projekte wie und von welcher Strohmannfirma günstig übernommen werden, also die ganzen Tricks, die es da gibt. Karin ist das Mastermind, Matthias der Posterboy, das Gesicht, derjenige, mit dem die Politik und Investoren verhandeln. Matthias hat neben diesen krummen Immobilien- und Baudingern ein paar andere krumme Geschäfte laufen, kurz gesagt, es liegt ständig zu viel Schwarzgeld herum, das gewaschen werden muss.

Und hier werden diverse Spielhallen wichtig, die über weite Verzweigungen eben auch Matthias gehören, und bei diesen Spielhallen ist Darren derjenige, der die Aufsicht hat. Seit den Lockdowns sind ein paar Friseursalons – *Waschen, schneiden, 10 Euro nur für Männer* – und, ganz frisch, Nagelstudios dazugekommen, alles Darrens Idee, man muss mit der Zeit gehen.

Darren weiß Bescheid, wie man die Kassen einrichtet, welche Quittungen man braucht, wie abzurechnen ist, auch da hat er fast alles von Karin gelernt. Manchmal fragt er Karin, ob es sie nicht nervt, dass alle denken, sie wäre die gelangweilte, verwöhnte Ehefrau, die nichts arbeitet und außer Botox und Hyaluronsäure nicht viel im Kopf hat, aber Karin war schon immer lieber im Hintergrund, liest lieber ein paar Bücher über Finanzbuchhaltung, Volkswirtschaft oder Steuergesetzgebung und trinkt grünen Tee, als mit Matthias zu langweiligen Essen mit anderen langweiligen Männern zu gehen, die den ganzen Abend nur dummes Zeug reden und so tun, als hätten sie Ahnung von Wein. Ihre Worte. Außerdem, ebenfalls ihre Worte, hat sie gute Gene, sie braucht kein Botox.

Darren, und jetzt kommt das mit seiner Wohnung, lebt nicht weit von Matthias und Karin entfernt, eigentlich nur um die Ecke. Die Stadtplaner fanden es eine vorbildliche Idee, fußläufig von den Villen in der Jägerallee die soziale Durchmischung zu fördern und entsprechend für günstigen Wohnraum zu sorgen. Dass ausgerechnet eine von Matthias' Firmen den Auftrag für so einige dieser Bauvorhaben erhielt, könnte Zufall gewesen sein, muss aber nicht. So konnte Matthias eine günstige Wohnung für Darren ergattern, die innen ein paar Annehmlichkeiten mehr hat (Küche und Bad vom Feinsten), und Darren hat es nicht weit in den schönen großen Garten der Villa, wo er gelegentlich mal den Mops hütet, den Karin während des ersten Lockdowns aus dem Tierheim am Tierpark geholt hat.

Darren ist somit ein unverzichtbarer Mitarbeiter mit wichtigen Aufgaben, dazu eine Art Geheimnisträger, wird sehr gut bezahlt, und viel Stress hat er meistens nicht. Er hat sogar Zeit, zweimal die Woche bei einem der wirklich sehr guten Musikschulchöre mitzusingen, und vor einigen Monaten hat er es endlich gewagt, sich einen Jugendtraum zu erfüllen und Harfe zu lernen, doch, die Musikschule hier ist nicht nur von außen ganz toll – vor gut fünfzehn Jahren wurde das alte Gebäude umgebaut. Stuttgarter Architekturbüro, sieben Millionen Euro, und jetzt: aufgestockt, dadurch zwei neue Säle, geschwungenes Dach, das über den Eingangsbereich hervorragt, und die Fassaden *perforierte Vorsatzschalen aus weißem Glattputz*, das hat Darren irgendwo gelesen und findet, es klingt sehr elegant. In seiner Heimatstadt Bradford hätte er sich niemals getraut, so ein Gebäude auch nur zu betreten oder etwas Irres wie Harfe zu lernen, und das, obwohl Bradford dreimal so groß ist wie Hamm, also kein Dorf, in dem jeder vom anderen weiß.

»Das ist jetzt nicht wahr«, sagt Kaiwen, als Darren die Tür aufschließt, seinen Chef reinlässt und vorsichtshalber doch mal das gesamte Licht im Restaurant ausschaltet.

Matthias blutet ein bisschen aus der Nase, hat eine aufgeplatzte Lippe und zerschrammte Wangenknochen und sieht sonst ziemlich unverletzt aus. In der Hand hält er die Pistole, mit der er gerade auf den anderen Mann geschossen hat, der nach wie vor draußen in der einsamen Fußgängerzone vor der Fensterfront liegt. Kaiwen schickt Tian raus, um zu erkunden, ob der Mann noch lebt (tut er nicht), und Matthias jammert etwas von Notwehr und hat er nicht gewollt und was machen wir denn jetzt mit der Leiche.

»Wieso *wir*?«, fragt Kaiwen.

»Ich dachte, vielleicht könnten wir ihn hier in der Kühlkammer … Sie haben doch sicher eine Kühlkammer?«

Kaiwen antwortet ihm nicht, sie sieht nur Darren an, sagt »Sieh zu, dass der verschwindet« und verzieht sich in die Küche, wo sie die Tür zuknallt und abschließt und vorerst nicht mal Tian reinlässt.

Darren will natürlich wissen, was da draußen los war, und Matthias stottert etwas zusammen von wegen Liebhaber seiner Frau. Was Darren absurd vorkommt, weil er sich nicht vorstellen kann, dass Karin einen Liebhaber hat. Üblicherweise rollt sie bei der Erwähnung der meisten Männer mit den Augen oder macht leise Kotzgeräusche, aber man weiß ja nie, wer kann schon in andere reinschauen?

»Außerdem wollte er mich erpressen«, flüstert Matthias. »Und es ist seine Knarre, nicht meine! Die ist einfach losgegangen!« Er sieht aus, als würde er gleich heulen.

Darren klopft ihm beruhigend auf die Schulter und erklärt ihm, dass sie den Typen loswerden müssen, danach sämtliche Klamotten verbrennen und die Pistole irgendwo verschwinden lassen und für ein Alibi sorgen müssen, nicht unbedingt in dieser Reihenfolge, aber.

Matthias nickt, ab und zu schlägt er die Hände vors Gesicht und stöhnt. »Was hab ich bloß getan!«

Darauf geht Darren vorerst nicht ein. Tian steht ein bisschen nervös ein paar Meter von ihnen entfernt, man sieht ihm an, dass er sie loswerden will, vor allem weil dann die Wahrscheinlichkeit, dass Kaiwen aus der Küche kommt, deutlich steigt und sie Feierabend machen können.

Darren sagt ihm, sie würden jetzt gehen, und Tian holt hinter der Theke einen Eimer mit Wasser, Schrubber und Lappen hervor. Okay, denkt sich Darren, klar, jemand muss die Scheibe putzen. Er reicht Matthias den Eimer weiter, verabschiedet sich von Tian und lässt ein üppiges Trinkgeld da, über das sich Tian so sehr freut, dass er ganz vergessen wird, was in der letzten halben Stunde alles passiert ist. Dass sich Kaiwen nicht erinnern wird, steht für Darren außer Frage.

Draußen ist immer noch niemand in der Fußgängerzone zu sehen, nur von ferne hört man jemanden laut reden, möglicherweise mit sich selbst. Sie schließen dem Toten den Mantel und setzen ihn so hin, dass er für flüchtige Betrachter wie ein Penner wirkt. Darren schrubbt das Blut weg, entsorgt das Wasser im nächsten Gully, wirft Lappen und Schrubber in umliegende Mülleimer, den Eimer tritt er kaputt und stopft ihn in eine Tonne in irgendeinem Hinterhof. Sie klemmen den Toten zwischen sich, fassen ihm so unter die Schultern, dass es aussieht, als würden sie einen besoffenen Kumpel durch die Straßen schleifen, und tatsächlich schaffen sie es auch unbehelligt vorbei an zwei oder drei Elefanten bis fast zum Bahnhof.

Sie setzen ihn in eine dunkle, überdachte Nische vor das leer stehende ehemalige Kaufhaus Ter Veen, drapieren ihn so, dass er aussieht, als würde er schlafen, und verziehen sich, vorbei an ein paar gestrandeten Reisenden, die fluchend vor dem Bahnhofsgebäude stehen und gegen ihre Koffer treten, zu Darrens Wagen, der wie immer hinterm Bahnhof parkt.

»Du hast was gut bei mir«, sagt Matthias wie ein seniler Papagei.

Darren nickt, sucht nach Kippen, erinnert sich daran, dass er vor Jahren aufgehört hat zu rauchen.

»Also, wer war der Typ?«, fragt er und sieht, wie sich Matthias windet. »Er kam mir bekannt vor.«

Sein Chef murmelt etwas.

»Bitte?«

Er wiederholt sein Gemurmel.

Darren braucht einen Moment, und endlich versteht er.

»Erst mal die Waffe loswerden«, sagt er und lenkt Richtung Hafenstraße, zu irgendwas muss der Datteln-Hamm-Kanal ja gut sein, die Lippe ist zu flach, um etwas zu entsorgen, aber der Kanal müsste reichen.

Während er überlegt, an welcher Stelle sich das am besten erledigen lässt, ohne dass es jemand mitbekommt, sagt Matthias kleinlaut: »Ich hätte da noch ein kleines Problem.«

»Noch ’ne Leiche?«, fragt Darren und denkt, er macht einen Scherz.

Nur dass Matthias nickt und aus dem Beifahrerfenster schaut, um ihn nicht ansehen zu müssen.

Obwohl Matthias gerade mal gute fünfzehn Jahre älter ist als Darren, ist er so eine Art Vaterfigur für ihn. Das passiert vielleicht schneller, wenn man ohne Vater aufwächst, und bei Darren war das mit dem Vater noch etwas komplizierter. Darrens Mutter erzählte ihm jahrelang, sein Vater Tom sei vor seiner Geburt bei dem Brand im Valley-Parade-Stadion im Mai 1985 gestorben, da wusste sie erst seit wenigen Tagen von ihrer Schwangerschaft, und so konnten die beiden nicht einmal heiraten.

Darren musste erst ein Teenager werden, um zu kapieren, dass es eine glatte Lüge war. Wäre sein Vater nämlich wirklich besagter Tom gewesen, von dem er außer einem verschwommenen Schnappschuss nie ein Foto zu Gesicht kriegte, wäre sein Vater also wirklich dieser nette, anständige blonde Kerl, der mysteriöserweise keinerlei Verwandte gehabt zu haben schien, warum sah Darren dann aus, wie er aussah, nämlich eher wie die Jungs, deren Eltern oder Großeltern aus Pakistan und Indien und Bangladesch eingewandert waren, und gar nicht so blond wie der Mann auf dem Schnappschuss oder wie seine Mutter.

Die gab erst um seinen dreißigsten Geburtstag herum halbherzig zu, dass möglicherweise einer der damaligen Ärzte im Krankenhaus, wo sie bis heute als Krankenpflegerin arbeitet, als Vater infrage käme, aber mehr war zu dem Thema nicht aus ihr herauszulocken, weshalb er schließlich den Kontakt zu ihr ganz abbrach. Kurz darauf die Sache mit dem Brexit, und sein Entschluss, alles hinter sich zu lassen und auszuwandern, stand fest.

Hamm hat er während eines Schüleraustauschs mit der Partnerstadt kennengelernt. Die Gastfamilie in Uentrop war sehr nett, in seiner Erinnerung hatten sie ein riesiges frei stehendes Haus mit einem endlosen Grundstück drumherum, die Stadt wirkte auf ihn gar nicht wie eine Stadt, sondern wie viele kleine Orte mit vielen grünen Wiesen. Mit Begeisterung war er zusammen mit dem Gastbruder im Maximilianpark bei dem riesigen Glaselefanten gewesen und hatte sich von den Gasteltern in stockendem Englisch etwas über die ehemalige Zeche und den Kohlebergbau erzählen lassen, Dinge, die ihm aus dem nördlichen England nicht unbekannt waren und dafür sorgten, dass er sich noch heimischer fühlte.

Ein paar Jahre später, mit gerade mal zwanzig, war er wiedergekommen, weil er über einen Kumpel, den er durch seinen Aushilfsjob im Supermarkt kannte, in den erweiterten Dunstkreis der Band New Model Army gelangt war und so erfahren hatte, dass sie eine Ausstellung mit Bandexponaten in besagtem Glaselefanten im Maximilianpark planten, von wegen dreißig Jahre Städtepartnerschaft und fünfundzwanzig Jahre Band müssen gefeiert werden, und das wollte er sich nicht entgehen lassen.

Hier lief er Matthias tatsächlich zum ersten Mal über den Weg, der damals im Bauordnungsamt arbeitete. Irgendwie verstand man sich auf Anhieb, trotz des Altersunterschieds, und Karin adoptierte ihn spontan. Man hielt lose Kontakt über die Jahre, und als Darren den beiden mitteilte, er brauche einen Tapetenwechsel angesichts seiner verlogenen Mutter und des drohenden Brexits, luden sie ihn sofort ein, mit dem Versprechen, sich um ihn zu kümmern.

Was sie bis heute ja auch tun.

Weshalb er ihnen ja auch zu Dank verpflichtet ist.

Wodurch er die zwei besser kennt, als Matthias lieb sein kann.

Matthias neigt ein wenig zur Paranoia, könnte man sagen. Andere wiederum würden ihn vorausschauend und vorbereitend nennen. Matthias tendiert nämlich zum Preppen. Unter seiner großen weißen Villa mit den protzigen Säulen und der lächerlichen Freitreppe hat er heimlich gebuddelt. Darren ist sich ziemlich sicher, dass er sich dafür nie eine Genehmigung hat erteilen lassen. Matthias hat die Unterkellerung des Gebäudes deutlich ausgeweitet und bunkerartige Räume hinzugefügt, in denen sich Konserven und lang haltbare Lebensmittel stapeln, dazu alles andere, was das Prepperherz begehrt, Medikamente, Batterien, Generatoren, Werkzeug aller Art, Gasmasken, Schutzanzüge, feuerfeste Decken, Berge von Klopapier, Desinfektionsmittel, die Liste ist endlos, man kann es sich vorstellen. Das Mobiliar ist unangemessen teuer und geschmackvoll, sogar Perserteppiche hat sich Matthias dort unten reingelegt, und, ehrlich gesagt, verbringt er nicht wenig Zeit in seinen Katakomben, zum Eingewöhnen, wie er gern sagt. Matthias glaubt wirklich, dass der Katastrophenfall bald eintreten wird, Gold und Diamanten hamstert er in einem Bunkersafe, und die ersten Covid-Wochen hat er fast dauerhaft dort unten zugebracht. Natürlich wollte er niemanden reinlassen, weder Karin noch Darren.

Das war die Zeit, in der sich Darren von Karin, teils aus Langweile, teils aus echtem Interesse, noch tiefer in die verästelte Buchführung des Imperiums und die Tricks und Kniffe beim Steuerrecht einführen ließ, er lernte von ihr außerdem die Namen all derer, die an gewissen Schaltstellen der Macht sitzen, und welche dunklen Geheimnisse und peinlichen Vorlieben besser nicht öffentlich werden, wodurch sich mit den Trägern dieser Namen an den entsprechenden Schaltstellen meist sehr gut reden lässt. Und Karin meinte das nicht etwa nur in Hinblick auf mögliche Erpressungen und schmutzige Deals zugunsten ihres Mannes. Sie meinte es auch genau so: Man konnte mit denen reden. Und viel von ihnen lernen. Mit einigen traf sie sich gelegentlich auf einen Tee, um Gesetzesänderungen zu diskutieren und Steuerschlupflöcher – selbstverständlich rein theoretisch – zu durchdenken.

Einer dieser Namen, den er durch Karin kennengelernt hat, gehört zu dem Toten, den sie gerade vor Ter Veen abgesetzt haben. Er war ein hohes Tier beim Finanzamt. Und

Matthias vermutet, dass dieser Typ ein Verhältnis mit seiner Frau hatte. Dem Streit in der Fußgängerzone ging eine wilde Verfolgungsjagd durch die Stadt voraus, angefangen hatte sie in der Jägerallee, als Matthias früher als angekündigt nach Hause kam und Karin gerade mit diesem Mann im Wohnzimmer saß.

Sie saßen einfach nur im Wohnzimmer, aber Matthias sah rot. Knallte als Erstes seine Frau ab, verfolgte dann den vermeintlichen Lover, das Ende ist bekannt. Und ja, sorry, er hat Darren angelogen, die Waffe gehört ihm und nicht diesem Penner.

Als Darren hört, dass Karin tot ist, bleibt er ganz still und ändert die Fahrtrichtung. Weg vom Kanal, hin zur Jägerallee. Ohne auf Matthias zu achten, geht er geradewegs ins Wohnzimmer, um sich selbst davon zu überzeugen, dass Karin nicht mehr zu helfen ist. Sie liegt neben dem Sofa und hat ein Einschussloch mitten auf der Stirn, ein weiteres in der Brust. Matthias steht hinter ihm und jammert rum, womit er das verdient habe, nach allem, was er für diese Frau getan habe, und so weiter.

Darren sagt: »Sie hat dich nicht betrogen. Weder mit dem Kerl noch mit sonst wem. Hast du sie eigentlich richtig gekannt?«

Matthias starrt ihn an, will wissen, woher er das wissen will. Darren antwortet nicht. Er zieht die Pistole aus der Jackentasche, hält sie Matthias unters Kinn, drückt ab. Legt die Pistole in Matthias' behandschuhte Hand, an der noch die Schmauchspuren von den anderen Schüssen sein würden, vergewissert sich, ob das Arschloch wirklich tot ist, und geht in Karins Arbeitszimmer. Er kennt alle Passwörter, er weiß, welche Konten unterm Radar laufen, welche Gelder niemand vermissen wird. So wie ihn niemand vermissen wird.

Schade um Kaiwen und Tian, denkt er, da wird er nicht mehr essen können, aber sie werden morgen früh den armen kleinen Mops vor ihrer Tür finden, zusammen mit ein paar Goldbarren oder Diamanten. Darren hat nämlich ein Herz für das Tier und Zugang zum Bunker, und bis er sich im Morgengrauen auf den Weg zum Tunnel macht, der ihn unter dem Ärmelkanal durchschleust, ist ihm bestimmt eingefallen, wie er den brauchbaren Teil von Matthias' Prepperschatz so im Auto versteckt, dass er es problemlos durch den Zoll schafft. Dann eben doch wieder Bradford, wer weiß, was da auf ihn wartet.

Anna Schneider

Heimathafen Dortmund

Wie jeden Abend um diese Zeit inspizierte Lilo die Mülleimer am Bahnhof. Meist war das ihre letzte Station. Sie sah sich nach allen Seiten um, hoffte, dass niemand sie bemerkte, steckte die Stableuchte zurück in die Seitentasche ihrer Lederjacke, öffnete das vordere Fach des Koffers, schaute erneut nach rechts und links. Als sie sich unbeobachtet glaubte, streckte sie den Arm aus, holte eine Plastikflasche aus dem einen, eine Zeitung aus dem anderen Loch. In der Fußgängerzone stellten die Jugendlichen die Flaschen oft daneben hin. So musste sie nicht im Dreck wühlen. Bei Reisenden passierte das selten.

Heute war ihre Ausbeute mager und würde ihr bloß ein paar Cent einbringen. Nicht genug für die Pulle Schnaps, die sie sich kaufen wollte. Um zu vergessen. Das Einzige, was sie sich am Ende eines Tages erhoffte.

Hastig verstaute sie die Flasche in der Lidl-Tüte, die mit einem Karabiner an ihrem Rollkoffer hing, den sie bei jeder Runde mit sich führte, zog die Leggins mit dem Leopardenmuster nach oben, strich den weinroten Polyesterpullover darüber glatt, der fadenscheinig war und längst keine Wärme mehr spendete. Zuletzt wischte sie eine Strähne aus dem Gesicht, die sich aus ihrem straffen Pferdeschwanz gelöst hatte.

Sie war eine Flotte gewesen, hatte ihr Vater früher immer gesagt. Einige Jungs hatten ihr den Hof gemacht, waren zu ihnen in die Märchensiedlung gekommen, um sie auszuführen.

Mit ihrem Opel oder Ford parkten sie direkt vor dem Haus im Schneewittchenweg, hielten ihr die Autotür auf. Wie eine Königin fühlte sie sich dann. Am Abend saßen sie auf der Freifläche hinter dem Haus, wo die Wäscheleinen aufgereiht waren, rauchten, schauten in die Sterne und knutschten rum, bis der Hans auftauchte und mehr wollte als nur Gefummel. Und das gab sie ihm. Alles ging ineinander über: Schwangerschaft, Hochzeit, erste Wohnung, Geburt. Das Leben war oft schwierig, das Geld knapp, manche Tage fühlten sich aber auch leicht an. Doch darüber sprach man nicht. Ob man zufrieden war. Oder glücklich. Man beschwerte sich nicht, machte weiter, ohne groß nachzudenken.

Als die »Ruhrkohle« die Zeche Minister Stein schloss, begann ihr Mann mit dem Trinken und stand schon am Morgen an der Bude. Er war eben frustriert, hatte keine Maloche mehr. Sie wurde Aushilfe bei Lidl. Das lohnt sich, hieß es in der Werbung. Dennoch nahm er sich das Leben, weil er ohne seine Kumpel jeden Halt verloren hatte.

Er war in Eving geblieben, auf dem Nordfriedhof, war nie aus seinem Stadtteil weggegangen.

Neulich war sie noch einmal dort gewesen. Den Hammerkopfturm gab es nach wie vor. *Glück auf*, hatte sie in einem Fenster gelesen. Sie war die Bergstraße zur St.-Barbara-Kirche weitergelaufen. Benannt nach der Schutzpatronin der Bergleute, hatte der alte Jupp ihr erklärt, der Helferin der Armen in der Not. Ihn hatte sie am Ende nicht geschützt und ihren Hans genauso wenig.

Lilo schnaubte und zog den Reißverschluss der Lederjacke hoch. Alles, was sie sich vom Leben versprochen hatte, war bloß ein Märchen gewesen, hatte weder mit Glück zu tun noch mit Schutz. Dafür mit Schweiß und Tränen.

Sie drückte den schmerzenden Rücken durch und packte resolut die nackte Gelenkstange des Koffers, an der der Griff fehlte.

Nicht nur die Vergangenheit wollte sie vergessen, auch die Kälte in dem rostigen Container, der im Kanalhafen vor einigen Wochen ihr Quartier geworden war, nachdem der alte Jupp gestorben war. Sosehr sie ihn vermisste, die Gespräche von Zeit zu Zeit, sie war dankbar, wieder ein Dach über dem

Kopf zu haben, obwohl das Metall die Feuchtigkeit atmete, die ihr Nacht für Nacht in die Knochen zog.

Lilo ging weiter, der bordeauxrote Koffer ratterte laut hinter ihr, in dem sie die wenigen Kostbarkeiten aufbewahrte, die sie besaß. Erinnerungsstücke an eine andere Zeit. Man wusste ja nie, wer sich im Hafengebiet herumtrieb. In den düsteren Ecken der Lagerhallen. Den grauen Gebäuden, die auf einen Umbau hofften. Zwischen den geparkten Reisebussen.

Sie fröstelte, obwohl noch Oktober war. Bald wäre wieder der Hansemarkt, und mit ihm kam in der Regel der Winter. An den wollte sie gerade nicht denken.

Lilo schob die Tür zu der verglasten Wartekabine auf, um sich aufzuwärmen. Die Frau, die bereits drinnen saß, suchte umgehend das Weite.

So reagierten die meisten Menschen auf ihr Erscheinen, wenn sie ihnen zu nahe kam. Ob es an ihr selbst lag, an ihrer Kleidung oder an dem strengen Geruch, den beides verströmte, wusste Lilo nicht.

Das war ihr sowieso egal. Am Anfang hatte es sie verletzt. Sie hatte sich furchtbar geschämt. Dabei konnte sie nichts dafür, was geschehen war. Es war einfach passiert, das Leben war den Bach runtergegangen.

Irgendwann hatte Wut das quälende Gefühl, versagt zu haben, abgelöst. Ab dann hatte sie den Flüchtenden noch hinterhergeschrien.

»Rennt nur! Mit euch will ich eh nichts zu tun haben!«

Mittlerweile waren es acht Jahre, die sie auf der Straße lebte. Und sie hatte längst akzeptiert, dass sie sich in einer Parallelwelt befand. Viele senkten unmittelbar den Blick oder schienen sie gar nicht zu bemerken. Es war, als wäre sie unsichtbar.

Lilo setzte sich und zog die Zeitung hervor. Es gab wieder Krieg, las sie, irgendwo in der Welt. Niemand dort hatte genug zu essen und zu trinken. Und in Deutschland stritten sie sich über den Austausch von Heizungsanlagen, stand in den Ruhr Nachrichten, die sie eigentlich bloß als Unterlage zum Schlafen mitgenommen hatte. Ihr Heizgerät war die Flasche Korn von »Krämer«. Wenn sie sich beeilte, würde sie vielleicht noch ein paar Euro zusammenbekommen, um ihn zu kaufen. Hunger hatte sie genauso, aber das wenige, was sie aß, konnte sie auch trinken.

Sie verließ das Bahnhofsgebäude, schlurfte bei Rot über die Straße, passierte die Stadtbibliothek, in der sie sich im Winter gerne aufhielt, um Zeitung zu lesen. Heute ließ Lilo sie links liegen, packte den Koffer und nahm den barrierefreien Weg zur Katharinenstraße. Sie würde in den Abfallbehältern dort weitersuchen. Ansonsten würde sie noch beim »Bergmann Kiosk« vorbeischauen. Da gab man ihr manchmal was, wenn auch nur, um sie schnell wieder loszuwerden.

Natürlich hätte sie ins »Gast-Haus« gehen können. Das hatte der Jupp ihr geraten. Alle taten das, wenn sie eine warme Mahlzeit brauchten. »Die kümmern sich um uns«, hatte er gesagt. Bloß die hatten schon lange zu. Und es wäre wie ein Eingeständnis, hätte geheißen, dass sie sich in ihr Schicksal ergeben hätte, dass sie nie mehr von der Straße wegkäme.

Sie seufzte. Ansonsten würde ihr nichts anderes übrig bleiben, als in Helmuts Schlafsack zu kriechen. Doch der hatte einen fiesen Ausschlag am Bein. Lag er auf ihr und rieb die Unterschenkel an ihr, hatte sie Angst, sich irgendwas einzufangen. Allerdings gab Helmut ihr immer etwas ab. Sie waren Nachbarn, nur dass er sein Kabüffken vor der Hafenbrücke in einem Gebüsch hatte und sie auf der anderen Seite des Kanals lebte. Noch konnte sie dort unbehelligt hausen. Ein neues Freizeitrevier sollte in dem Viertel entstehen mit feinen Cafés und Digitalwirtschaft und derlei Pipapo. Dann würde sie hier bestimmt nicht mehr geduldet.

Im Eingang eines Kaufhauses hatte ein anderer sein Lager aufgebaut. Verächtlich spuckte sie aus und schlurfte weiter durch die Fußgängerzone. Auch das kam für sie nicht infrage. So vor aller Augen zu liegen, war würdelos.

Sie eilte ein Stück weiter, bog nach links ab und lehnte sich über die runden Metallbehälter. Als sie gerade mit der Stableuchte den Inhalt begutachten wollte, stieß sie jemand von hinten. Schmerzhaft prallte sie mit dem Becken gegen den Mülleimer, ihr Koffer fiel krachend um. Sie wirbelte herum. Ein Junge rannte lachend weg.

Es war ein Pulk Teenager. Die drei Mädchen, die alle gleich aussahen mit ihren langen Haaren, den Sneakers und überweiten Jeans, kicherten hinter vorgehaltener Hand, während der Unverschämte zu ihnen aufschloss. Die anderen Jungs riefen ihr Beleidigungen zu. Aber Hunde, die bellen, beißen nicht. Die hier verachteten sie bloß. Sie wurden ihr nicht gefährlich.

Macht keine Fisimatenten!, hätte sie ihnen am liebsten zugerufen. Geht nach Hause zu Mama und Papa, lernt was in der Schule, und seid froh, dass ihr ein Dach über dem Kopf habt. Jemanden, der euch liebt!

Das scheint völlig selbstverständlich, bis es plötzlich fehlt.

Doch sie hätten ihr sowieso nicht zugehört. Sie träumten vom schnellen Geld, von Ruhm, wollten nicht malochen oder sich kaputtmachen. Lilo ignorierte, wie sie sie imitierten und mit einem guten Meter Abstand weiter neben ihr herliefen, um ihr ja nicht zu nahe zu kommen, als hätte sie eine ansteckende Krankheit.

Sicher war es für Leute wie sie längst nicht mehr auf der Straße. Deshalb konnte sie froh sein, dass sie nur angepöbelt wurde. Ob der Jupp einfach gestorben war oder ob es die Folgen des letzten Angriffs gewesen waren, nachdem ein paar Kerle seinen Kopf mit einem Fußball verwechselt hatten, wer wusste das schon? Interessierte eh niemanden, was aus Leuten wie ihnen wurde. Wurden sie weniger, war das im Grunde jedem recht.

Irgendwann ließ die Gruppe von ihr ab und lenkte die Schritte zum Bahnhof, wo sie sich wahrscheinlich auf den niedrigen Mauern auf dem Vorplatz niederlassen würde, um abzuhängen und ihr nächstes Opfer zu suchen.

Lilo wählte die entgegengesetzte Richtung. Vor der Bude von »Wurst Willi« standen mehrere Männer Mitte dreißig. Sie hastete in den Schatten des gegenüberliegenden Gebäudes, ärgerte sich über den Krach, den die Kofferrollen auf den Pflastersteinen verursachten. Sie musterte die Gesichter – und atmete auf.

Er war nicht dabei. Aber die Lust am Flaschensammeln war ihr nun endgültig vergangen. Besser, sie kehrte um. Das war nicht ihr Tag.

Ihn zu sehen und von ihm ignoriert zu werden, war das Einzige, was ihr richtig wehtat.

Sie drehte um, zurück zum Bahnhof, rannte blicklos durch die Menschenmenge, passierte die Hauptpost und ging die Schützenstraße entlang, vorbei an den Restaurants, deren Duft nach frisch Gebratenem ihr wieder ihren Hunger bewusst machte. Lilo hielt nicht an, wollte bloß weg. Schlafen und vergessen.

Wenig später ragte die Turmspitze des Hafenamts vor ihr auf. Der eisige Wind traf sie schneidend im Gesicht, während sie die Brücke überquerte. Normalerweise kam sie erst viel später hierher, um nicht von den Arbeitern gesehen zu werden. Heute war es ihr egal. Sie bog in die Mallinckrodtstraße ein, schaute nach rechts und links, überquerte die Gleise und hielt auf die ausgedienten Container zu, die auf dem weitläufigen Platz direkt am Wasser gelagert wurden. Schon drangen die vertrauten Geräusche des Hafens an ihr Ohr, das Krachen der hohlen Metallboxen, wenn sie abgelassen wurden, und das zeitweilige Piepsen der Kräne, die über dem Gelände schwebten.

Doch da war noch etwas anderes. Hinter sich hörte sie eindeutig Schritte auf dem Kies.

Lilo duckte sich, wirbelte herum, stieß sich dabei den Knöchel am Koffer und jaulte auf.

Der junge Kerl war aus dem Gebüsch gekommen. Ein zweiter folgte ihm, schloss die Hose und strich sich die grauen Haare glatt.

»Habt ihr kein Zuhause?«, knötterte Lilo ihnen hinterher. Sie hoffte, dass sie sich nur verirrt hatten, um zwischen den hohen Containern ein ungestörtes Stelldichein zu genießen. Der eine war viel zu jung und hübsch, um hier zu enden. Und wer einmal in der Gosse landete, hatte für den Rest seiner Tage Matsch an den Füßen.

Sie hielt einen Moment inne, um besser hören zu können, wollte mit allen Sinnen erfassen, was um sie herum geschah, und reckte den Kopf.

Es blieb ruhig.

Eigentlich könnte sie sich wieder entspannen. Eigentlich. Doch etwas war anders als sonst, das spürte sie. Dieser Tag war längst nicht zu Ende. Vielleicht hätte sie nicht so schnell aufgeben sollen, denn sie brauchte etwas, das ihr in den Schlaf half, der ohnehin unruhiger wurde, seit sie die sechzig überschritten hatte. Nach zwei, drei Stunden wurde sie wieder wach in dem von der Feuchtigkeit klammen Schlafsack, wenn sie überhaupt schlafen konnte, weil ihr jeder Knochen wehtat. Dann erhob sie sich schon vor dem Morgengrauen von den drei Polstern der alten Samtcouch, die sie am Straßenrand gefunden hatte, und begann ihren Tag.

Lilo bückte sich, rieb über die trockene, rissige Haut an ihrem Knöchel. Er hatte manche Schwiele, die nicht verheilen wollte, vom Schlaf auf dem harten Boden. Bloß eine Schürfwunde, stellte sie erleichtert fest.

Unwirsch zog sie den Koffer hinter sich her, der auf dem Schotter nicht rollen wollte. Sie schimpfte vor sich hin, stieg über einen roten Lackpumps, der vor ihr im Weg lag.

Ähnliche Schuhe hatte sie auch mal getragen. In kreischendem Pink. Beim Abschlussball. Sie überlegte, wie der Junge geheißen hatte, mit dem sie Anfang der Siebziger zu »Conradi« in der Märkischen Straße gegangen war. Schon ihre Mutter und ihre Oma hatten dort tanzen gelernt. Jetzt waren es fast zehn Jahre her, dass die Tanzschule endgültig geschlossen worden war.

Alles veränderte sich. Immer mehr von dem, was ihre Stadt für sie ausgemacht hatte, verschwand. Bis irgendwann nichts mehr übrig bleibt, ich mich fremd fühle, dachte sie, als sie den zweiten Schuh entdeckte, an dem der Absatz gebrochen war. Heute früh hatte er noch nicht da gelegen zwischen den Containern. Ganz sicher nicht.

Sofort kamen ihr die zwei Kerle in den Sinn. Nur die hatten kein Interesse an Frauen.

Lauf weiter!, befahl sie sich. Das geht dich nichts an. Aber ihre Füße trugen sie bereits zu dem roten Pumps hinüber. Vorsichtig schob sich Lilo in den schmalen Gang und nahm die Stablampe zur Hand.

»Hallo?«, rief sie und richtete den Strahl in das Innere des Containers.

Sie musste nicht mehr fragen, wie es der Frau ging, die vor ihr auf dem Boden lag. Das Weiß ihrer riesigen Augen leuchtete ihr aus dem dunkelhäutigen Gesicht förmlich entgegen. Weder blinzelte sie, noch hob sie die Hand, um sich vor dem grellen Licht zu schützen.

Sie trug ein rotes Kleid aus Rohseide, auf dem die Blutstropfen wie Schmucksteine funkelten. Ihr ganzer Körper schien auf der Lache zu schwimmen. Sie war eine Schönheit. Und sie lag noch nicht lange hier.

Lilo ließ ihren Koffer und die Lidl-Tüte fallen und legte die Finger an die Halsschlagader der Frau. Sie war noch warm. Vielleicht ist sie noch am Leben, dachte sie, rüttelte vorsichtig an ihrer Schulter. Der Kopf der Frau kippte zur Seite weg.

Sie war eindeutig zu spät gekommen. Der feine Schnitt am Hals war viel zu tief. Derjenige, der das getan hatte, wusste genau, wie er es machen musste. Eine Gänsehaut überlief sie. Diese Frau war vor jemandem geflohen. Missbraucht worden war sie offenbar nicht. Lilo ahnte, dass sie nur aus einem einzigen Grund gestorben war.

Sie hielt reglos neben der Toten inne. Damit habe ich nichts zu tun, sagte sie sich. Ich sollte besser abhauen.

Doch das gelang ihr nicht. Sie schloss die Augen, sammelte Kraft. Schüttelte verzweifelt den Kopf, stöhnte laut, so viel Überwindung kostete es sie.

Es half nichts, sie würde sowieso keine Ruhe finden. Sie musste Gewissheit haben, hoffte, dass sich ihr Verdacht nicht bestätigte.

Ihr Blick wanderte zum Knöchel der Frau. Vorsichtig zog Lilo den Stoff ihres Pullovers über die Finger und drehte das Bein der Toten, damit sie die Innenseite sehen konnte. Dann richtete sie den Lichtstrahl auf den Knöchel. Heftig stieß sie die Luft aus, löschte das Licht, rappelte sich auf und packte all ihre Sachen.

Ihr war schwindelig, und für einen Moment glaubte sie, sie würde auf der Stelle ohnmächtig. Sie musste hier raus.

»Es tut mir leid. Alles«, flüsterte sie. »Ich habe das alles nicht gewollt.«

Damit eilte sie davon.

Sie hatte geahnt, dass dieser Tag kein guter war. Jetzt hasste sie sich dafür, dass sie nicht auf der Stelle zu Helmut gegangen war. Denn jetzt hatte sie das Z gesehen und würde den Anblick niemals vergessen. Ein schwungvoller Schnitt. In einem Zug. Sein Zeichen.

Sie hatte gewusst, dass es so kommen würde.

Zorro nannte er sich. Nicht wegen des Films mit Banderas, den mochte er nicht leiden. Vielmehr war es das Lied von BAP, nach dem er sich benannt hatte. Das hatte er dauernd mit seinem Vater gegrölt. Derart laut, dass Lilo dabei Angst gehabt hatte, die Nachbarn würden die Bullen rufen. »Kristallnaach« vom vierten Album der Band. Ausgerechnet. Sie schnaubte. Was für ein Hohn!

Es war sein Markenzeichen, hatte er ihr in ihrem letzten Gespräch verraten. Z wie zurück, sollte es heißen. Verpissen sollten sie sich aus seinem Land. Wenn sie es nicht von selbst taten, musste er eben nachhelfen.

Sie hatte es nicht glauben wollen. Bis heute. Bis sie es selbst gesehen hatte.

Jetzt konnte sie sich nicht mehr vormachen, sie hätte sich getäuscht. Es wäre vielleicht nur eine Phase. Oder dummes Gerede.

Schnell änderte Lilo die Richtung, weg von dem Container, weg von dieser Seite der Brücke. Nie mehr würde sie hierher zurückkehren. Der Hafen war ihr Zuhause geworden.

Nun hatte sie nicht einmal mehr das.

Der Gedanke an ihren Sohn und an das, was aus ihm geworden war, seit er im besetzten Dorstfelder »Hannibal« mit seinen Leuten wild hauste, schnürte ihr die Kehle zu.

Ihr größtes Glück war er gewesen. Die Schwangerschaft kam viel zu früh, dennoch hatten sie und ihr Hans sich auf nichts mehr gefreut als auf dieses Kind. Auf eine eigene Familie. Ein gemeinsames Heim. Auf dieses kleine Glück.

Jürgen hatten sie ihn genannt.

Aber als er seinen Vater fand, nachdem er sich mit dem einzigen guten Schlips an der Türklinke erhängt hatte, war etwas in dem Jungen zerbrochen. Er rief Lilo bei Lidl an, was er nie zuvor getan hatte. Meinte bloß, es sei etwas passiert. Geweint hatte er nicht. Kein einziges Wort verlor er je darüber, als hätte er nie einen Vater gehabt, und weigerte sich sogar, zur Beerdigung zu gehen.

Das war der erste Tag gewesen, an dem er sich geschlagen hatte. Von da an suchte er ständig Streit. Rückblickend dachte

Lilo, er hoffte, dass seine Gegner ihm das Leben aus dem Leib prügelten, um seinem Vater zu folgen.

Seinem Idol, mit dem er die Siege des BVB gefeiert und sich besoffen hatte, wenn die Schwarz-Gelben im Westfalenstadion nicht siegreich gewesen waren.

Niemand hatte ihren Sohn je besiegt. Er war nach jedem Kampf stärker geworden. Und voller aufgestauter Wut, die ein Ventil brauchte. Wann der Hass dazugekommen war, konnte Lilo nicht sagen.

Sie hatte ihn angefleht. Hing an seinem Arm, als er sich den Schädel kahl rasieren wollte. Brach in Tränen aus, als er sich ein riesiges Z auf die Brust tätowieren ließ.

»Diese Leute sind nichts für dich«, sagte sie. »Das bist du nicht.«

Er stieß sie von sich, zog die Jacke mit den Emblemen und seine Springerstiefel an.

»Wer bin ich denn, hä? Nur eins weiß ich: Ich will nie so enden wie du«, erwiderte er eiskalt, als sie vor ihm stand und ihm den Weg zur Tür versperrte. »Verkriech dich ruhig weiter, und beweine dein Schicksal. Ich werde etwas tun. Wir holen uns zurück, was uns gehört. Das ist unser Land.«

Sie spürte seinen Speichel im Gesicht, als er ihr die Sätze entgegenschleuderte, sie einfach zur Seite stieß und den ausgestreckten Arm zum Gruß hob. Sie hatte ihn längst verloren, das war ihr damals bewusst gewesen. Das alles würde schlimm enden.

Sie würde lernen müssen, damit zu leben.

Wie mit allem anderen.

Nur wegen Jürgen war sie damals nicht zusammengebrochen, hatte an ihrem alten Leben festgehalten. An dem Haus in der Märchensiedlung, wo sie groß geworden war. Hatte gebuckelt, um mit ihrem Aushilfsgehalt und der kleinen Witwenrente klarzukommen.

Als Jürgen fort war, gab es auch für sie keinen Grund mehr

zu bleiben. Sie hatte ihr Hab und Gut dort gelassen, die Tür zugezogen und war gegangen.

Erst als Lilo die Brücke erreicht hatte, hielt sie an, lehnte sich an das kalte Geländer und starrte auf das Wasser. Rasch legte sie eine Hand auf den Brustkorb, der viel zu eng war, versuchte sich zu beruhigen, spürte, wie er sich mit jedem Atemstrom hob und senkte. Wie eine Maschine, die nie zum Stillstand kam. Dennoch kriegte sie kaum Luft.

Es war nicht richtig, was er tat. Er und seine Kumpels von der »HEIMAT Dortmund«. Und ihre Mittel, das, was sie für ihr Recht hielten, einzufordern, schon überhaupt nicht.

Sie starrte in den grauen Himmel, sah einem zerknitterten Blatt nach, das im Wind tänzelte und in kreisenden Bewegungen unaufhaltsam zu Boden sank.

Sie müsste die Polizei rufen. Bloß was sollte sie ihnen sagen?

Er war immer noch ihr Sohn. Und der armen Frau würde das auch nicht mehr helfen.

Lilo schob sich von dem Geländer weg, verstaute die Tüte im Koffer, ging weiter, bis sie an die steile Kante gelangte, stieg über die Leitplanke und rutschte den Hang hinunter. Sie kroch in den Verschlag, den sich Helmut gebaut hatte, und schlang die Arme um ihn.

Heute war ihr egal, was mit seinem Bein war.

Heute brauchte sie jemanden, der sie hielt.

Ellen Dunne

Ein letztes Mal Witten

Deinen ersten Mord vergisst du nicht, da können noch so viele Jahre vergehen. Trotzdem gibt es Augenblicke, in denen ich lieber vergessen würde. Bereue, was ich getan habe. Aber das mag ich an Augenblicken – sie gehen vorüber. Und dann kommt der nächste.

FREITAG

1

Er stand mit seinem Rollkoffer vor dem Hotel, glich es ab mit seinen Erinnerungen. Alles noch wie damals. Ein dunkelgrauer Daumen, der sich in den Novemberhimmel reckte. Weiße Balkone, die sich an Backstein saugten. Sogar die Schriftzüge wirkten unverändert. Als er den Zimmerschlüssel übernahm, wurde ihm klar: Er war zum Gast geworden in seiner Heimatstadt. Ein Unbekannter. Gut so.

Die Rezeptionistin betete das Angebot runter. Siebter Stock, Zimmer 725 mit Blick auf den Stadtpark. Panoramarestaurant im neunten, Frühstück ab sieben Uhr. Alles auf Englisch.

»Is this your first time in Witten?«

Seit er den irischen Pass vorgelegt hatte, lächelte sie noch herzlicher. Man mochte die Iren in Deutschland. Seinen erzdeutschen Akzent überhörte sie. Und Michael Fitz konnte man überall heißen.

Er war ein Jedermann. Immer gewesen. Ein Vorteil, wenn

man verschwinden wollte und vergessen werden. Nie mehr hatte er zurückkehren wollen. Und doch war er hier, gebucht bis Dienstag. Wann war er so sentimental geworden?

»Yes, my first time«, sagte er und ließ sich alle Sehenswürdigkeiten erklären. Auch ein Irish Pub legte die Rezeptionistin ihm ans Herz, mit Musik und gutem Essen. Da würde er sich wie zu Hause fühlen, sagte sie und lächelte reizend.

2

Er blickte zurück auf seine Kindheit, und da gab es wenig zu sehen. Eine Erdgeschosswohnung in Herbede. Einen Vater, der als Buchhalter arbeitete und selten zu Hause war. Eine Mutter, die immer zu Hause war. Früh verstorbene Großeltern. Eine Nachkriegsfamilie.

Jahrelang sprach seine Mutter von einem Geschwisterchen. »Wär das nicht schön, Micha? Ein Spielkamerad für dich?« Irgendwann hörte sie damit auf, und er war froh. Er wollte sein Spielzeug für sich.

Seine Eltern brachten ihn zum Bolzplatz, zum Schwimmen und jedes Jahr im Sommer zwei Wochen lang in die Berge. Sie konnten nichts dafür, wie er war. Eine Laune der Natur.

»Na, Micha, woran hättest du denn Freude?«, fragten sie zu jedem Geburtstag. Nie wusste er eine Antwort. Was hatte er sich unter Freude vorzustellen? Am nächsten kam er ihr in seinem Zimmer, wenn er sich einen runterholte. Zwei Hände und ein verbotenes Magazin reichten ihm. Bis irgendwann, seine Stimme war gerade gebrochen, etwas in ihm aufstieg. Kein Gefühl. Eher ein Drang. Die Lust an Leid und Tod. Noch heute nannte er ihn den »Durst«.

Eine Zeit lang kriegte er die Kurve mit Filmen, versuchte dann erfolglos bei als zügellos bekannten Mädchen zu landen. Erst als er mit siebzehn den Folk Club entdeckte, änderte sich alles. Eines Freitagabends landete er zufällig in der »Alten Zeit« in der Johannisstraße, folgte dort der lauten Musik in ein Hinterzimmer. Irish Folk, erklärte man ihm am Eingang. Organisiert von einer Frau mit dem Spitznamen Folk-Mutter.

Auf der Bühne standen vier zottelige Typen aus Irland mit Fiedel, Trommel, Flöte und Gitarre. Ihre Musik klang wie Betrunkensein. Alles hopste mit im Takt.

Und ganz vorne sie: Gerda Schäfer aus der Abschlussklasse. Er kannte sie vom Raucherhof. Feuerrot gefärbte Haare. Kettenraucherlachen. Ballonmütze. Sie las meist Heinrich Böll, aschte demonstrativ auf den Kies.

Jetzt tanzte sie mit geschlossenen Augen und schlangenartigen Bewegungen zur Musik, den Kopf in den Nacken gelegt. In ihrer eigenen Welt. An jenem Abend beschloss er, Teil davon zu werden.

Gerda und alles, was sie mochte, wurden zur Obsession. Seinen Eltern knöpfte er das Geld für eine gebrauchte Höfner und Gitarrenstunden ab. Übte wie besessen zu den Kassetten von den Dubliners. Freitags ging er zu den Konzerten des Folk Club, danach zur Folk-Mutter in die Steinstraße. Ihr Haus war ein Taubenschlag aus Bands und Fans, die bis spät in die Nacht feierten. Er wurde Teil der Szene, ohne aufzufallen. Anfangs beachtete Gerda ihn kaum, was die Pirsch noch aufregender machte.

Überall wo sie war, war auch er. Im Kaufhaus Gassmann, in dem sie samstagnachmittags arbeitete. Vor der Erdgeschosswohnung gleich hinter der Schule, wo sie mit ihrem Vater wohnte. Mutter Schäfer schien es keine zu geben. Abends kochte Gerda, las am Küchentisch, bis Vater Schäfer nach Hause kam, knetete dabei ihre Unterlippe mit Daumen und

Zeigefinger. Erst wenn die Gardinen des Küchenfensters zugezogen wurden und ihm den Blick verwehrten, nahm er den Bus zurück nach Herbede, während der Durst in ihm brannte und brannte. Nur die Gedanken an Gerda halfen. Wie sie sich unter ihm wand. An das Verlangen in ihren Augen, als er seine Hände um ihren Hals legte und zudrückte.

3

Kurz nach fünf Uhr saß er schon in Finnegan's Irish Pub. Der beste Ort für dieses Schmuddelwetter. Schön warm, keine klebrigen Tische, kein Geruch nach Toilettenstein oder vergangenen Exzessen, so wie in den Kneipen in Irland. Außerdem versprach ein Plakat für später ein Konzert. Die Rambling Roses, local heroes aus Witten. Drei Männer und eine Frau. Als sie zur Tür reinkam und ihren Schirm ausschüttelte, erkannte er sie sofort. Älter als auf dem Plakat. Gesträhnte blonde Locken, ein entschlossenes Kinn und eine spitz zulaufende Nase, die ihn an seine Mutter erinnerte.

Mit ihr veränderte sich die Energie im Pub, das Weihnachtsgedudel im Hintergrund schlug um in die Pogues. Kühl lächelnd begrüßte sie den Typen hinter der Bar, der scherzhaft vor ihr salutierte und sie Lou nannte. Lou wie Louise wahrscheinlich. Auf dem Weg zur kleinen Holzbühne verfing sich ihr Blick kurz in seinem. Schlug einen Funken in ihm.

Er beobachtete, wie sie Geige und Bogen aus dem Kasten holte. Ein paar kratzige Triolen spielte, die nahtlos in einen Jig übergingen. Ihr Fuß wippte im Takt. Sie schloss die Augen, legte die Stirn in Falten, während das Bühnenlicht ihre Locken mit Schimmer übergoss. Lou.

Er ertappte sich dabei, wie seine Gedanken abdrifteten

in gefährliche Untiefen. In eine Vergangenheit, die nicht so vergangen war wie gedacht. Nur verscharrt. Es wäre klüger zu gehen, das wusste er. Stattdessen wechselte er zur Bar und bestellte noch ein Guinness. Gegen den Durst.

SAMSTAG

1

Das Zimmermädchen holte ihn mit ihrem Klopfen aus dem Schlaf. Unwirsch schickte er sie weg, ließ sich dann zurück ins Polster sinken. Der Durst wütete noch heftiger in ihm als gestern Abend. Sein Mund eine Wüste, seine Zunge verdorrt, nur sein Steifer stand in vollem Saft. Im Kopf ein Feuerwerk von Gedanken. Die Rambling Roses. Lou. Die Konzentrationsfalten zwischen ihren Brauen, das Glitzern ihrer Haarklammer, der schmale Hals, an dem sich beim Spielen die Sehnen spannten. Während ihr Bandleader Hof hielt und Witze vom Stapel ließ, blieb sie im Hintergrund.

In der ersten Pause trat sie mit einer Zigarette zwischen den Lippen vor die Tür. Winkte sein Kompliment für ihr Spiel beiseite, weil man so was ja kannte von den alten Typen.

In der zweiten Pause kam sie zu ihm rüber, bat um Feuer und kommentierte sein Rhythmusgefühl, das sie von der Bühne aus beobachtet hatte. Machte große Augen, als er von seiner Gitarre erzählte, dem Wittener Folk Club und Irland.

»Den Club gibt es wieder«, sagte sie. Inhalierte den letzten Zug Zigarette so tief wie den ersten. »Aber wie landet ein Wittener Folkie in Irland? Die Geschichte will ich hören.«

2

Der Folktreff 1978 auf dem Hohenstein war ein Highlight der Szene. Die Bands kamen aus ganz Europa und auch dreitausend Folkies mit ihren Zelten. Überall Budenzauber und fahrende Stände, über der Stadtparkwiese waberte der Dunst von Bier, Bratwurst, Gras und Freiheit.

Er hatte das Abitur in der Tasche, Gerda studierte in Bochum. Seit er manchmal als Gitarrist in lokalen Nachwuchsbands einsprang, nahm sie ihn erst so richtig wahr. Manchmal unterhielten sie sich, wenn sie einander auf Konzerten trafen.

Am zweiten Festivaltag kam es noch besser. Gerda freute sich mehr als üblich, ihn zu sehen. Tanzte noch wilder zur Musik und sang noch lauter die Texte mit. Ihre Haare loderten bei jeder Bewegung in der Sonne. Sie ließ sich von ihm auf ein Bier einladen und ihn einen Blick in ihre fransige Umhängetasche werfen. Darin zwei Flaschen Bluna und Saurer Fritz. Ob er die mit ihr teilen wolle?

Am Rand der Stadtparkwiese setzten sie sich hinter eines der leeren Zelte. Die meisten Leute waren noch in der Stadt oder schon drüben bei der Konzertbühne.

Sie mischten Gerdas Bluna mit saurem Likör. Sie erzählte von der Uni, ihren Lieblingsbüchern und von einem untreuen Typen, mit dem es jetzt aus war, aber endgültig. Er hörte kaum hin. Zu sehr fühlte er sich als Held im eigenen Film.

Gerdas Zunge wurde schwerer vom Alkohol und dem vielen Kraut in ihren Zigaretten. Er fühlte sich bestens. Sie zeigte ihm ihren Reiseführer über Irland. Dorthin wolle sie im Sommer trampen. Sie summte mit einer Melodie, die der Wind von der Bühne her trug, und dann küsste er sie, und sie ließ es zu, und er schob seine Hand unter ihre Bluse, und sie ließ es zu, und seine Zunge drang in ihren Mund vor, und sie ließ es zu, oder vielleicht sagte sie auch »Nein«, vielleicht sagte sie »Hau ab«.

Dem Durst war das egal, er war in ihn gefahren wie in eine Handpuppe, endlich am Ziel. Seine Hände an ihrem Hals, seine Ekstase in ihren Augen, seine Finger über ihrem flatternden Puls. Bis er versiegte.

Danach verließ er das Gelände Richtung Mühlengraben. Sein Hemd zerrissen, sein Kopf klar und kühl, sein Durst endlich gestillt. Gerdas Irland-Reiseführer hatte er mitgenommen. Er würde fortmüssen. Aus Witten und noch besser aus Deutschland. Aber nicht ohne seine Gitarre.

3

Natürlich erzählte er Lou die harmlosere Version der Geschichte. Vom jungen Aussteiger Micha und seiner Gitarre, die seinem Traum von Folkmusik nach Irland folgten. Sie war fasziniert. Sie liebe Irland, er müsse ihr mehr erzählen. Seine Einladung auf einen Drink schlug sie aus.

»Ich muss morgen früh raus leider.«

»Natürlich, entschuldige. Ich wollte dich nicht belästigen.« Verständnisvolle Enttäuschung wirkte immer. Frauen wollten nicht enttäuschen. Auch Lou nicht.

»Wie wäre es am Nachmittag im Knut's?«, schlug sie vor. »Da isst und trinkt man gut.«

»Bist du dir sicher, dass ich dich nicht …?«

»Ganz sicher«, sagte sie und lächelte.

4

In zwanzig Jahren hatte er seinem Durst viermal nachgegeben. Vier Mädchen. Viermal war er davongekommen. Durch gute

Vorbereitung, Glück, aber vor allem wegen seiner Vorliebe für die Einsamen, die Streunerinnen und Heimatlosen. Dina 1983, Brid 1985, Aurelie 1994. An keine dachte er so oft wie an Gerda.

Ab den späten Neunzigern war der Durst versickert. Er hatte es sich mit seiner zunehmenden Selbstkontrolle erklärt, den Möglichkeiten des Internets. Dass sein Heimatbesuch mehr als nur Erinnerungen in ihm weckte, war eine angenehme Überraschung. Für die Jagd wurde man offenbar nie zu alt.

5

Beim Frühstück mit Panoramablick ließ er seinen Gedanken an Lou freien Lauf. Die traurige Leere in ihren Augen, ihre geschickten, unberingten Finger. Er gönnte sich einen zweiten Kaffee, egal was sein Herz dazu sagte. Schaute hinaus auf den Helenenberg, wo der Wald den Turm umzingelte wie eine Schar Wölfe. Vielleicht war das ein guter Ort, um mit Lou nach dem Essen spazieren zu gehen. Sie zu seiner Nummer fünf zu machen.

Ein letztes Mal, raunte ihm der Durst zu. *Warum nicht?*

Die Stunden bis zum Treffen im Knut's verbrachte er mit Vorbereitungen. Spielte Szenarien durch, bevor er sich bei Gassmanns kurz vor Ladenschluss noch Paketband und große Gefrierbeutel mit Ziplocks besorgte.

Als Lou pünktlich auftauchte, erwartete er sie am Tisch. Sie wirkte freudig erregt, trug Leggings, Hoodie, Sportschuhe, eine wattierte Jacke. Zu schwarz in schwarz, zu sportlich für seinen Geschmack, aber seinetwegen.

Der Abend lief trotzdem gut. Lou schien nicht in Eile, ihn

loszuwerden. Sie behauptete, er wirke zehn Jahre jünger als dreiundsechzig. Mindestens. Und sie war eine aufmerksame Zuhörerin.

»Ich habe so viele Fragen«, sagte sie, nachdem sie bestellt hatten, und übertrieb damit nicht. Sie konnte nicht genug kriegen von seinem Vagabundenleben als Straßenmusiker und später mit den Flying Tinkers. In jedem Nest Irlands und in halb England war er aufgetreten, hatte viele Anekdoten zu bieten. Er erzählte, bis ihm der Kopf schwirrte. Buchstäblich. Alles fühlte sich zu leicht an in ihm. Außerdem musste er ständig pissen. Die Geißel des alternden Mannes.

»Jetzt habe ich aber nur über mich geredet«, sagte er, als er zum dritten Mal zum Tisch zurückkehrte. Sein Magen war schwer. Der Burger war keine gute Idee gewesen. »Was gibt es über dich zu erzählen?«

Lou lächelte trocken.

»Nicht viel. Ich bin waschechte Wittenerin. Nie rausgekommen, nie rausgewollt. Meine Mutter war oft depressiv, ich hab mich um sie gekümmert. Und hier bin ich«, sie warf die Hände in die Luft, »fünfundvierzig Jahre und mit meiner Geige verheiratet.«

»Zwei einsame Folkherzen«, sagte er.

Lou lachte zum ersten Mal laut. Ein Kettenraucherlachen. Wie vertraut es klang. Nach Gerda. Er musterte sie noch einmal, runzelte die Stirn, kniff die Augen zusammen. Nein. Unmöglich.

»Ich muss aufhören zu trinken«, sagte er.

»Das Bier war doch alkoholfrei.« Lous Gesicht flackerte vor ihm wie eine Bildstörung.

»Ach ja.«

»Alles okay?«

»Alles okay«, sagte er und hörte sein eigenes Lallen überdeutlich. »Vielleicht sollten wir spazieren gehen. Am Helenenberg war ich lange nicht mehr.«

Wie absurd. Er fühlte sich kaum fähig aufzustehen.

»Im Bett wärst du besser aufgehoben, Micha. Ich bring dich ins Hotel.« Lou klang sanft, mütterlich. Im funzeligen Licht glänzten ihre zum Dutt gebundenen Haare kupferrot. Frisch gefärbt?

Er wollte sie fragen, da torkelte der Raum schon um ihn herum, und er stürzte ins Bodenlose.

Auf einem sinkenden Schiff kam er wieder zu sich. Sein Verstand halb unter Wasser. Die Luft war stickig, sein Mund verklebt, seine Arme und Beine bewegungsunfähig, seine Allwetterjacke um seinen Oberkörper gewickelt und bis unters Kinn zugezippt. Er war eine menschliche Mumie. Wie Luftblasen stiegen Erkenntnisse in ihm hoch: Hotel. Zimmer. Bett. Lou.

Da stand sie am Fußende und sah zu ihm herunter, ihr Dutt jetzt unter einer schwarzen Mütze versteckt. Was sollte das? Eine Domina-Masche? Doch seine Fragen blieben unverständlich, seine Befreiungsversuche sinnloses Gezappel.

»Als du auf dem Klo warst, hab ich mal nachgesehen, was du so alles in deiner Jacke hast«, meinte sie, als ihm zu übel für Widerstand wurde. »Ziemlich verstörend, muss ich sagen.« Sie zeigte mit ihrem behandschuhten Finger auf die Rolle Paketband und die Gefrierbeutel auf dem Beistelltisch. »Bei Gassmanns haben sie echt alles.« Der Ansatz eines Lächelns. »Zum Glück war ich ebenfalls vorbereitet.« Sie holte ein Glasfläschchen ohne Etikett aus der Jackentasche.

K.-o.-Tropfen, dachte er verschwommen. Die hatte er auch mal verwendet. Bei Aurelie, wenn er sich recht erinnerte. Woher hatte Lou die?

Sie setzte sich auf den Lesestuhl gegenüber, beobachtete ihn enttäuscht, bis er wieder still war.

»Leider konntest du mir deine Pläne für den Helenenberg nicht mehr erzählen. Das holen wir jetzt nach.« Lou studierte sein Gesicht wie einen Spiegel, während langsam ein Verdacht in ihn sickerte und die Panik. »Zuerst erzähle ich noch ein wenig von mir.« Sie machte ein offizielles Gesicht. »Gestatten, Lou Schäfer. Meine Mutter hieß Gerda. Von ihr habe ich die Liebe zum Folk.«

HEUTE

1

Nichts los auf dem Bahnhofsvorplatz. Sonntagnachmittag, aus dem Hochnebel nieselt es auf die Windschutzscheibe. Sogar den Dealern ist zu kalt. Neben mir checkt Wenkowski im Minutentakt sein Handy.

»Noch zwanzig Minuten«, sagt er und meint damit seinen Dienstschluss. So was bleibt nie ungestraft.

Keine drei Minuten später meldet sich die Zentrale. Wir sollen rüberfahren zum Parkhotel. Eine leblose Person in einem der Gästezimmer. Jemand müsse da für Ruhe sorgen, verifizieren, absichern. Notarzt unterwegs.

Wenkowski verdreht die Augen, beschwert sich über seinen verpatzten Feierabend. Davor hat er sich darüber beschwert, wie langweilig unser Job ist. Manchmal benimmt er sich, als wäre er ein Teenager und ich seine Mutter.

»Festhalten, junger Mann.« Ich werfe das Einsatzlicht und den Motor an. »Vielleicht wird's doch noch spannend heute.«

An der Rezeption des Parkhotels empfangen uns üppige Weihnachtsdeko und bleiche Gesichter. Der stellvertretende Hoteldirektor Otte führt uns eilig ins Büro, in das von nebenan Partygeräusche dringen.

»Bei uns ist volles Haus«, erklärt Otte mit vielsagendem

Augenrollen. »Jahresabschlussevent einer großen Versicherung.«

Schon klar. Eine Leiche ist schlecht fürs Geschäft.

Entdeckt hat sie der Haustechniker. Ein Bär von einem Mann, sichtlich erschüttert.

»In 725 war der Wasserhahn im Bad zu reparieren«, berichtet er uns. »Ist mir gleich aufgefallen, dass es da drin streng riecht. Geht mich ja eigentlich nix an. Weil's mir keine Ruhe ließ, hab ich trotzdem nachgesehen.« Und bereut es offensichtlich noch immer. Er unterdrückt ein trockenes Würgen, holt tief Luft. »Aber der Wasserhahn funktioniert wieder einwandfrei.«

Während Wenkowski im Erdgeschoss die Aussage des Haustechnikers aufnimmt, nehme ich mit dem stellvertretenden Direktor den Fahrstuhl nach oben. Mit jedem Stockwerk steigt Ottes Unruhe. An seinem Haaransatz glänzt Schweiß. Wäre ich TV-Kommissarin, würde ich sagen, er benimmt sich verdächtig. Doch ich habe es weder in die Kripo noch ins Fernsehen geschafft.

Im siebten Stock steigen wir aus. Vor dem Zimmer steht der Notarzt, neben ihm sein gepackter Rucksack und ein Sanitäter. Er fummelt mit seinem Papierkram zur Leichenschau.

Schon jetzt rieche ich, was auch dem Haustechniker Übelkeit bereitet hat. Hotelteppich, menschliche Ausscheidungen aller Art und eine unverkennbar schwere Süße.

»Das ging ja schnell.« Otte klingt grundlos erleichtert.

»Weil nichts mehr zu tun war.« Der Notarzt schnauft und wedelt mit seinem Bericht in meine Richtung. »Besser, Sie sperren schleunigst ab und holen die Kollegen von der Kripo.«

Als wäre er mein Einsatzleiter. So was ist man als Polizistin gewohnt.

»Also kein natürlicher Tod?«

»Alles andere als natürlich«, sagt er.

Nachdem der Arzt abgerauscht ist, sieht auch Otte wie ein Notfall aus. Ich schicke ihn nach unten, um die Gäste der umliegenden Zimmer für eine spätere Befragung zu identifizieren. Bitte dann die Zentrale um eine weitere Streife, verständige das LKA. Es ist nicht meine erste Tatortsicherung.

Absperrband, Einweghandschuhe, Schuhüberzieher habe ich schon in meiner Schutzweste. Bloß keinen Ärger mit der KT. Bald wird dieses Stockwerk voll mit Leuten sein. Noch herrscht Totenruhe.

Das *Bitte-nicht-stören*-Schild hängt an der Zimmertür. Es schaukelt, als ich sie weiter öffne und mich ins Innere schiebe, fällt aber nicht.

Die Lüftung im Bad rödelt vor sich hin. Richtet nichts aus gegen den Geruch nach Tod. Bald wird es noch schlimmer werden. Die Heizung läuft auf voller Kraft, die Fenster sind geschlossen, und so muss es bleiben. Ich schaue um die Ecke hin zu Schrank und Bett, gebe dem Notarzt recht: Die Lage ist eindeutig.

Nackt und starr liegt die Leiche in der Mitte des zerwühlten Doppelbetts, ringsum verstreute Kleidung, eine zerknüllte Outdoorjacke. Paketband um Knöchel, Knie und Handgelenke, tote Augen hinter reißfestem Plastik. Obwohl ich es besser weiß, scheinen sie mich anzustarren. Ich starre zurück. Rühre mich nicht und versuche, meinen Atem zu regulieren. Höre draußen den Fahrstuhl eintreffen. Robuste Schuhsohlen schleifen über den Teppichboden, zögern vor dem Zimmer, allerdings nur kurz. Wenkowski.

»Was ist das denn?«, ächzt er, als er neben mir steht. »Ein autoerotischer Unfall, oder was?«

»Sieht so aus.«

»Kranker Scheiß.«

Mein Blick fällt auf seine Stiefel. »Du hast keine Überzieher an. Du solltest gar nicht hier drin sein.«

Wenkowski gehorcht, und ich folge ihm in den Flur,

schließe die Zimmertür, ohne mich noch einmal umzudrehen. Ich habe gesehen, was ich sehen wollte.

Mein Vater ist wirklich tot.

2

Der Tod hat mich schon als Kind angezogen und auch das Sterben. Manchmal brachte unsere Katze Rita eine lebendige Maus durch die Klappe. Spielte stundenlang mit ihrem Opfer, bevor sie es zur Strecke brachte. Und wie süß sie dabei aussah. Einmal erwischte mich meine Mutter dabei, als ich Rita dabei beobachtete. Das einzige Mal, dass sie mir eine runterhaute. Ich war ihr als Kind oft unheimlich. Sie machte sich Sorgen, was aus mir würde. Ständig hatte sie vor allem Angst. Erst viel später verstand ich, warum. Als ich ihr sagte, dass ich zur Polizei will, war ihre Erleichterung grenzenlos. Das würde mir Struktur geben und Ordnung. Dabei war sie immer links.

Meinen Erzeuger beschrieb sie mir als Micha, eine flüchtige Bekanntschaft auf dem Folktreff 1978, keinen Nachnamen wert. Einer von außerhalb. Sie waren beide betrunken, vielleicht bekifft. Als ihre Regel ausblieb, war er längst über alle Berge. Wozu brauchte man so einen Vater? Ich hatte nie weitergefragt. Ich war trotz allem wohlerzogen.

Erst nach ihrer Beerdigung kontaktierte mich eine alte Studienkollegin. Gerda habe sich ihr vor Jahren anvertraut, ihr Geheimnis mit ins Grab nehmen wollen. Ich aber hätte ein Recht zu wissen, wie ich entstanden sei, wenn ich es denn wissen wolle. Ich wollte.

3

Mein Erzeuger hatte sich nie die Mühe gemacht nachzusehen, ob meine Mutter tot oder nur bewusstlos war. So überlebte sie. Lief nach Hause, wusch und wusch und wusch sich, igelte sich ein, bis ihr Kopf klarer wurde. Sie wollte zunächst Anzeige erstatten. Entschied sich dagegen. Zu unzuverlässig ihre Erinnerungen, zu groß der Schock und die Scham. Die Angst, dass man ihre Mitschuld an allem suchen und finden würde. Dass sie mit mir schwanger war, bemerkte sie erst in Woche vierzehn. Bis dahin waren ihre Würgemale längst verblasst. So wie ihr Mut.

Ich werfe meiner Mutter ihre Heimlichkeiten nicht vor. Sie war eine Überlebende. Und sie hat früh geahnt, wie viel von meinem Erzeuger in mir steckt.

Mir selbst wurde es erst klar, als ich ihn im Finnegan's so schockierend schnell erkannte und er mir all diese Geschichten erzählte. Das war nicht nur ein alternder Mann auf Nostalgietrip in der Heimat – es war die Rückkehr an einen Tatort. Was für ein verdammtes Klischee und grob fahrlässig dazu.

Dass ich sein Produkt bin, kapierte er erst ganz am Ende. Die späte Rache von Gerda Schäfer. Die Rache für Aurelie, Dina und Brid. Ihre Namen nannte er mir am Schluss. Vielleicht um sein Leben zu retten. Aber ich bin wohl die Tochter meines Vaters.

»Du könntest viel von mir lernen«, war sein letzter Satz, bevor ich den Ziplock zuzog und ihn seinem Schicksal überließ.

Ich weiß genug. Ich weiß, wie man Spuren vermeidet. Ich weiß, wie man sie verwischt und zerstört. Vor allem weiß ich, wie selten Gewalt gegen Frauen Gerechtigkeit erfährt. Für Illusionen bin ich viel zu lange bei der Polizei.

Meinen ersten Mord werde ich nie vergessen. Ob ich ihn irgendwann bereuen werde? Keine Ahnung. Mehr Gedanken macht mir dieser neue Drang in mir. Ein Drang, diese Schweine dafür bezahlen zu lassen, was sie ihren Frauen, Freundinnen, Töchtern und Enkelinnen angetan haben. Alle. Aber diese Augenblicke gehen vorüber. Und dann kommt der nächste.

Thomas Raab

Das Mysterium von Holzwickede

Was Heimat ist?
Jedenfalls nichts Materielles oder irgendein Stück Land.
Sondern?
Heimat ist …

Endlich war es vorbei.

Mit einem kühlen »Dorfstraße 29, 59439 Holzwickede!« unterbrach Adam Kanzler den penetrant lautstarken Lesefluss seines Fahrgasts und öffnete die Hintertür. Trotz eleganten schwarzen Anzugs klang Adams Stimme, als wäre er gezwungen worden, in irgendeinem versifften Regionalexpress die Stationen zu verlautbaren.

Unna. Nächster Halt Holzwickede.

Holzwickede. Nächster Halt Dortmund-Sölde.

Dortmund-Sölde. Nächster Halt Dortmund-Aplerbeck …

Und doch war alles anders. Völlig anders. Schließlich hatte Adam Kanzler, kurz genannt Herr Adam, keinen Haufen geduldiger Menschen verlässlich unpünktlich per Deutscher Bahn von A nach B zu befördern, sondern wie stets nur einen einzigen Fahrgast zu chauffieren. Allerdings nicht wie sonst seine Gnaden Herrn Grünwald, sondern Maxi Gronemeier.

Grund dieses Transports: der nächste offiziell bekannte Todesfall im Umkreis der Dorfstraße 29, 59439 Holzwickede, genauer gesagt, des Hauses Opherdicke. Kein Spaß so was. Sollen die Leut seinetwegen alle im Haus Opherdicke krepieren oder im Schlosspark, wo und wie sie nur wollen. Und logisch sieht es dort hübsch aus. Ein feines Plätzchen, aber eben nicht das einzige.

Und genau das nervt gewaltig.

Erstens, weil jeder Nullachtfünfzehn-Tourist glaubt, Holzwickede hätte sonst nichts zu bieten, und dann immer nur Wasserschloss, Wasserschloss, Wasserschloss … Was, bitte, ist mit der Schönen Flöte? Ein Freibad inmitten einer derart ausgedehnten Parklandschaft, da lässt sich wunderbar absichtlich das nervigste Kleinkind verlieren oder der langweiligste Ehepartner. Nicht minder sehenswert der Emscherquellhof im Hixterwald. Und wer ganz was anders braucht, soll sich seinetwegen im Thermomix-Kochstudio Tautz in was auch immer einführen oder sich im Judo Club Holzwickede auf die Matte legen lassen. Aber nein, Haus Opherdicke. Immer. Eine Pest.

Zweitens, weil das Wasserschloss jetzt mit diesen Todesfällen auch noch seinen Mystikvirus verbreitet, in Holzwickede darum von nichts anderem gesprochen wird.

Drittens, weil es für Adam Kanzler massiv geschäftsschädigend ist als jemand, der gerade dabei ist, neben dem Limousinenservice HowiHerz einen Konkurrenzbetrieb aufzubauen. Wer will sich da noch in großräumigen Fahrzeugen, die aussehen wie aufgeblähte Leichenwagen, herumführen lassen?

Und Leichen gab es genug. Sechs bereits an der Zahl, vermutlich sogar deutlich mehr. Die Opfer ausschließlich Männer. Alter zwischen dreißig und achtzig. Alle unterschiedlich gut situiert, von einem Fließbandarbeiter der Gepäckausgabe Flughafen Dortmund bis zu einem Multimillionär, zwar ohne Rollbahn, dafür mit Rolls-Royce. Die Todesursache war jedes Mal ident: Herzstillstand. Gefunden wurden die Leichen auf dem gesamten Areal des prächtigen Wasserschlosses Haus Opherdicke. Sowohl im Inneren des Gemäuers, dessen Fundament aus dem 12. und dessen Fassade aus dem 17. Jahrhundert stammte. Auch in dem weitläufigen Skulpturenpark lag zwischen den Bronze- und Granitkunstwerken ihres Schöpfers Raimondo Puccinelli schon ein Signore herum. Monsignore sogar, weil Mitglied des Erzbistums Köln.

Wenngleich Zeugen einheitlich von einem schockartigen Zustand, von Erstarrung berichteten, von Leichenblässe, einem Zittern, aufgerissenen Augen, die sie an den Opfern beobachtet haben wollten. Und hier wurde es spannend, denn der Ort dieses Geschehens war stets derselbe – der erste Stock des Hauses. Jener Bereich also, der als Museum zur Verfügung steht. Und dem schon nicht genug, handelte es sich dabei immer um denselben Raum, umgeben von den dort hängenden Gemälden. Darunter das Werk »Max Olderock / Aus 1000 + 1 Nacht / 1957«.

Was kein Wunder war. Schließlich lief seit dem 17. März im gesamten Obergeschoss die Ausstellung namens »Max Olderock – Mystischer Expressionismus«.

Die Bilder abstrakt, ausdrucksstark, voller Farbe, ja, Licht. Keineswegs waren sie eine Einladung, um bei einem Rundgang von Schwermut, großem inneren Aufruhr, Grauen, ja, Todessehnsucht heimgesucht zu werden. Und doch starben hier auf rätselhafte Weise Männer, Männer, Männer, Männer. Schrecklich zwar, für den Ticketverkauf aber kein Schaden. Viel eher schien es, der Ausstellungsbesuch hatte sich als eine Art Mutprobe herumgesprochen. Als Adrenalinkick. Als Auftrag, das Rätsel zu lösen, vielleicht den Mörder zu finden und – ganz besonders wichtig – dabei selbst nicht draufzugehen.

Logisch zog das wie ein Misthaufen die Fliegen vor allem wiederum Männer an – welche Frau wäre auch dumm genug, sich freiwillig auf eine Partie russisches Roulette einzulassen? –, darunter Kandidaten, die rein optisch und intellektuell nicht unbedingt auf Anhieb als große Museumsbesucher einzuschätzen waren. Ja, und weil so eine Mutprobe ziemlich aufregend ist, gab es vor lauter Muffensausen schon Herzattacken, bevor der zweite Stock des Hauses Opherdicke überhaupt erreicht worden war. Kurzum, dieser Horror musste ein Ende finden.

Genau deshalb stand Herr Adam nun auf dem Parkplatz des Wasserschlosses, und Freude damit hatte er keine. Erst abends zuvor war ihm kurz vor Mitternacht der Einsatzbefehl erteilt worden. »Herr Adam, verzeihen Sie die späte Störung. Aber morgen erwartet Sie eine Extrafahrt. Bringen Sie bitte um zehn Uhr Maxi Gronemeier von der Kriminalpolizei zu Olderock nach Opherdicke!«

»Heißt, ich muss das Mäxchen von der Kriminalpolizei abholen? Oder ist Maxi beruflich Bulle, und die Abholung findet woanders statt?«

»Zweiteres! Haben Sie getrunken?«

»Nur ein paar Milliliter. Soll ich den Fahrgast tatsächlich Maxi nennen? Oder doch besser Maximilian oder noch besser Kommissar Gronemeier?«

»Am allerbesten wäre Kommissarin Gronemeier. Maxi ist weiblich, der Fahrgast also ein Gästin.«

Herr Adam leerte das während des Anrufs vor ihm stehende dritte Glas Doppelwacholder auf ex, und weil er obendrein vor seinem Laptop saß, gab er das Unwort schnell bei Word ein. Ungewohnt eben für Herrn Adam, wo er ja zu jenen Menschen zählte, denen es allein beim Hören oder Lesen eines Begriffs wie »Gästin« erging, als wären sie beidbeinig auf zwei Seeigel gestiegen oder hätten sich synchron die linke und rechte Schulter ausgekugelt.

»Eine Gästin«, ließ er sich mit seinem herbeigezauberten Fachwissen nicht lumpen, »gibt es nicht! Sogar meine Rechtschreibkorrektur unterwellt es rot.«

»Sie sagen es, Herr Adam, Ihre Rechtschreibkorrektur. Und doch steht es exakt so als weibliche Form von ›Gast‹ in der Bibel deutscher Sprache, dem Duden. Ich weiß, ich weiß, für Sie, der Sie aus Bad Tölz kommen, ist der Duden ein Fremdwörterlexikon. Eine Lektüre, die wahrscheinlich, heimlich von ihrem Landsmann Markus Söder beauftragt, grad bayernweit geschreddert wird.«

Der gegen Kritik ansonsten immune Adam Kanzler spürte die Verstimmung seiner Herrschaft, und das traf ihn sehr, denn ja, da war so etwas wie Liebe. Allein der Klang der Grünwald-Stimme ließ Adam eine Eva herbeisehnen, eine mit Moral und ohne Feigenblatt natürlich. »Bitte um Verzeihung, ich wollt Sie nicht belehren, Frei-Frei-he-he-herr!« Zu beklemmend für Adam.

»Morgen um zehn Uhr, die Adresse schicke ich noch. Und jetzt geben Sie Andreas Bescheid.«

»Welchem Andreas?« Adam Kanzler verstand nicht.

»Hauptkommissar Berg! Sie kennen ihn.«

»Ja, aber ich habe ihn ewig nicht gesehen.«

»Seit er Ihnen die Frau ausgespannt und sie später vor die Tür gesetzt hat. Ich weiß. Das spielt keine Rolle. Sie schreiben ihm exakt das, was ich Ihnen nun gleich per Messenger schicke und dann sofort wieder lösche.«

Adam fehlten die Worte. So auch in der Tat, denn die Verbindung war getrennt worden. Stattdessen kam die zu verschickende Nachricht.

Und Adam teilte sie entsprechend weiter.

Andreas, lang nichts gehört. Ich bin's, Adam. Frau von Grünwald will, dass ich morgen Maxi Gronemeier in die Olderock-Ausstellung führ! Ermitteln wahrscheinlich. Ich dachte, das solltest du wissen! Liebe Grüße

Daaaaaanke. Das ist ja uuuuurlieb von Dir und megaaaa wichtig. Weil die kann was erleben! Ab wann bist du dort?

Ankunft etwa 10:15h.

Suuuuuper ich komm nach. Und noch mal Daaaanke.

Adam Kanzler wusste nicht recht, wie weiter antworten, und bediente sich längst auch zur deutschen Allgemeinbildung zählender bekannter österreichischer Floskeln. Sätze, die das Ausmaß an Korruption, Dummheit und Dreistigkeit in kaum zu übertreffende Höhen hatten steigen lassen.

Kriegst eh alles, was Du willst.

Ich bin so glücklich :-))) Ich liebe meinen Kanzler

Und hier stand er nun, Adam Kanzler, die offene Wagentür neben, das Fahrziel vor sich.

»Haus Opherdicke!«, wiederholte er. »Hören Sie mich? Kommissar Gronemeier?«

Keine Antwort.

Kurz musste Kanzler in sich gehen, zwecks Absolution per Telekinese mit Markus Söder in Kontakt treten, was auch garantiert funktionierte, denn wenn sich jemand wie Markus Söder erschreckend ernsthaft im Karneval als Shrek, Gandalf oder Marilyn Monroe verkleidete, dann wird er ja wohl auch schon mal ganz simpel nur als Chinese im Tele zu sehen gewesen sein. Hohoho. »Gelobt sei Markus Söder. In Ewigkeit. Amen«, flüsterte Adam, musste lächeln und wagte das für Bayern strengstens Verbotene: »Frau Kommissar-in! Fräulein …«

***

Maxi.

Ein Name von Natur aus unisex.

Eine Abkürzung, die gleichermaßen für Männlein und Weiblein durchging. Wenngleich in diesem Fall ein grobes linguistisches Verbrechen verübt wurde, denn seit die wunderbare Maxi Gronemeier von ihrem bayerischen Großvater mütterlicherseits ihres dritten Ms beraubt worden war, war dieses M in Zwiesel geblieben und mit Opa Adolf längst auf dem Zwieseler Friedhof beerdigt. Zum Verzwieseln so was.

Kurzum: Eigentlich war Maxi Gronemeier eine Maxim Gronemeier. Drei M. Und dieses Maxim würde deutlich besser zu jenem Umstand passen, in dem sich Maxi Gronemeier an diesem Vormittag nun befand. Denn wie gesagt, sie saß bei Herrn Adam auf der Rückbank. Genauer gesagt, saß sie auf der weißen Lederrückbank von Hasso von Grünwalds Luxuslimousine, stets gelenkt von Chauffeur Herr Adam. Noch genauer gesagt, auf der weißen Lederrückbank von Hasso Freiherr von Grünwalds Luxuslimousine. Ganz genau gesagt aber, saß sie auf der weißen Lederrückbank der Luxuslimousine von Hasso Freiherr von Grünwalds Gemahlin und Witwe Felicia. Eine Freifrau sozusagen, denn Hasso war tot. Wuff. Hasso, das erste Opfer und der eine Millionär unter den sechs im Wasserschloss Haus Opherdicke verschiedenen Herren.

Maxi Gronemeier jedenfalls saß hier auf dieser Rückbank eines Rolls-Royce Ghost Extended mehr als hervorragend. Eine Luxuslimousine, für die ihr selbst der Begriff Luxus untertrieben schien. Weder hatte sie einen derartigen Bonzenschlitten jemals zuvor durch Ansurfen der entsprechenden Internetseite zu Gesicht bekommen, noch war er wahrhaftig an ihr vorbeigerollt.

Und zugegeben, es gefiel ihr. Ein Ort, um prächtig darin zu verweilen. Selbst die Geschmeidigkeit des weißen Leders unter Maxis abgetragener Jeans ließ keinen Zweifel daran, zwar als Sitzmöglichkeit gedacht, aber viel besser noch als

Schlafgelegenheit geeignet zu sein. Und wenn schon nicht liegen, dann zumindest lümmeln. Nein, für Maxi gab es gerade nichts zu meckern, ihr Leben hatte sich seit gestern Abend deutlich zum Besseren entwickelt. Bis dahin nämlich hatte sie noch, seit einer Woche vom Dienst suspendiert, frustriert zu Hause zwischen den Lippen festgehangen.

Lippen: weil in Maxis Augen dieses nördliche Viertel Holzwickedes eingegrenzt von Dortmunds Flughafen und der B 1 auf Google Maps einem dezenten Schmollmund glich.

Zwischen den Lippen: weil Maxi quasi in der Berührungslinie von Ober- und Unterlippe, sprich der Wilhelmstraße, wohnte. Ecke Sachsenstraße. Dort also stand sie noch am Vorabend ohne Dienstmarke, Dienstwaffe und Dienst hinter dem Dachbodenfenster ihres Schlafzimmers, trank Wodka ohne alles, sah vis-à-vis das Dach der Dachdeckerei Rumpel, dahinter über den Dächern den Start eines glücklicherweise weniger rumpelnden Passagierflugzeugs des Flughafens Dortmund und haderte mit ihrem Schicksal. Einfach nicht aufgehört hatte sie, an der Einschätzung ihres Vorgesetzten Kriminalhauptkommissar Berg zu zweifeln. Leider lautstark: »Sechs Männer ähnlichen Alters sterben an derselben Todesursache irgendwo auf dem Opherdicke-Anwesen, wahrscheinlich ausgelöst durch ein Attentat in der Olderock-Ausstellung, womöglich sogar im selben Raum. Und was machen wir? Nichts! Nur ein Vollidiot wie Berg glaubt, es könnte sich dabei um Zufall und nicht um Mord handeln!« Und logisch stand Berg hinter Maxis Rücken in der Tür, obwohl er eigentlich vor der Tür auf Rauchpause hätte sein sollen.

»›Was soll das‹!«, kam es prompt aus seinem Mund, absichtlich bewusst undeutlich. Danach die Frage »›Alkohol‹?« und seine zum Ausgang weisende Hand. »›Der Weg‹.«

Alles Megahits ein und desselben deutschen Superstars. Für Maxi keine Überraschung. Selbst der größte Depp schaffte es, ihrem Nachnamen Gronemeier aussprachetechnisch die zwei

Pünktchen dazuzudichten. Wahrscheinlich genauso oft wie sich die Dachdecker Rumpels irgendeinen Idiotenschmäh mit Rumpeln anhören mussten, durfte sich Maxi in ihren vierzig Lebensjahren von jedem x-belieben, stets männlichen Idioten eben undeutlich ansingen lassen: *»Männa nehm innenam, Männa gebm Geboagnhaid, Männa weinn heimlüüüch, Männa brauchn viehl Zätlüchkaiiid, denn Määänah sinn sooo …«*-lche Dumpfbacken. Hirnlose Primaten. Am schlimmsten die stockbesoffenen Exemplare, die ihr dann wie einst Hauptkommissar Berg mit einem »›Ich hab dich lieb‹ …« an die Wäsche wollten.

Leider erfolgreich.

Und genau dieser Hauptkommissar Berg vermutete sich an diesem Tag selbst wieder in kreativer Höchstform, sah Maxi zu, wie sie zur Drehtür ging, und rief ihr noch ganz stolz ein »Zeit, dass sich was dreht!« hinterher. Trottel eben. Logisch konnte Maxi da nicht anders: »Vor allem, was deinen Rollsessel betrifft. Der wird dich hoffentlich bald abwerfen und zum Mond schleudern.«

»Raus, Gronemeier, sonst vergess ich mich!«

»Das wird dir leichtfallen, weil viel hast du dir dafür nicht merken müssen!« Und logisch wusste sich auch Maxi bei jemandem, der nicht nur Berg, sondern auch noch Andreas mit sehr, sehr kleinem S hieß, einen passenden Titel: »›Du hast mich tausendmal belogen‹.« Wahre Worte in diesem Fall.

Eine Woche lang hatte sie nun beruflich nichts gehört. Bis dann eben der Anruf kam, keiner allerdings von Hauptkommissar Berg.

»Hallo?« Verführerisch zart die Stimme. »Ist dort Kommissar Gronemeier? Ich ruf an wegen Hasso.«

»Geht's noch!«

»Kommissarin natürlich, bitte verzeihen Sie, Kommissarin, Kommissarin, Kommissarin Gronemeier.«

»Also ob mir das wichtig wär! Mein Schlaf ist mir wichtig. Es ist dreiundzwanzig Uhr. Woher haben Sie meine private

Handynummer? Und welcher Hasso? Ich bin keine Hotline für vermisste Hunde.«

»Hasso! Es geht um Hasso!«, wurde wiederholt.

»Verdammt, ich kenn keinen Hasso, außer den Schäfer von meinem Opa Adolf, und die sind zum Glück beide tot.«

»Grünwald! Hasso von Grünwald.«

Maxi dachte, sie hörte nicht recht. »Wie? Der Freiherr?«

»Die Frau, ich bin seine Gemahlin. Felicia.«

Die vierte oder fünfte oder was weiß das Standesamt wievielte, aber eben die eine, die hieß wie Maxis erstes eigenes Auto. Ein Škoda Felicia. Das allein brachte Felicia schon ein paar Sympathiepunkte – und es kamen noch ein paar mehr dazu.

Leise das Flüstern der Witwe. »Ich glaube, ich weiß, wer hinter den Morden steckt!«

Und schon war Maxi ganz Ohr.

»Mein Mann Hasso und Ihr Vorgesetzter Kriminalhauptkommissar Andreas Berg haben nämlich etwas gemeinsam«, setzte Felicia fort. »Und weil sich mein Chauffeur Adam und Andreas noch aus der Schulzeit kennen, haben wir eine Chance, die Morde aufzuklären. Am besten vor Ort bei ›Max Olderock – Mystischer Expressionismus‹ und eben diesem einen Bild ›Tausend und eine Nacht‹.«

Maxi Gronemeier war plötzlich höchst mulmig zumute, denn da lag eine direkt betörende Unheimlichkeit in Felicias Stimme, ein Unterton, der verlockend und gespenstisch zugleich war. Logisch bei dem, was nun folgen sollte.

»Und was ist Ihre Vermutung?«, wollte Maxi wissen.

»Ein Spuk! Ein Geist! Der Rache übt oder Gerechtigkeit walten lässt!«

Maxi wusste sich keine Antwort. Dennoch konnte ihre Neugierde nicht größer sein. Schließlich hatte es sich Hauptkommissar Andreas Berg nicht nehmen lassen, Felicia nach dem Tod ihres Mannes Hasso persönlich befragen zu wollen, selbstverständlich auf dem Anwesen des Freiherrn. Der Grund lag auf der Hand. Felicia war in ihrem Leben vor der Grünwald-Ehe als Sexualtherapeutin tätig gewesen und Andreas Berg wohl der Hoffnung, er könnte mit der frischen Witwe ein paar praktische Übungen einschieben. Die Drecksarbeit im Haus Opherdicke durfte Maxi durchführen. »Ich geh doch nicht freiwillig in ein Museum!«, so Andreas Berg. Und Maxi konnte es spüren.

Er hatte Angst. Zu Recht, wie sie gleich erfahren sollte.

***

»Haus Opherdicke. Wir wären jetzt am Ziel, Madame!« Herr Adam in seiner Chauffeursadjustierung – schwarzer Anzug, schwarze Schnürschuhe, schwarze Sonnenbrille – beugte dezent den Oberköper und sah zu Maxi herein, sein Blick mittlerweile angespannt, sein Ton scharf, auffordernd und doch sinnlos. Sogar sein Nachsatz »Wenn ich bitten darf!« blieb erfolglos.

»Sie können mich«, ließ sich Maxi nicht beirren, »gern bitten. Vorher will ich diesen Text hier fertiglesen.«

Dezent zog sie die Tür ein wenig zu sich, ohne zu schließen. Herr Adam sollte es hören. Ein Mann von offenbar schmähbefreitem Naturell. Denn amüsiert hatte ihn der kleine Scherz nämlich kein bisschen, mit dem Maxi bei Abholung vor ihrer Haustür in den Wagen gestiegen war: »Ich staune! Ein Rolls-Royce und kein Mercedes-Maybach S-Klasse? Das ist ja, als würde sich die Nationalmannschaft statt Adidas für Nike entscheiden!« Verbittert sein Blick. Vergrault sogar. So wie jetzt. Vor der fast geschlossenen Tür seines Rolls.

Maxi nahm dennoch jene Zeitschrift zur Hand, die beim Einsteigen auf der Rückbank des Wagens gelegen hatte mit einem Post-it als Lesezeichen. *Bitte während der Fahrt laut vorlesen! Liebe Grüße, Felicia!*

Als Coverfoto das Porträt von Hasso Freiherr von Grünwald, dazu die Überschrift *Der Mann von nebenan*. Darin ein Interview mit dem Aufhänger: *FREI, HERR Grünwald?* Maxi hatte beinah alles fertiggelesen. Sinnloses Blabla. Hauptsächlich Infos über seine Ursprungsfamilie, seine Herkunft. Dazu sein Gewäsch darüber, wie sehr es ihm widerstrebe, ohne eigenes Zutun wohlhabend geworden zu sein, obendrein ausgestattet mit Genen, sprich, einem Adelstitel, der ihn von Geburt an als Hochwohlgeborenen bezeichne. Beides falsch. *Aber wieso?*, wollte die Journalistin wissen. *Ich bin weder hochgeboren, denn das Licht der Welt habe ich in den Niederungen des östlichen Ruhrgebiets erblickt*, so die Antwort. *Und wohlgeboren bin ich schon gar nicht. Denn meine Mutter hatte eine schwere Niederkunft. Achtundvierzig Stunden Schmerzen. In Stunde neunundvierzig wurde ich ihrem Leib schließlich mittels Saugglocke entzogen. Ein Umstand, der mir immer noch anzusehen ist.* Worauf die Journalistin feststellte: *Sie haben sich doch wunderbar ausgewachsen!*

Sogar in abgedruckter Form war diese Speichelleckerei kaum zu ertragen. All das hatte Maxi während der Fahrt bereits laut vorgelesen, auf dass es Herr Adam auch schön hörte.

Ja, und nun wollte sie die Geschichte eben zu Ende bringen.

»Wo haben Sie mich unterbrochen, Herr Adam?«

»Bei dem Stuss über Heimat.«

»Na bitte, Sie passen ja auf. Die Frage an den Freiherrn war also: *Was ist eigentlich Heimat für Sie?*

Was Heimat ist? Nichts Materielles oder irgendein Stück Land. Sondern?

Heimat ist jener Ort, an dem sich meine Familie aufhält, meine wunderbare Ehefrau Felicia, meine Kinder! Der Ort wahrer Liebe.

Oh, wie schön. Und wahre Liebe? Was ist das?

Die wahre Liebe ist Grenzenlosigkeit. Sie verzeiht und schenkt immer wieder neue Chancen.«

»Grenzenlos muss sie auch sein bei einem Mann, der in vierter Ehe verheiratet ist«, platzte Herrn Adam außerhalb des Rolls der Kragen.

Und Maxi kam zum Ende des Textes.

»Was für ein schönes Schlusswort, das uns gleichzeitig auch Hoffnung schenkt. Hoffnung auf einen Anfang! Danke an Hasso Freiherr von Grünwald für dieses so berührende Interview.

Eva Mercedes Steinpichler«

Maxi war froh, diese Zeitschrift nun zuschlagen zu können. Nicht nur weil ihr bei diesem Gesülze der Brechreiz die Gurgel hochkroch und dringend nach Frischluft verlangte, sondern weil auch der Dienstwagen samt Hauptkommissar Andreas Berg im Anrollen war. Abgesehen davon hatte sich Adam Kanzler in eine Art Hulk verwandelt, grün angelaufen vor Zorn.

»Haben Sie den Dreck jetzt durch!«, sprach er und riss die Wagentür auf. »Und können wir jetzt endlich rauf? Ihr Chef ist gleich da!«

Ruhig stieg Maxi aus und ging neben dem stattlichen Adam auf den Eingang des Hauses zu. »Meine Familie stammt aus Zwiesel, drum hör ich's raus: Wir sind wahrscheinlich verwandt, oder? Weil Sie kommen aus Bayern.«

»Bad Tölz«, murrte Adam in sich hinein, dann wurde er lauter. »Da haben Sie Ihre Mercedes S-Klasse. S für Sauerei. S für Steinpichler. Mercedes für Mercedes. Wissen Sie, was diese Trutschen Eva Mercedes Steinpichler nach dem Interview noch war außer eine vollbusige Tratsch- und Klatschjournalistin? Mein Fahrgast. Nein, Gästin. Eine Fahrgästin zum Vergessen. Und nicht die erste.«

Und während er sprach, wechselte Maxi an seiner Seite aus dem für Hochzeiten, Konzerte und Kulturereignisse so beliebten Erdgeschoss des Hauses Opherdicke in den ersten Stock.

Ging zielstrebig durch die Ausstellung »Max Olderock – Mystischer Expressionismus« an all den kraftvollen Bildern vorbei.

Und Adam legte nach. »Holen musste ich sie ihm alle, dem Herrn Freiherrn. Seine Liebschaften. Und den Freiherrn durfte ich bringen zur Haartransplantation, Stirn-, Lidstraffung, Tränensackentfernung, Zahnbleichung und Rezepteholen natürlich, beim Urologen.«

»Gronemeier, jetzt bist du fällig!«, klang die Stimme des Hauptkommissars durch die Gänge hinterher. »Du hast hier nichts verloren, du …«

»Na, das passt ja. Der Berg Andreas! Auch so ein Bonobo. Ein dauergeiler Aff mit haufenweis Affären. Berg, wenn ich das schon hör! Wobei ein Lied ist ganz okay und passt ja: ›Du hast mich tausendmal belogen‹!«

»Wem sagen Sie das!«

Maxi fühlte sich plötzlich sehr mit Adam verbunden und blieb stehen. Zielort erreicht.

Max Olderocks besagtes Gemälde.

Unzählige kurze, bunte, senkrechte Striche. Darin zwei weiße Linien, durch die ein fast geisterhaft wirkendes Gesicht entstand. Weiblich, männlich. Egal. Mit langer Nase.

»Und für so einen Schmarrn kommen die Leut, jeder Kindergartenmalkurs bringt das zustande!« Nun betrat auch Andreas Berg den Raum, las den Titel des Gemäldes: »›Tausend und eine Nacht‹!«, betrachtete abfällig das Bild. »Was soll das sein? Ein Schwanz? Und warum heißt der Dreck so? Weil's tausend Striche sind? Lächerlich! Tausend und …«

Dann ging es schnell.

Sehr schnell.

Das Eintreten eines schockartigen Zustands, die Erstarrung, Leichenblässe, aufgerissene Augen, das Zittern, den Blick auf das Gemälde gerichtet.

»Andreas!«, brüllte Adam, berühren wollte er ihn, womöglich wachschütteln.

Maxi griff dazwischen. »Nicht! Wir müssen sehen, was passiert. Herausfinden, was hier los ist! Mystischer Expressionismus eben.«

Unansprechbar taumelte Andreas Berg rückwärts, der Blick starr, die rechte Hand auf sein Herz gelegt. Dann lief er davon, nahm die Treppe, nahm sie zu unsauber, zu hektisch – und wird wohl als erster Olderock-Toter mit Genickbruch in die Geschichte des Hauses Opherdicke eingehen.

Kein Wort brachten Maxi und Adam zustande, nebeneinander auf der Rückbank des Grünwald-Luxusschlittens sitzend, während die eingetroffenen Einsatzkräfte ihres Amtes walteten.

Bis Adam Kanzler flüsternd meinte: »Ein prächtiger Ghost!«

»Das kann doch alles nicht sein! Ein Geist.« Maxi wollte es nicht glauben.

»Der auch. Aber ich meine ihn.« Adam deutete zum Fahrersitz. »Ein prächtiger Rolls-Royce Ghost Extended! Das heißt ›erweitert‹. Wollen wir unseren Termin auch erweitern? Vielleicht den Schock irgendwo ausklingen lassen? Ich führ Sie.«

»Reingehen können wir wieder. Ins Café. Der Blick Richtung Süden ist herrlich hier, über das Ruhrtal ins Sauerland. Auch irgendwie extended.«

END

♡

Extended END

Wie stets während ihrer Sexualtherapiestunde saß Felicia von Grünwald in ihrem engen, kurzen Schwarzen vor einem Patienten. Schmidt sein Name. Schmarrn natürlich. Eine Lüge. Er hieß anders. Felicia wusste es. Sah es ihm an. Herzzerreißend seine Show. Eine Klage seines Leids. Dieses Gefühl, ein böser Geist lebe in seinem Inneren und gebe ihm viele Gesichter.

»Meinen Sie die im Karneval?«, wollte Felicia wissen.

Nein, die tatsächlichen. Denn dieser Geist in seinem Inneren wolle ihn stets jemand sein lassen, der nach Anerkennung suche. Und darum habe er ein großes Problem, nämlich dieses ständige Fremdgehen.

»Ist es auch ein Problem für Ihre Frau, Herr S…, sagen wir Schmidt?«

Kein Problem, denn seine Frau wisse ja nichts davon.

Dafür wusste Felicia sofort: Sie könne helfen.

Denn aus einem Aprilscherz mit ihrem ständig fremdgehenden Mann Hasso war mehr geworden. Ein Therapiekonzept für von permanentem Ehebruch betroffene Frauen. Hasso, der ihr an einem 1. April die Einladung zur Olderock-Ausstellung vor den Latz geknallt hatte, gespickt mit der für ihn und seine Kreise üblichen Geschichtsdeutung: »Dieser Dreck wurde von den Nazis nicht umsonst als entartet gebrandmarkt, direkt hypnotisch!« Felicia hatte ihn so satt. Hasso. Auch ohne O. Hatte alles satt. Hatte aber immer noch sich und ihre Fähigkeiten.

»Ich kann das übrigens, Hasso.«

»Was denn, Feli? Etwas schön Entartetes!«

»In gewisser Weise schon, Hasso, Hypnose.«

»Du! Niemals. Glaub ich nicht. Zeig's mir!«

Und schon nach der Sitzung wollte Hasso nichts anderes,

als im Haus Opherdicke diesen einen Olderock wahrhaftig sehen. Irgendetwas daran gehe ihm so zu Herzen.

»Ich kann helfen, Herr Schmidt. Es gibt eine Lösung für Ihr Problem. Ich kann die richtigen Auslöser setzen und alles für Sie ändern. Sie müssen mir nur vertrauen …«

END vom Extended END

Autorinnen & Autoren

Eva Almstädt, in Hamburg geboren und aufgewachsen, absolvierte eine Ausbildung in den Fernsehproduktionsanstalten von Studio Hamburg und studierte Innenarchitektur in Hannover. Sie arbeitete im Bereich Küchen- und Wohnraumplanung, bevor 2004 ihr erster Roman »Kalter Grund« erschien. Der Krimi um die Lübecker Kriminalkommissarin Pia Korittki wurde zum Auftakt einer Reihe, deren Neuerscheinungen regelmäßig auf der SPIEGEL-Bestsellerliste zu finden sind. Seit 2022 schreibt Eva Almstädt eine ebenfalls erfolgreiche Nordseekrimireihe. Die Autorin lebt in Hamburg.
www.eva-almstaedt.de

Isabella Archan lebt nach vielen Jahren als Schauspielerin an Staats- und Stadttheatern in Österreich, der Schweiz und in Deutschland freiberuflich in Köln. Hier begann auch ihre Karriere als Autorin. Ihre Krimireihen um die MörderMitzi, Dr. Leo Kardiff und Willa Stark sind sehr erfolgreich. Neben dem Schreiben ist die gebürtige Grazerin immer wieder im TV zu sehen, unter anderem im »Tatort« und in ZDF-Produktionen. Die MordsTheaterLesungen zu ihren Krimis erfreuen sich großer Beliebtheit.
www.isabella-archan.de

Jan Beck wurde 1975 geboren und lebt in Österreich. Bevor er sich dem Schreiben widmete, arbeitete er als Jurist. Seine Thriller rund um Inga Björk und Christian Brand (»Das Spiel«, »Die Nacht«, »Die Spur«, »Das Ende«) landeten allesamt auf der SPIEGEL-Bestsellerliste. Wenn Jan Beck nicht gerade schreibt, verbringt er seine Zeit in der Natur, besonders gerne im Wald.
www.beckthrills.com

Zoë Beck, geboren 1975, ist Schriftstellerin, literarische Übersetzerin, Verlegerin (CulturBooks) und Synchronregisseurin für Film und Fernsehen. Sie lebt und arbeitet in Berlin. Zoë Beck wurde mit zahlreichen Preisen, unter anderem mit dem Friedrich-Glauser-Preis des SYNDIKATS, dem Radio-Bremen-Krimipreis und dem Deutschen Krimipreis, ausgezeichnet.
www.zoebeck.blog

Max Bentow wurde in Berlin geboren. Nach seinem Schauspielstudium war er an verschiedenen Bühnen tätig. Für seine Arbeit als Dramatiker wurde er mit zahlreichen renommierten Preisen ausgezeichnet. Seit seinem Debütroman »Der Federmann« hat sich Max Bentow als einer der erfolgreichsten deutschen Thrillerautoren etabliert, alle seine Bücher sind große SPIEGEL-Bestseller-Erfolge.
www.max-bentow.de

Christiane Dieckerhoff schreibt Spreewaldkrimis, Entwicklungsromane und unter dem Namen Nelly Fehrenbach dramatische Liebesromane. Sie sagt, es sei einfacher, einen Menschen umzubringen, als ihn zu verlieben. Ihr Roman »Engel der Themse« stand auf der Shortlist des Goldenen Homer in der Kategorie Historischer Kriminalroman (Pseudonym Anne Breckenridge). 2023 wurde ihre Kurzgeschichte »Bescherkind« mit dem Friedrich-Glauser-Preis des SYNDIKATS ausgezeichnet.
www.krimiane.de

Ellen Dunne wurde in Salzburg, Österreich, geboren. Sie lebte schon in Berlin, München und Mexiko-Stadt. 2004 folgte sie ihrer Sehnsucht nach Irland und dem Meer. Seitdem lebt sie als freie Texterin und Schriftstellerin südlich von Dublin, schreibt Kriminalromane und Kurzgeschichten mit (meist) iri-

schem Bezug. Ihre Reihe um die deutsch-irische Kommissarin Patsy Logan, erschienen bei Haymon Krimi, wurde mehrfach für Preise nominiert. 2023 erhielt sie für »Boom Town Blues« den Friedrich-Glauser-Preis des SYNDIKATS in der Kategorie Roman.
www.ellen-dunne.com
www.instagram.com/ellendunneautorin

Herbert Dutzler, geboren 1958 in Schwanenstadt, Oberösterreich. Matura 1977, danach Studium der Germanistik und Anglistik in Salzburg, Diplomarbeit zum neueren deutschen Kriminalroman der Siebziger- und Achtzigerjahre. Bis 2022 Lehrer für Deutsch und Englisch, daneben für Informatik und Darstellendes Spiel. Fünfundzwanzig Jahre Arbeit in der Lehrer:innenfortbildung im Bereich IT. Ein paar Deutsch-Lehrbücher darf die offizielle Biografie nicht verschweigen. Seit 2011 Veröffentlichung von elf Krimis, drei Thrillern und drei weiteren Romanen im Haymon Verlag.

Romy Fölck wurde 1974 in Meißen geboren. Sie studierte Jura, ging in die Wirtschaft und arbeitete zehn Jahre für ein großes Unternehmen in Leipzig. Mit Mitte dreißig entschied sie sich, ihren großen Traum vom Schreiben zu leben. Sie kündigte Job und Wohnung und zog in den Norden. Mit ihrem Mann lebt sie heute in einem Haus in der Elbmarsch bei Hamburg. Dort entstehen ihre Romane, die regelmäßig auf der SPIEGEL-Bestsellerliste einsteigen.
www.romyfoelck.de

Christiane Franke lebt gerne an der Nordsee, wo ihre bislang siebenundzwanzig Romane und ein Teil ihrer kriminellen Kurzgeschichten spielen. Neben den gemeinsamen Projekten mit Cornelia Kuhnert schreibt sie die erfolgreiche Serie um die beiden Wilhelmshavener Kommissarinnen Oda Wagner

und Christine Cordes. Im GOYA Verlag erschien 2021 der Roman »Endlich wieder Meer«.
www.christianefranke.de
www.kuestenkrimi.de

Peter Godazgar, geboren 1967, aufgewachsen in Hückelhoven (NRW), lebt in Halle (Saale). Nach fast zwanzig Jahren als Tageszeitungsredakteur wechselte er die Seiten und ist aktuell stellvertretender Pressesprecher der Saalestadt. Nebenher schreibt er Romane und Short Storys. Die sind immer eher lustig als blutig, dreimal brachte ihm das eine Nominierung für den Friedrich-Glauser-Preis des SYNDIKATS in der Kategorie Kurzkrimi ein. Seine Recherche in Lünen weckte alte Erinnerungen. Als Kind wohnte er neben einem Kirmesplatz – und liebte es, abends aus dem Fenster im dritten Stock auf die Lichter zu schauen.
www.godazgar.de

Frank Goldammer ist 1975 in Dresden geboren, Vater von drei Kindern, alleinerziehend. Er lebt und arbeitet noch immer in seiner Heimatstadt. Ursprünglich Handwerksmeister, hat er seinen Beruf vor einigen Jahren an den Nagel gehängt und schreibt hauptberuflich historische Krimis, Thriller und Romane.
www.frank-goldammer.de

Andreas Gruber, geboren 1968 in Wien, lebt mit seiner Frau und fünf Katzen in Niederösterreich, gibt Schreibkurse und hat gemeinsam mit dem Mordsharz-Krimifestival den mit tausend Euro dotierten Harzer Hammer für Kriminachwuchsautoren ins Leben gerufen. Zweimal nominiert für den Friedrich-Glauser-Preis des SYNDIKATS, über sechs Millionen verkaufte Exemplare im deutschsprachigen Raum. 2019 hat Constantin Film für SAT.1 die ersten beiden Fälle

seines niederländischen BKA-Profilers Maarten S. Sneijder verfilmt.
www.facebook.com/Gruberthriller

Erwin Kohl wurde 1961 in Alpen am Niederrhein geboren und hat diese herrliche Tiefebene seither nicht verlassen. Heute wohnt er mit seiner Frau Bettina in seinem Geburtsort. Neben der Produktion diverser Hörfunkbeiträge schreibt Kohl als freier Journalist für die Rheinische Post. Grundlage von bislang fünfzehn Kriminalromanen und zahlreichen Kurzgeschichten sind meist reale Begebenheiten, die Soziologie der Niederrheiner und ihre vielschichtigen Charaktere. Im September 2023 erschien im Emons Verlag mit »Mörder in der Grube« der fünfte Teil der Serie um den Privatermittler Lukas Born.
www.erwinkohl.de

Tatjana Kruse, Jahrgangsgewächs aus süddeutscher Hanglage, begleitet das Festival Mord am Hellweg schon seit Stunde null. Sie lebt und arbeitet in Schwäbisch Hall, der Stadt zur Bausparkasse. Ihre Spezialität sind »Krimödien«, das Kind der Liebe aus Krimi und Komödie. Aus ihrer Feder stammen die erfolgreichen Serien um die Schnüffelschwestern (Insel Verlag) und den stickenden Ex-Kommissar Siggi Seifferheld (Haymon Verlag).
www.tatjanakruse.de

Cornelia Kuhnert lebt in der Nähe von Hannover. Sie veröffentlicht Sachbücher und Krimis, die in Hannover und im niedersächsischen Kleinstadtmilieu angesiedelt sind. 2014 hat sie ihre mörderischen Ermittlungen nach Ostfriesland verlegt. Zusammen mit Christiane Franke schreibt sie seitdem die Bestsellerserie aus Neuharlingersiel mit dem Kulttrio Henner, Rosa und Rudi sowie die Fünfzigerjahre-Reihe »Frisch

ermittelt«, in der eine Heißmangelbetreiberin die Hauptrolle spielt. Beide Reihen erscheinen im Rowohlt Verlag.
www.corneliakuhnert.de
www.kuestenkrimi.de

Thomas Raab, geboren 1970 in Wien. Schulzeit eher mühsam. Ziemlich eigentlich. 1988 doch Matura. Danach erste Versuche als Liedermacher. Parallel Studienabschluss Mathematik und Sport. Zehn Jahre als Gymnasiallehrer tätig (war ja so schön in der Schule!), nebenbei unterwegs im Musical- und Musiktheaterbereich und als Singer-Songwriter. Seit 2007 Schriftsteller. Aktuelle Neuerscheinungen: »Peter kommt später« (Kiepenheuer & Witsch, Huber-Reihe) und »Der Metzger gräbt um« (Haymon Verlag, Metzger-Reihe).
www.thomasraab.com

Marc Raabe hat eine TV- und Medienproduktion aufgebaut, bevor er sich 2021 für ein Leben als Autor entschied. Zu diesem Zeitpunkt begann er mit der Art-Mayer-Serie. Seine Bestseller erscheinen in mehr als zehn Sprachen. Sein Handwerkszeug sind filmisches Erzählen, Schnitttechniken, Cliffhanger und Psychologie. Das Ergebnis: ein rasantes Kopfkino mit Tiefe.
www.marcraabe.de

Anna Schneider wurde 1966 in Bergneustadt im Oberbergischen Kreis geboren und lebt heute mit ihrer Familie in der Nähe von München. Nach BWL-Studium und Promotion an der Universität Trier arbeitete sie viele Jahre als Personalberaterin, Dozentin und Coach. 2010 sattelte sie nach einem Umzug beruflich um und machte ihr Hobby zum Beruf. Seither schreibt sie Kriminalromane für Jugendliche und Erwachsene sowie Kurzgeschichten. Für ihre Arbeiten erhielt sie verschiedene Auszeichnungen, und sämtliche Bände ihrer

»Grenzfall«-Reihe im S. Fischer Verlag stiegen auf Anhieb in die SPIEGEL-Bestsellerliste ein.
www.schneideranna.com

Arno Strobel liebt Grenzerfahrungen und teilt sie gerne mit seinen Leserinnen und Lesern. Deshalb sind seine Thriller wie spannende Entdeckungsreisen zu den dunklen Winkeln der menschlichen Seele und machen auch vor den größten Urängsten nicht halt. Seine Themen spürt er dabei meist im Alltag auf, und erst wenn ihn eine Idee nicht mehr loslässt und er den Hintergründen sofort auf den Grund gehen will, weiß er, dass der Grundstein für seinen nächsten Roman gelegt ist. Alle seine bisherigen Thriller waren Bestseller. Arno Strobel lebt als freier Autor in der Nähe von Trier.
www.arno-strobel.de

Margarete von Schwarzkopf, geboren in Wertheim am Main, studierte in Bonn und Freiburg Anglistik und Geschichte. Sie arbeitete zunächst für die Katholische Nachrichtenagentur, dann als Feuilletonredakteurin bei der WELT und viele Jahre beim NDR als Redakteurin für Literatur und Film. Heute ist sie als freie Journalistin, Autorin, Literaturkritikerin und Moderatorin tätig.

Herausgeberinnen & Herausgeber

Nadine Buranaseda, geboren 1976, kennt als Autorin und Lektorin beide Seiten des Schreibtischs. Die gebürtige Kölnerin mit thailändischen Wurzeln väterlicherseits lebt bei Bonn und studierte Deutsch und Philosophie auf Lehramt. Ihr Schreibtalent wurde im Hörsaal entdeckt: Für einen ihrer letzten Scheine, den sie für die Anmeldung zum Ersten Staatsexamen benötigte, durfte sie einen Kurzkrimi schreiben, den ihr Professor einem Verlag vorgelegt hat. 2005 veröffentlichte sie ihren ersten Krimi – einen »Jerry Cotton«-Roman, dem mehr als ein Dutzend folgten. Von 2015 bis 2018 war die mehrfach ausgezeichnete Autorin als Chefredakteurin des Autor:innenverbands SYNDIKAT e. V. – Verein für deutschsprachige Kriminalliteratur tätig und Herausgeberin des damals jährlich erscheinenden Jahrbuchs. Nach zweieinhalb Jahren als feste Lektorin der Bastei Lübbe AG hat sie sich 2019 selbstständig gemacht. Sie arbeitet seitdem als freie Lektorin und Autorencoach sowie als freie Redakteurin für die Heftromanserie »Jerry Cotton«.
www.typo18.de
www.nadineburanaseda.de

Sigrun Krauß, M. A., geboren 1957 in Großburgwedel, Hannover, lebte von 1990 bis 2023 in Unna, seit November 2023 hat es sie ins Münsterland verschlagen. Studium der Anglistik, Amerikanistik und Romanistik an der Johannes Gutenberg-Universität Mainz. Freie Lektorin für diverse Verlage und Leitung des kulturpolitischen Open Ohr Festival Mainz. Seit Juli 1990 bei der Kreisstadt Unna tätig und als Leiterin des Kulturbüros verantwortlich für Kunst und Kultur in Unna und für zahlreiche kulturelle Projekte. Sie ist eine der Festivalleiterinnen der Biennale Mord am Hellweg, des größten inter-

nationalen Krimifestivals Europas. Sigrun Krauß ist Trägerin des Literaturtalers für herausragende Verdienste um die Förderung der Literaturlandschaft in NRW. 2017 wurde sie gemeinsam mit dem ehemaligen Festivalleiter Dr. Herbert Knorr für ihre Verdienste um die deutschsprachige Kriminalliteratur mit dem Ehrenglauser des SYNDIKATS ausgezeichnet.
www.unna.de
www.mordamhellweg.de
www.hellweg-ein-lichtweg.de

Heiner Remmert, M. A., geboren 1978, lebt in Unna. Studium der Allgemeinen Literaturwissenschaft und Kulturwissenschaft in Paderborn und Berlin. Nach Tätigkeiten als wissenschaftlicher Mitarbeiter an der Freien Universität Berlin und als Dramaturg beim Theater- und Performancekollektiv lunatiks produktion kam er 2011 als Projektmanager für das Netzwerk literaturland westfalen zum Westfälischen Literaturbüro nach Unna. 2020 übernahm er die Leitung der NRW-Einrichtung der Literatur- und Autor:innenförderung von seinem langjährigen Vorgänger Dr. Herbert Knorr. Seit 2024 ist er zusammen mit Sigrun Krauß Festivalleiter von Mord am Hellweg.
www.wlb.de
www.mordamhellweg.de

MORD AM HELLWEG XI

Der Krimiband »Verbrechen nebenan« erscheint im Rahmen von Mord am Hellweg XI, Europas größtem internationalen Krimifestival, und ist Teil des Sonderprojektes »ORT.MORD.WORT. Verbrechen in Westfalen!«. Wir bedanken uns bei allen Förderern, Sponsoren und Medienpartnern des Festivals.

FÖRDERER UND MEDIENPARTNER

Ministerium für Kultur und Wissenschaft des Landes Nordrhein-Westfalen

Sparkasse UnnaKamen

PROVINZIAL Kulturstiftung der Westfälischen Provinzial Versicherung

REGIONALVERBAND RUHR

Stadtwerke Unna Unsere Energie.

Gemeinschaftsstadtwerke Kamen · Bönen · Bergkamen GSW

WDR 5

WELT AM SONNTAG

FÖRDERER SONDERPROGRAMME

Stiftung Kultur der Stadtsparkasse Schwerte

Alfried Krupp von Bohlen und Halbach-Stiftung

LWL KULTUR STIFTUNG

HAUPTVERANSTALTER

Westfälisches Literaturbüro in Unna e.V.

UNNA